いぬじゅん

無人駅で君を待っている

実業之日本社

実業之日本社文庫

やがて太陽が傾くころ、空は夕焼けのオレンジ色に染まるでしょう。

高台にある寸座(すんざ)駅からは、果てしない空と浜名湖(はまなこ)の水平線が見える。

無人駅にあるベンチに座って会いたい人の顔を思い浮かべてみて。

やさしい思い出と感謝を心に刻み、苦い後悔は空と海に逃がすように。


「会いたい」

本気で願う気持ちは、雲ひとつない夕暮れが空に届けてくれるかもしれない。

遠くからレールの響く音が聞こえれば、黄金色を湛(たた)えた車両が姿を現す。

それはあなたにやさしい奇跡が訪れる合図。


もう二度と、会えない人がいますか？

もう一度会えるなら、なにを伝えますか？


あなたは、夕焼け列車を待ちますか？

目次

第一話　私の友達　7
第二話　悲しみなんて、昨日に置いてきた　77
第三話　明日へと続くレール　153
第四話　曖昧な十月　209
第五話　君が残した宿題　273
第六話　太陽が見ているから　337
エピローグ　406
あとがき　410
文庫版あとがき　412

第一話　私の友達

「お母さんなんて大キライ」

何度つぶやいたかわからない言葉を口にしながら、大股で坂道をくだる。

四月の空は暮れかかり、寸座峠の向こうに見える浜名湖も色を黒く変えつつある。買ってもらったばかりのスニーカーの先っぽも汚れてしまっていた。それでも怒りのままに地面を必要以上に強く踏んで歩く。

春になったばかりというのに、額に汗がにじんでいた。伸ばしている前髪が額に貼りついてしまい、余計に怒りを助長させているみたい。

高校一年生になったのはうれしいけれど、最近はうまくいかないことだらけ。原因は数あれど、家でのことが大半を占めている。

家で過ごす時間が苦痛になったのはいつごろからだろう？　三人しかいない家族なのに、顔を合わせればじめっとした空気が漂っている気がしている。

家族の間で穏やかな会話が交わされることはなく、お母さんは時期尚早の『受験』という単語を操り勉強を強制してくるばかり。いつもはむっつりした顔で新聞を読んでいるお父さんも、そういう時だけはお母さんに加勢してあーだこーだと言ってくる。ろくに返事もしなくなった私に向けられたため息は、ますます家を暗いイメージに落としていくよう。ふたりの口からは久しく文句しか耳にしていない気がする。

いい加減にして、と何度も叫びそうになる。夫婦仲がうまくいってないイライラを私にぶつけないでほしい。

　ぶつくさ言いながら足を踏みしめるごとに怒りはアスファルトに吸いこまれ、だんだんと小さくなっていくようだった。

　右側に寸座駅が見えてくるころには、落ちこむ気持ちのほうが大きくなっている。これもいつものパターン。こんな夕暮れ、坂道をくだるほどにあたりは暗くなっていくみたい。駅のそばまで来ると、私は足を緩めた。

　天竜浜名湖鉄道の寸座駅は、バス停の奥にひっそりといつもある。五十メートルほどの長さのホーム、駅名が書かれた看板とプレハブ小屋のような小さな駅舎があるだけの簡素な駅だ。

　歩道から砂利道を抜ければホームに出られる。小さな花壇では名も知らぬ黄色の花が風に頭を揺らせていた。普段は愛らしく映る景色も、気持ちによって毎回印象が変わる。今日はブルーな気分そのままに、花もさみしげに見えた。

　一時間に一本くらいしか列車が来ないせいもあり、寸座駅は昔から無人駅だ。

　他にも、天竜浜名湖鉄道には無人駅が多いと聞く。浜松駅からずいぶん離れているし、バスだって極端に本数が少ないこの町。人口はどんどん減っていき、私の通っている公立高校も、各学年それぞれ三クラスしかない。

「あーあ」

ため息を言葉にして、外に設置されている木製ベンチに腰をおろす。背もたれがない楕円形のベンチで、うしろに立てられている木の看板には〈たまるベンチ〉とその名が記されてある。なにやら説明文も書かれていたようだけれど、雨風に文字は薄れてしまい読み取れない。

風が肩までの髪を躍らせた。四月なんてちっとも春じゃない。むしろ夕暮れ時には冬の空気が根強く残っていてまだまだ寒い。

高台にある駅なので、ここからは浜名湖が一望できる。浜松市で生まれ育っている私にとって浜名湖はとっくに見飽きているはずなのに、家を飛び出すときはいつだってここに来てしまう。

空は果てしなく大きく、時間ごとに雲を遠くへ流している。眼下にあるいくつかの民家の向こうには無数の小波(さざなみ)がキラキラ輝く湖面がある。浜名湖は、あまりにも広いので県外の旅行客は海だと思ってしまうそうだ。

実際私も、幼いころは海だと信じて疑わなかった。お父さんとお母さんと、よく浜名湖沿いの県道を散歩していたっけ……。最近ではそんな記憶もかすむほどに、ふたりの眉間には深いシワが寄っていて、それが私を落ちこませるし反発もさせる。

ここからの景色を見たくなるのは、一種の鎮静効果があるからなのかもしれない。山に落ちていく夕陽(ゆうひ)が照らす湖を見ていると、だんだんと家に帰りたくなってくる。

そしてたいていの場合、家に戻れば両親も落ち着いていることが多い。

それにしてもこの数カ月、ここに来る頻度が高くなっていると思う。六割はお母さんのせい、三割が私で残りの一割がお父さんだと分析している。特に最近のお母さんはいつも怒っている印象しかない。

なんであんなにうるさいんだろう。

毎日の興味は私に関することばかりで、二十四時間見張られている気分。子供扱いしてきたかと思えば、次の瞬間には『もう高校生なんだから』と小言がはじまる。

やりたいこともない私に〈将来〉なんて地平線の向こうくらい遠い。毎日が楽しければいいと思うんだけどな……。

体を縮こまらせ唇をとがらせていると、目線の高さで一羽の鳥が飛んで行くのが見えた。

あの鳥みたいに自由になれればいいのにな。空はこんなに大きいのに、この町は狭すぎてどこか息苦しい。せめて大学は遠くにある学校を選びたい。それなら家にいる時間も少なくなるしお互いのためだろう。

スカートのポケットに入れているスマホがぶるりと震えた。今年の正月に買ってもらったもので、私にとって初スマホだ。そういえば今日のケンカも『スマホを使いすぎ』という小言からはじまったんだ。

画面には〈彩夏(あやか)〉の名前と着信を知らせるマークが点滅していた。

通話ボタンを押して耳に当てると、

『歩未(あゆみ)、なにしてんの?』

明るい声が聞こえた。彩夏は家が近所の幼なじみで、ひとりっ子の私にとっては同い年の姉妹みたい。私が姉になるときもあれば、彩夏がそうなることもある。ふたり揃(そろ)って同じ高校に入学したというのに、クラスは離れてしまった。それでもよく電話し合っている仲だ。

「別に……なんにもしてないよ」

うれしいはずなのに、ぶすっとした声で言うと彩夏はカラカラと笑った。

『声のトーンが低いってことは、またおばさんとケンカしたんだね』

「……そんなことないもん」

『そんなことあるでしょ。どれだけ親の愚痴を聞いてきたと思ってるのさ』

図星だけど、そんなに私ってわかりやすいの?

言葉に詰まってしまう私に、彩夏は、『それでさ』と言葉を続けた。

『今日のケンカの原因はなんなの? 歩未がお弁当箱を洗わなかったとか?』

「違うもん。今日のはどう考えても向こうが悪いの」

そう言いながら視線を浜名湖へ戻した。さっきよりも湖面はグラデーションを濃く漂わせていた。

「たしかにスマホばっか触っているとは思うよ。でも、あんなにガミガミ言わなくてもいいと思うんだよね」

家にはＷｉ－Ｆｉがあるから料金はかからないし、四六時中使っているわけじゃないのに。

『なるほど、スマホが原因なんだね。歩未のおばさん、最近ほんとうるさいんだね』

彩夏の声が援護射撃のように思え、沈静化に向かっていた怒りが再燃するのを感じる。

「お父さんのほうがよっぽどアプリのゲームにハマっているんだよ。あれは絶対に課金してると思う」

『うん』

「なのに、帰るなりいきなりお母さんに注意されてさ。もう、ほんっとうっとうしい」

『まあ親なんてそんなもんじゃね？』

「彩夏はお母さんがどんなにしつこいか知らないんだよ。私に構うヒマがあるなら、お父さんともっと話すればいいのに。あー、もう嫌になる。ふたりともどっか行っちゃえばいいのに」

『まあまあ、そんなに熱くならないでよ。親が揃っているだけいいじゃん』

そう言った彩夏にハッと口をつぐむ。彩夏のお母さんがずいぶん前に家を出ていたことを思い出したのだ。まだ私も小さかったころなので記憶もおぼろげだけど、すらっとした細身でやさしい笑顔のお母さんだったと思う。

あれは私たちが小学三年生の夏休みの日。彩夏から突然、『うちの親、離婚するんだって』と聞かされた。まるで天気の話でもするみたいにさらりと口にした彩夏に戸惑ったのを今も覚えている。話を続けたくなくて話題を変えようとしても、彩夏は受け入れているらしく平然としていたっけ……。

うちのお母さんが言うには、彩夏のお母さんはがんばったけれど親権が取れなかったそうだ。あれから、彩夏は彼女のお父さんとふたりきりで暮らしている。

彩夏の家のことを知っているのに自分勝手な発言だったな……。

唇を無意識にかみしめていると、電話の向こうがやけにザワザワしていることに気づいた。

「彩夏、今どこにいるの？」

そう尋ねると、

『あー。今、町にいるよ』

とあっけらかんと彩夏は答えた。

町、というのは私たちの間では浜松駅周辺のことを指す。同じ浜松市内といえど、バスや列車を乗り継がなければ町には行けない。

彩夏はあまり学校に来ていない。入学式とその翌日は一日いたけれど、それ以外は片手で数えるくらいしか登校していない。悪い仲間とつき合っているとクラスメイトが噂しているのも知っている。

実際、彩夏は中学二年生くらいから徐々に変わってしまった。黒くて長いストレートの髪を茶色く染め、化粧も覚えたみたい。会うたびに派手になっていく彼女に戸惑うこともしばしば。中身はあのころのままなのに、見た目だけが変わっていく彩夏が急に心配になってくる。

「駅でなにしているの?」

『遊び』

単語で答えることも多くなった。

「誰といるの?」

『友達』

「友達って誰?」

しつこく尋ねる私に、彩夏は「もう」と笑う。

『質問ばっかりしないでよ。あたしのことより、歩未は自分の心配をしなよ。どうせまた寸座駅にいるんでしょ』

痛いところを突いてくる彩夏に口ごもってしまう。

『やっぱりね。もう暗くなるからケンカはお終(しま)いにして帰りなよ』

「それはそっちだって同じでしょ」

とツッコむと、彩夏は『げ』と一文字で答えた。

『あたしはケンカしてるわけじゃないし』

「遅くまで町で遊んでいるから朝、起きられないんだよ。遅刻してでも学校には来るべきだよ」

『だってさぁ、学校行ってもつまんないじゃん。あたし勉強できないし、友達だっていないから』

正論のように言ってくる彩夏に、「ちょっと」と異を唱えた。

「私は友達じゃないってこと？　ひどい」

『あはは。そういう意味じゃないって。歩未は親友だよ。でも、クラスも離れちゃったし、二組のメンツってイマイチなんだよね』

「みんな心配してると思うよ」

『冗談でしょ。よく知りもしないあたしのことなんて心配する人はいないよ』

暮れていく空は、もうピンク色を消し藍色に近くなっている。浜名湖も暗い色に落ちつつある。もうすぐ掛川駅行きの列車が到着する時間。乗客と間違えられると困るので、ベンチから立ちあがり、駅から歩道へ出た。

街灯も少ないこのあたりは、ここからどんどん夜へと変わっていく。スピードを出して通り過ぎる車はフォグランプを灯しはじめ、心細さが生まれた。

これからどうしようか……。家に帰りたくない気持ちはあるけれど、明日も学校だし。

『歩未』

彩夏が私の名を呼んだ。

「ん？」

『あたしからの提案。あたしもこれから列車に乗るから、歩未も家に帰ろうか？』

「……うん。そうする」

今日は彩夏が私のお姉さん役になっているみたい。言われるがままうなずいて、足を家のあるほうへ向けた。

『約束だからね。すぐに帰ること』

「わかった。約束ね」

いつものようにバイバイも言わずに電話は切られた。ほんと、彩夏はいつだってあっさりしている。

右側を見るともう夕陽は消え、山は黒いシルエットに沈んでいる。私も今日は帰ろう。

ゆっくりと坂道をのぼっていけば追い風が足を軽くしてくれているみたい。彩夏と話をしているといつも心が落ち着いてくる。守ってもらえているような安心感がそこにはあって、私を素直にさせる。

彼女は私の大切な友達だ。


寸座駅の隣にある浜名湖佐久米（さくめ）駅は、私の家からの最寄り駅。浜名湖沿いにあるこの駅は、冬になるとユリカモメがたくさんやってくることで有名だ。たしかに、浜名湖をバックに白い鳥が飛び交う様は写真映えがする。

駅から山道をのぼって十分のところにあるのが私の家。さらに坂をのぼること約二十分の山の中腹に、私の通う高校はある。地元民以外ではなかなか選ぶ人も少ない顔なじみだらけの小さな公立高校だ。

ちなみに通学することを、私たちは『登山』と呼んでいる。夏場なら水分補給必須の急な山道は、登校するだけでグッタリしてしまう。

昇降口で上靴に履き替え、登頂までの最後の難関である階段をのぼる。昨日歩きすぎたせいで、両側のふくらはぎに鈍い痛みがある。

二階の廊下にたどり着くと、自分のクラスである一組の教室を通り過ぎ二組に顔を出した。

「おはよう」

近所の子に声をかけ、窓側にある彩夏の席をチェックするが姿はない。持ち主を待つ机が朝の光を浴びていてなんだかさみしそう。彩夏は遅刻ギリギリに登校するのが常だから、まだ期待はできる。今日は来てくれるといいな。

昨日の電話のときに、学校に来ることも約束すべきだったと後悔。あとでもう一度確認することにして自分の教室に入った。

ちょうど真ん中あたりにある自分の席に腰をおろす。机の上にカバンを置き、こっそりスマホを確認するが彩夏からのメールは届いていなかった。

「斉藤(さいとう)さん」

私の苗字を呼ぶ声にギョッとして顔をあげると、有川(ありかわ)さんが私の前に立っていた。真ん中できっちりと分けられた前髪と、黒縁メガネがトレードマークの有川さん。朝というのに曇った表情を浮かべている。

「あの……ちょっとだけ、話をしてもいい?」

有川さんが改まった口調で言うときは要注意。両親が揃って教職に就いているからか、言葉遣いも丁寧で成績も優秀。小学生時代からずっと自薦でクラス委員を務めている有川さん。こういう口調のときは、たいていなにか注意してくるってことは、長年の経験でわかっている。

私の返事を待たずに、有川さんはまだ空いている前の席に体を横にして座る。じっくりと説教をされるのだろう。

覚悟を決めカバンを机の脇にかけるが、有川さんはなかなか話を切り出さない。なにか言われるようなことはしていないつもりだけれど自信が持てない。校内でのスマホの使用は禁止されているから、さっきのメールチェックを見られていたのかも……。

「あの、話ってなに？」

沈黙に耐えかね尋ねると、有川さんはようやく口を開いた。

「あのね、斉藤さんって……隣のクラスの恩田(おんだ)さんと仲がいいんだよね？」

「恩田……ああ、彩夏のこと？　うん、家が近いからね」

なんだ、私のことじゃないのか。緊張が解けにっこり笑みを浮かべるけれど、有川さんは逆に表情をさらに曇らせてしまう。

「あの……こんなこと言いたくないんだけど、彼女、あまり学校来てないよね」

「彩夏は自由人だから」

ほんと、〈自由人〉って言葉がお似合いだなと思った。いつだって彩夏の視線は外の世界に向いていて、興味のあることがあればなんでもチャレンジしてしまう性格だった。

小学四年生の冬休みには、お年玉を手にひとりで名古屋まで買い物に行ったり、去年の夏休みには深夜バスで東京見学まで行ったりするほどに行動派の彩夏。心配して怒る私に、彩夏は不思議そうな顔で首をかしげていたっけ。

『なんで好きなことをしちゃいけないの？』

そう言ったのを覚えている。

彩夏はまるでユリカモメのようだ。この小さな町でさらに窮屈な毎日を送っている私とは違い、狭い世界でも自由に生きている。口にはしないけれど、いつか私のそばからいなくなるような不安があった。

「内緒なんだけど聞いてくれる？」

有川さんの声に、私は思考の中から抜け出す。

小さくうなずくと、人差し指でメガネをあげた有川さんは顔を近づけてきた。

「昨日の夜、浜松駅のそばにあるレストランに行ったの。そのときにね、お父さんが財布を拾ったの」

「財布……」

話の流れが見えずに眉をひそめる。それと彩夏がどう関係しているのだろう？

「もう夜になってたから早く帰りたかったんだけど、東警察署まで届けに行くことになってね」

駅から少し離れたところにある警察署。場所は知っているけれど、私は行ったことはない。

うなずきながらも嫌な展開になっている空気を感じていた。本当に周りに聞かれたくないのだろう、有川さんはさらに小声で続けた。

「受付でお父さんが警察の人と話をしているときに、何人かのグループの人が警察官に付き添われて入ってきたの」

「え……」

「きっと、補導されたんだと思う。悪態をつく、っていうか……みんな口々に怒鳴ってたり反抗的な態度で怖かった」

口をつぐんだ有川さんはなにか言いたそうにじっと見てくる。促されるように私は尋ねる。

「……そこに彩夏がいたの？」

こくんとうなずく有川さんに、重い息が口から勝手に漏れていた。

嫌な予感はたいてい当たってしまう。彩夏は私と電話をしたあとも町で遊んでいたんだ。補導されたというニュースよりも、彩夏が約束を守らなかったことにショックを受けていた。

「警察のお世話になるなんて……よくないことだよね？」

さっきから言葉を選んでいる有川さんが言いたいことがようやくわかった。

「……うん」

「二組の担任の先生にも連絡があったんだって。町でももう噂になってるみたいなの、あそこの高校の子が、って。恩田さんは昔から知っているからこんなこと言いたくないんだけど、やっぱり学校の評判が悪くなるのはいい気持ちがしないよね……」

「……だね」

同意しながらも落ち着かない感情が生まれていた。有川さんは親切心で言ってくれているとわかっている。それでも、彩夏を非難されているようで悔しさがこみあげてくる。同時に、当の本人である彩夏にも腹が立ってくる。

「ほら、恩田さんてあまり学校にも来ないし、問題にもなっているから……」

「うん、そうだね」

いたたまれなくて視線を窓の外に移すけれど、山側のせいで小さく空が見えるだけ。

「高校一年生って、大切な時期だと思うの」

大切な時期って、ここ数年ずっと言われ続けている。

「素行の悪い人とは、あまりつき合わないほうがいいと思って……」

余計なお世話だ。

だけど、私は有川さんに目線を戻して笑みを作る。

「そうだね。ありがとう」

　ホッとした顔で席に戻る背中を見送る。

「おはよう歩未。なんの話してたの？」

　登校してきたクラスメイトに話しかけられ、

「なんでもないよ。テレビの話」

とごまかせば、罪悪感で胸がたしかに痛かった。


　日曜日の寸座駅で彩夏と待ち合わせ。佐久米駅のほうがお互いの家からは近いのに、『知り合いに会いたくないし』と彩夏はいつも寸座駅を指定してくる。

　冬場はユリカモメを見に訪れていた観光客の姿も、四月になり鳥たちが旅立つとすっかり姿を見なくなった。いつもの田舎の景色が戻ったようでさみしくもありホッとしている部分もある。次にユリカモメが飛来するのは、寒くなる十一月ごろだろう。

　少し先の未来さえも見えないまま毎日は過ぎて行く。ゴールの見えないマラソン大会に勝手に参加させられている気分。やがてまた冬が来るころ、私はなにをしているんだろう……。

自転車を押しながら、十五分くらいかけて寸座峠の坂をのぼりきる。そこからは自転車で下り坂を走り寸座駅に着く。さすがに上着を脱ぐほど体が熱くなっている。

駅の中を見ても彩夏の姿はまだなかった。

しばらく丸ベンチに座って汗を引かせていると、自転車がアスファルトを滑る音が聞こえたので歩道に戻る。

「お待たせ」

ブレーキ音とともに自転車を止めた彩夏に私は言葉を失う。久しぶりに見た彩夏の髪は、前よりももっと明るくなっていたのだ。茶色というより金髪に近い色で、眉毛も線に近い細さ。服装は、上下ともにあざやかなピンク色のジャージ姿で、履き古したスニーカーが逆に浮いていた。

それよりも驚いたのは彩夏の顔だ。

「その目、どうしたの？」

長い前髪で隠しているが、右目の周りが紫色に腫れている。

「ああ。親父（おやじ）に殴られた」

顔をしかめていてすごく痛そう。

「え……大丈夫なの？」

「あいつ、うるさいんだよ」

あはは、と笑って自転車のスタンドを立てた彩夏が強がっているのがわかる。

「あのさ……補導されたって本当？」

あとで聞こうと決めていた質問を思わずぶつけてしまう。

「げ。もうバレてるのか」

肩をすくめる彩夏に、有川さんが言ったことが本当だと知る。彩夏のお父さんが警察署まで迎えに行き、そのあと殴られたのだろうか……。

「警察署にいるのを見た人がいるの。噂にもなってるって……」

「別にどうだっていい。言いたいやつには言わせておきゃいいんだよ」

気にしていないそぶりで言う彩夏は、駅の中には入らず坂道を少しくだると、右に続く高架下へ進んだ。

「いったいなにがあったの？　電話で帰るって約束したのに」

「帰ろうと思ったらパクられたんだよ。もうこの話は終わり」

金色の髪を揺らせて坂道をおりていく背中にムカッとした。こんなに心配しているのにその態度はないと思う。

「ねぇ、彩夏。このままじゃダメだよ」

「歩未には関係ないこと。この話はしたくないんだって」

「ちゃんと話を――」

「したくないって言ってるのにわかんないの？」

聞いたことのない低い声で言い放った彩夏に絶句する。振り向くその瞳がまっすぐに私をにらんでいた。

自分でも気づいたのか、ゆるゆると彩夏は首を振った。

「……またちゃんと話をするから、今日は勘弁。これでも落ちこんでいるし反省もしているんだから」

「うん……」

「それより、こっちこっち」

立ちすくむ私の手を彩夏はつかんで歩き出す。昔から知っていたはずの彩夏なのに、彼女はどんどん変わっていく。私の知らない彩夏が大きくなり、やがていなくなってしまう。そんな気がしていた。

坂をおりた先には道路があり、その向こうには浜名湖が広がっている。駅から見下ろす景色とは違って、水面は青色というよりも濃い藍色。道路沿いに右へ進む彩夏に少し遅れてついていく。

「どこに行くの？」

「いいからいいから」

口笛を吹きながらずんずん歩く彩夏のうしろ姿を追った。こんなに髪を明るく染めてしまったら、きっと学校には行けない。行ったとしても先生に追いかえされるのが目に見えている。どうすればいいんだろう……。さっき彩夏が見せた拒否する顔がまだ胸に残っている。

五分ほど歩いたところで急に彩夏は立ち止まると私を振りかえった。

「ここだよ」

彩夏が指さす先には白い建物があった。〈カフェテラス　サンマリノ〉と壁に書かれている。昔からここにあった記憶はあるけれど、私は入ったことがなかった。

広い駐車場には二台だけ車が駐車していた。どうしてここに？

私の疑問に答えるように彩夏がニヒヒと笑う。

「この喫茶店でマスターからすごい話を聞けるらしいよ」

「マスター……？」

「店長さんのこと。とにかく入ろう」

「ここに入るの？　私、そんなにお金持ってきてないし……」

たしか財布の中には五百円もなかった気がする。

「大丈夫。あたしがおごるからさ」

「でも、まずいよ」

「まずくないよ。ここのジャンボプリンはめっちゃうまいんだってさ」

あっけらかんと言うと彩夏は店の扉を開けて中に入ってしまった。そういう意味じゃないんだけどな……。

気おくれしながらもあとに続くと、午前十一時を過ぎた店内に客の姿はまばらだった。中は意外に広く、内装は木を基調としたログハウス風。正面のテーブルには、その名のとおり海を連想させるような船の舵(かじ)や浮輪、ロープなどが置かれている。壁には所狭しと浜名湖の写真やポスターが貼られていた。

さっさと窓辺の席に進む彩夏に慌ててついて行く。

「いらっしゃいませ」

ひげをたくわえたマスターらしき初老の男性が、グラスに入った水を私たちの前に置いた。白髪のジェントルマンという印象。どういう反応をしてよいのかわからずにわずかに頭を下げる私と違い、彩夏はマスターのほうへもう身を乗り出していた。

「あのさ、ちょっと聞きたいことがあるんだけどさ」

臆することもなく尋ねる彩夏に驚いてしまう。

「ご注文はどうされますか？」

口元に笑みを浮かべて尋ねるマスターに、

「あ、そっか。あたし、アイスコーヒー。歩未は？」

「同じで……いい」

いつもより彩夏がはしゃいでいるのがわかった。

メニューを選ぶ暇もなく答えるとマスターは伝票にボールペンでオーダーを記した。

一礼して去っていくマスターを見送ると、私は彩夏に首をかしげてみせた。

「ねぇ。どういうことなの？」

「あ、ジャンボプリンにしたほうがよかった？」

目を丸くする彩夏に首をはっきりと横に振ってみせた。

「おもしろい話ってなんなの？」

「焦らない。焦らない」

「そういうことじゃなくてさ」

「そのうちわかるからさ」

テーブルに手を置いて湖を見る横顔が急に大人っぽく見えた。やがて正面を向けば右目のあたりの腫れが痛々しくて、今度は私が目を逸らしてしまう。

夜の町で遊んでいる彩夏、家で言い争っている彩夏。なんだって話せていたつもりだったけれど、さっきからはぐらかされてばかり。彩夏の知らない一面ばかりが現れている気がしてしまい、おしぼりを意味もなく見つめていた。

私たちは、いつからお互いをちゃんと見られなくなったのだろう。

店内には邪魔にならない音量でピアノのジャズが流れていた。窓辺には小さなサボテンやペンギンの置物が並んでいる。

「にゃん」

すぐ近くで鳴き声が聞こえたので見ると、向こうから黄色い首輪の真っ黒い猫が歩いてきた。艶やかな黒い毛で、目が真ん丸としてとても可愛らしい。

黒猫は私の足元にくるとちょこんと座った。ゴロゴロと喉を鳴らしているのが聞こえる。

「猫だ。可愛いね」

そう言う私に、彩夏は「ふん」と鼻で笑うと、興味なさげに窓の外を向いてしまう。

「あたし猫、苦手なんだよね」

「小さいころ、神社にいたミケとよく遊んでたじゃん」

私も彩夏も動物を飼っていなかったので、神社に棲みついていた白猫のミケとよく遊んでいた。ミケは太っているせいかいつも寝てばかりだったけれど、私たちの顔を確認するとのそのそと近寄って来てくれた。神社といえば今もミケを思い出すし、私の大切な思い出だ。

だけど、彩夏は浜名湖を見ながら言う。

「そんなの忘れたよ」

と。

黒猫はただ私をまっすぐに見あげている。手を伸ばせば届きそうだけど、彩夏の言葉にショックを受けてしまい動けずにいた。

沈黙する空間を埋めるように、コーヒーの香りが漂い出した。

「ねぇ、歩未」

ふいに彩夏が口を開いた。

「あたしさ、ユリカモメになりたい」

ドクンと胸が跳ねたのがわかった。彩夏を思うと、いつだってユリカモメが空を飛ぶ姿が浮かんでいたから。

「……なんで？」

尋ねる私を見ようともせず、彩夏はまぶしそうに浜名湖の上にある青空に目を細めた。

「ユリカモメみたいに自由に世界を飛び回るんだ。冬になったらここに戻ってきて、春の風が吹いたらまた旅立つの」

「今だってじゅうぶん自由にしていると思うけど？」

冗談めかして言うと彩夏は少し口の端をあげてみせた。そうしてから、次の瞬間にはさみしそうに目線を落としてしまう。

「でもさ……そんなことできないってわかってるんだよね」

そうつぶやいた彩夏は鼻から息を吐く。

「お待たせしました」

マスターがアイスコーヒーを運んできた。年齢は六十歳くらいだろうか、グレーのエプロンがよく似合っている。

ゴム製のコースターの上にアイスコーヒーが置かれ、続いてグラスの脇に小さなガムシロップの入れ物が添えられる。彩夏はといえば、待ちきれない様子でマスターの顔をじっと見ている。

「ねぇ、もう質問してもいいの?」

「どうぞ、おっしゃってください」

お盆を体の前で持ったマスターがお辞儀よろしく頭を下げる。

右目を前髪で隠しながら、

「〈夕焼け電車〉のことなんだ」

と彩夏は言った。

はじめて聞く単語にふたりを交互に見やる。マスターはそれだけでわかったらしく軽くうなずいている。

「夕焼け電車ではなく、〈夕焼け列車〉です。天竜浜名湖鉄道は架線を使って走行しているわけではありませんので」

「どっちでもいいけどさ、噂を耳にしたんだよ。その夕焼け列車とやらを見ればすごい奇跡が起きるんでしょ」

ずいぶん年上だろうマスターにもため口で話す彩夏にオロオロとしてしまう。

「どうでしょうか。ただ、そういう伝説はあります」

「詳しく教えてよ。そのために来たんだからさ」

アイスコーヒーにガムシロップとミルクをたっぷりと入れると、彩夏はストローで乱暴にかきまぜた。カラカラと大きな音がして黒猫がビックリしたように早足で去って行ってしまった。

「私も詳しくないのですが――」

そう前置きをして、マスターは窓の外に目をやった。私もつられて顔を向けると、浜名湖の水面には風のせいで細かい波が無数に生まれている。

「雲ひとつない空が夕焼けを作る時間。たまるベンチで本当に会いたい人のことを心から思うと、夕焼け列車に乗ってその人が会いに来る。そう聞いております」

そう言ったマスターに私は口にくわえたストローを思わず外していた。そんなドラマみたいな話、と彩夏を見れば彼女は真剣な顔でじっとマスターを見ていた。

「本当に会いたい人に会えるってこと？　二度と会えない人にも？」

低い声で尋ねる彩夏にマスターは「さあ」と言葉を濁した。

「そう聞いておりますが、なにせ伝説ですから」

やさしい瞳で言うマスターがふと思い出したように続ける。

「ただし、会えるのは夕焼けが消えてしまうまでの短い時間だそうです。山に夕陽が沈めば、夕焼け列車はその人を乗せて永遠に去ってしまうそうです」

「………」

彩夏はもう質問を続けなかった。なにか考えているような表情で唇をキュッと結んでいる。

ジャズの音色が空間を浸していく。

「ご質問は以上でよろしいですか？」

頭を下げようとしたマスターに、彩夏はバッと立ちあがって言った。

「待って。お願い、もうひとつだけ」

「はい」

「夕焼け列車を見た人……願いがかなった人をマスターは知っているの？」

「どなたとは言えませんがよく存じております。その方がおっしゃるには、夕焼け列車に出会えるのは人生でただ一度きり。一度会えたなら、二度目はもうないそうです」

「そう……」

入口のドアが開き、新しい客人が入ってきた。

「いらっしゃいませ」

マスターは今度こそ頭を下げて行ってしまった。ぼんやりと立ち尽くしている彩夏の口が、

「……一度だけ会える」

そうつぶやくのが聞こえた。

「彩夏……?」

私の声にフリーズが解けたのか、彩夏は力なく座った。コーヒーを飲めば苦さが口に広がり目が覚めた気分になる。

「え、なになに? 今のってなんのこと?」

冗談めかして言うと、彩夏は照れたように笑った。

「いや、町に住んでいるダチが『内緒だよ』って、こっそり教えてくれたんだ。それでこの店を教えてもらったってわけ。あたしも半信半疑だったけどさ、まさか本当に伝説があるなんて思わなかったよ」

顔が上気したように赤くなっている。

「こういう迷信みたいな話、昔から嫌いだったじゃん」

「まあね」

「じゃあどうして調べているの？　なんか最近の彩夏……ヘンだよ」

　思わず言ってしまった。学校に来ないだけじゃなく、急に怒ったりこんな話を調べていたり……。彩夏のことがよくわからなくなっている。

「うるさいなあ」

　プイと顔を窓の外に向けた彩夏。本当に遠くへ行ってしまう気がして怖くなるよ。でもこれ以上言うとまた怒ってしまうかもしれない。言葉にできず、私はうつむく。

　やがて、あごを手にのせて外を眺めていた彩夏が、

「お母さん、死んじゃったんだよね」

　ポツリと言った。

「……え」

　突然のことでぽかんとしてしまう。

「どういう……こと？　え、それって本当のこと？」

「ごめん。誰にも言えなかったんだ」

　肩をすくめる彩夏に、私はうまく呼吸ができない。

「いつ……の、こと？」

「半年前。病気だったんだってさ。離れてからずいぶん経つじゃん？　だから、その連絡すらも遅くってさ。知ったときにはもうお墓に入ったあとだった」

横目で私を見て、彩夏は少し笑ってみせる。

「そんな……全然知らなかった」

「言ってなかったから当然。あー、やっと歩未に言えたよ」

ホッとしたように椅子に体を投げ出す彩夏。反面、私の心臓はすごい勢いで鼓動を速めている。一気に視界がぼやけていくのを止められない。

「ちょっと、なんで歩未が泣くのさ」

そう言われたときにはもうあたたかいものが頬を伝っていた。

「だって、だって……。そんなの、ないよ」

彩夏は、ずっとひとりで悩んでいたんだ。なにも知らずに彩夏の変化を批判していた。親友なら気づくべきだったのに、彩夏の表面上の変化ばかりに目がいってしまっていた。そんな自分がたまらなく恥ずかしい。

「ごめん、彩夏。私……最低だ」

彩夏は軽く息を吐くと、私に見えるように大きく首を横に振る。

「最低なのはあたしのほう。バカだよね、なんか世界にひとりぼっちのような気がしてさ……投げやりになっちゃってたんだ」

彩夏のことをいちばん理解してあげるべきだったのに。変わっていく彩夏のことを、もっと親身になって心配するべきだったのに。私、友達失格だ……。

「もう泣くなって。あたしのほうが泣きたいのに」

人差し指で私をさしてから、彩夏は少し悲しみ笑いを浮かべた。

「あたしは大丈夫。でもさ……夕焼け列車のこと、信じたいって思ってる。本当に奇跡が起きるなら、お母さんに会いたいんだ」

まっすぐな瞳に胸が熱くなるのを感じた。

「うん。私も信じるよ」

「それでこそ親友」

ニカッと白い歯を見せた彩夏に私も涙を拭った。

彩夏が変わっちゃったと思っていた。まさか彩夏のお母さんが亡くなっているなんて思いもしなかった。大きなショックを受けた彩夏には、その現実を受け止める時間が必要だったのだろう。

そして、今、彩夏は私に話してくれた。それは、彩夏が私のことをきちんと親友だと思ってくれていたから……。

だとしたら、私にもできることがある。もう二度と、彩夏を責めたりなんかしない。夕焼け列車なんて現実的じゃないとは思うけれど、彩夏が信じるなら私も信じよう。

それから私たちはいろんな話をした。昔に戻ったみたいで、なんだかうれしかったんだ。

四月二十九日、祝日の朝。リビングのソファに座り、寝起きの頭で庭をぼんやりと眺めている私。

部屋から出る前にパーカーをかぶってきたけれど、この陽気では暑いくらいかもしれない。世間ではゴールデンウィークの話題ばかり。テレビでもアナウンサーが熱心に渋滞予想をしている。

あいかわらず彩夏は学校に来ないままだった。あのあと電話やメールで話はしているけれど、夕焼け列車については聞けないでいる。信じていれば質問なんてしなくてもいいんだとわかったから。

「雲ひとつない空が夕焼けを作る時間……」

あの日マスターが教えてくれた言葉をつぶやいてみる。

サンマリノで夕焼け列車のことを聞いたとき、そんな非現実なこと信じられるわけがないと思った。けれど、彩夏の苦しみや悲しみを知ったとき、それを心から信じている私になれた。この町にそんな伝説があることは知らなかったけれど、このタイミングで彩夏が知ったことに意味はあるはず。

どうか神様、彩夏の願いがかないますように。気づけばそう願っていた。

「話があるんだけど」

　閉じていた目を開けると、洗濯物を干し終わったお母さんが仏頂面で正面に座った。そこに座られるとテレビが見えないんだけど。

「なに？」

　そう言う私の向こうで、台所でコーヒーを飲んでいたお父さんがそそくさと庭に出て行く。まるで示し合わせたみたいなコンビプレーに目を丸くした。いつもならお母さんの小言に便乗するはずなのに、どうしちゃったのだろう……。

「こないだの日曜日、どこに行ってたの？」

「日曜日？」

「サンマリノで歩未を見たって、山田さんの奥さんが言ってたんだけど」

「ああ」

　山田さんは近所に住んでいるおばさん。ほんと余計なことを言ってくれるものだ。

「ああ、じゃないでしょう？　彩夏ちゃんと一緒にいたって？」

「寸座駅で待ち合わせして喫茶店に行っただけだよ」

　ヤバい空気を感じながらも、まだ私は冷静でいた。別に悪いことをしたわけじゃないし、そもそもせっかくの休みなのに不機嫌な顔はやめてほしい。

「それで？」

尋ねる私にお母さんが庭にいるお父さんと一瞬目線を合わせたのがわかった。いつもと違う状況に戸惑っていると、すうとお母さんが息を吸う音がした。

「もう彩夏ちゃんに会うのはやめなさい」

キッパリと言い放つお母さんに、

「は？」

私は眉をひそめていた。今、なんて言ったの？

「最近学校にも行ってないみたいじゃない。悪そうな人と一緒にいることもあるそうよ」

「だから会っちゃいけないの？」

「先週お母さんね、彩夏ちゃんを見かけたの。挨拶したのにプイッて行っちゃったのよ。それにあんな色に髪を染めちゃって、髪の毛がかわいそうよ」

きっと腫れた顔を見られたくなかったからだろう。親友だからわかること。お母さんには絶対にわからないこと。

「いい、歩未よく聞いて。あの子はもう変わっちゃったの」

「彩夏は彩夏だよ。見た目は変わっても、中身は昔のまんまだよ」

怒りを抑えて手元にあるスマホに逃げようとする私に、お母さんはわざとらしくため息をついた。

「歩未はそんなふうになってほしくないから言ってるの」

「そんなふう、ってどんなふうよ。うるさいな」

「ほら、そういう口の利き方！　ああいう子とつき合ってるからあなたまでおかしくなっちゃうのよ」

　ムカつく。それじゃあ、まるで彩夏がおかしい子みたいじゃない。

　耐えられず立ちあがると、

「ちょっとお父さん！」

　金切声を出すお母さん。慌てた様子でお父さんが窓辺に来る。

「母さんの言うことを聞きなさい」

「もうやめて」

　ケンカなんてしたくないのに、どうしていつも私を責めるの？

「友達ってのは成長する中で毎回選択するものであってな――」

「なにそれ」

　出て行こうとする私の腕をお母さんがつかんだ。

「あなたのためを思って言っているのがどうしてわからないの⁉」

「全然彩夏のことわかってないくせにエラそうに言わないでよ、もう、放っておいて！」

強引に腕を振りほどきそのまま家を飛び出した。うしろでふたりの声がしているけれど自転車に飛び乗った。あんな言い方あんまりだよ。力を入れてペダルを漕ぐけれど、ちっとも進まない気がした。

やがて寸座峠の登り坂になると自転車を降りた。この坂道は、いつも私を自分と向き合わせる。いつもなら反省モードに入るところなのに、まだ胸は怒りでいっぱいだった。

空を見れば今日は雲がいくつも空に白く浮かんでいる。これじゃあ夕焼け列車は期待できないな……。

もう彩夏は夕焼け列車に会えたのだろうか。伝説のとおりのことが起きるならば、彩夏だって元のように戻るかも……。

そこまで考えてようやく気づく。

「そっか……」

私だって彩夏の見た目の変化に戸惑っていたはず。勝手に彩夏が変わってしまったと思いこんで疑ったりした。親友だといいながら、なにもわかっていなかったのは私自身だったんだ。

重いハンドルを押しながら、急に目が覚めたような気分になっている。思えば、とがめるような質問ばかり投げつけていたような気がした。彩夏は変わらずにやさしく接してくれたのに……。

息が切れて苦しいのは坂道のせいだけじゃない。急に陰ったように感じる景色に顔をあげれば、寸座峠の木々が青空を隠していた。

駅に到着すると、いつものようにたまるベンチに座った。今日は風もなく、浜名湖には船が何艘か浮かんでいる。もう空を覆う緑もないのに、視界は暗くぼやけている。

彩夏に会いたい。そう思ったとたん、スマホがパーカーのなかで震え出した。お母さんかも、と画面を見ると〈公衆電話〉と表示されている。

「もしもし？」

おそるおそる耳に当てると、

『あたしだよん』

彩夏の声がそう言った。

「彩夏？」

会いたいという願いがかなった気がして、お腹のあたりがじんわりとあたたかくなった。

「なんで公衆電話なの？」

涙声に気づかれないように尋ねる私に、『ああ』と彩夏の声がした。

『スマホの充電切れちゃってさ。充電したいんだけど、今帰ったら親父がいるから帰れないんだよね』

あはは、と笑う彩夏に、

「そうなんだ」

つられて笑うけれど……。

「ね、『今帰ったら』って言った？　まさか……朝帰りとかじゃないよね？」

親友だからこそ、言葉のちょっとした変化にも気づいてしまう。彩夏は一瞬黙ってから、

『まあ……あたしもいろいろあるんだよ』

なんてごまかしている。スマホをいつの間にか強く握りしめていた。

「本当に朝帰りなの……？」

『歩未には関係のないこと。気にしなくていいよ』

近づいたと思えば、こうして離れてしまう。さっき反省したばかりなのに、

「関係ないって、そんな言い方ないよ……」

そう言葉にしてしまっていた。

『親父にはちゃんと電話入れておいたし。それに、別にやましいことしてたわけじゃないんだから。歩未は考えすぎだよ』

「どうして……」

思わず出た声に、彩夏は『なにが？』と平然と尋ねてくる。湧き出た感情は怒りではなく、もどかしさ。景色を見て気持ちを落ち着かせようとするけれど、頭の中が疑問符で埋め尽くされるスピードに追いつけない。

「みんな彩夏のこと心配しているのに、どうしてそういうことばかりするの？　なんで誤解されるようなことをするのよ」

『また説教？』

「そういうわけじゃないよ。だけど、だけど……」

この間、私たちは楽しい時間を過ごせた。思い出の大切な一ページが刻めたと思っていたし、存在を近くに感じられたはず。なにかが変わると信じていたのに……。

深いため息が勝手に口から漏れていた。スマホを握りしめていた手の力を弱めると、私は目を閉じた。

「ごめん、私ヘンだね。もう切るね」

また逃げるの？　自分に問いかけるけれど、そんな簡単に成長なんてできないよ。追いかけっこをしてもどんどん遠ざかっていくうしろ姿。けして近づかない距離に、あきらめそうになっている自分がいた。

『今、寸座駅にいるの？』

こんなときなのにまだ笑みを含んだ彩夏の声に答える義務なんてない。

それなのに、

「うん」

私はうなずいていた。

『じゃあ待ってて。今、佐久米駅の前にある公衆電話からかけてるんだ。今日、歩未に話したいことがあるんだ』

「来なくていいよ。ケンカ、したくないし」

『ケンカなんてしないよ。あたしら、親友でしょ』

こんなときばっかり……。ムスッとする気配が伝わったのだろう、

『いいから待ってて。約束して』

そう言ってきた。

「……わかった。今度こそ、ちゃんと約束だからね」

どうして彩夏の言葉にいつもうなずいてしまうのだろう？

『あとでね！』

元気よく言うと彩夏はガチャンと受話器をおろしてしまったらしい。

「なによ……もう」

スマホを乱暴にパーカーにしまってもモヤモヤが消えてくれない。なんだか身勝手な彩夏に振り回されているようにしか思えない。

さっき感じた後悔も薄れてしまっている。かといって家に帰ってもな……。

行き場のない怒りと自分自身。浜名湖のように穏やかな波に漂いたいのに、どうしてできないのだろう……。


しばらく待っていたけれど彩夏はなかなか現れなかった。電話をしても電源が入っていないのか、出ない。佐久米駅からこっちに向かっているならとっくに到着しててもいいはずなのに。

重い気持ちを振り落とし歩道に出る。自転車のスタンドをあげ、元来た道を戻ることにした。途中できっと彩夏の愛車であるクリーム色の自転車が見えるだろう。

ゆっくり坂道をのぼっていくと遠くからサイレンの音が聞こえてきた。振りかえると救急車がすごいスピードで私を追い抜いていくところだった。揺れる峠の木々の葉が、車道で影を揺らせていた。

そのときは思いもしなかった。

けれど、すぐに生まれた悪い予感が足を速めた。寸座峠の上まで来ると自転車に乗り、長い坂道をくだる。風が髪を乱してもブレーキをかけずに走る。

救急車、って……まさかね。まだそう思える余裕はあった。きっと彩夏のことだからのんびりと歩いてきているのだろう、と。

やがて、遠くに佐久米駅が見えてくる。そこにはさっきの救急車が赤いランプをつけて停(と)まっていて、脇にはたくさんの人が集まっていた。どんどん嫌な予感が強くなっていく。

救急車が動き出し、サイレンとともに私とすれ違った。つんざくような高音がすぐに遠ざかっていく。道の端に自転車を捨てるように置き、人だかりに向かって走る。必死で走る。

彩夏、彩夏っ！

そんなわけがない。彩夏であるはずがない。集まっている人をかきわけて進むと、駅舎の横にあるポストがありえない形で曲がっていた。

その奥にある電話ボックス。そこにぶつかって停車している白い車のボンネットは山の形に盛りあがっていた。

地面にはガラスが割れて散らばっている。車体についている赤黒いものは……血？

ふと、見おぼえるのあるクリーム色が目に入る。

「嘘(うそ)……だよね？」

もう私はその場に膝をついていた。

それは……そのひしゃげた自転車は、彩夏のものだったから。

寸座駅に来るのは久しぶりだった。梅雨の合い間の快晴の夕方。いつもの場所に自転車を停めると、気合いを入れるようにひとつ深呼吸をした。

砂利道を抜けるとすぐにホームに出る。たまるベンチには黒い猫が日向ぼっこをしていた。あの喫茶店にいた黒猫だろう。

「隣、いい？」

そう尋ねると、黒猫はチラッと私を見てから目を閉じた。左端に座ると、黒猫はゴロゴロと気持ちよさそうに喉を鳴らしている。

猫の頭をなでながら、大きな空と眼下に広がる浜名湖をぼんやり眺めた。ここに来るまでずいぶん時間がかかってしまった。

彩夏が亡くなってからのことは、正直あんまり覚えていない。

もちろん学校には行ったけれど、気づけば放課後になっていたり、家でも気づくとごはんを食べていたり寝ていたり。彩夏の通夜や葬式にも参列したはずなのに、記憶が曖昧だった。

お母さんによると、わき見運転の車が電話ボックスに突っこんだらしい。その事実を伝えるとき、お母さんは泣いていた。

長い悪夢から醒めても、また悲しい夢が続くような気分。思い出すその最後には、あの事故の映像がどうしても立ちはだかる。だから、考えないようにシャットアウトすることの繰りかえし。

お母さんもお父さんも、あれ以来私に注意をすることはなかった。これまでは会話のない食卓だったのに、ふたりは必死にいろんな話をしてくれていた。お父さんとお母さん、ふたりの間で交わされる会話も増えたように思う。

ぼんやりとした世界で私はそれを眺め、話を振られると意味もわからないままうなずいたりしていた。ご飯を食べてもお風呂に入っても、まるで自分の体じゃないみたいに感覚がない毎日だった。

日曜日におこなわれた四十九日法要のとき、ようやく私は彩夏がもうこの世にいないことを理解した。あの日の約束は守られないまま、彩夏は私の前から永遠に消えてしまったのだ。

法要がおこなわれた会場を出るとひどい雨だった。友達が私になにか声をかけたと思う。けれど、気づけば私はひとりで歩き出していた。

『歩未！』

叫ぶ声に振りかえるとお母さんが傘を持って駆けてきた。雨が一瞬で私をずぶ濡れにしていた。責めるように体を叩く雨から逃げたいのに足が動かなかった。

彩夏はもういない。彩夏には二度と会えない。

『おかあ……』

口にしたとたん吐きそうなほどの気持ち悪さが襲ってきた。お腹を押さえればすぐに不快感は涙になって頬をこぼれた。

『歩未！　どうしたの⁉』

『お母さん。彩夏が……彩夏がっ！』

声をあげて泣く私の体をお母さんが抱きしめていた。お父さんが水を蹴とばしながら走ってくるのが雨の向こうに見える。

泣いても泣いても雨はどんどん強くなるようだった。

翌日。降り続いていた雨は朝になると姿を消し、教室の窓から見る空は青一色だった。泣きはらしたまぶたがまだ少し重かった。

『雲ひとつない空……』

ぼんやりとつぶやいたとき、小さく胸が鳴った気がした。そうだ……と空に目を向けたまま思い出す。

あの日、彩夏と一緒に行った喫茶店でマスターに聞いた話。会話を思いかえせば、彩夏の笑顔や横顔も一緒によみがえってしまう。

だけど……あの日私たちは夕焼け列車を信じたはず。

下校の時間になると、なにかに導かれるようにここに向かっていた。

空は、まだ青く見渡すかぎり雲は浮かんでいない。マスターはこういう天気の日に、本当に会いたい人のことを思えば夕焼け列車は来ると言っていた。

会いたい人はひとりだけ。もう二度と会えない人にも会えるなら伝説でも奇跡でも信じたいよ。

気がつくと黒猫はいなくなっていた。喫茶店に帰ったのだろう。誰もいなくなったホームでひとり、スマホを取り出す。SNSメッセージやメール、着信履歴には今でも彩夏の名前ばかりが並んでいる。でも、あの日を境に彼女からの連絡はない。

「彩夏、会いたいよ……」

だんだんと空は青を薄め、水平線を暖色に変えていく。誰もいない無人駅は、まるで世界にひとり取り残されたような気にさせる。山へ落ちていく太陽が、最後の力を振りしぼるように、浜名湖の水面を光らせている。

「こんにちは」

ふいに声をかけられ横を見ると、若い男性が立っていた。

「……こんにちは」

戸惑いながら答える。見ると胸に〈天竜浜名湖鉄道〉と刺繡(ししゅう)がしてある。

なんだ、駅員さんか……。

「あと少しで列車が来ますよ」

帽子を取った男性は二十代半ばくらいだろうか。横顔は整っていて、やわらかい髪が似合っていた。

「学生さんですね。これから帰るところですか？」

「あ、いいえ。ちょっと……待ち合わせです」

そう、大切な親友との待ち合わせ。思わずほほ笑んでしまってから、久しぶりに笑っていることを知る。そして胸の奥からは悲しみがまた顔を出す。

「僕は三浦と言います」

「……斉藤です」

つられて自己紹介をしてから気づく。

「あの……ここって無人駅じゃなかったですか？」

「そうです。僕は列車がくるのを確認する役割なんです」

言葉遣いが丁寧な三浦さんは体の線が細く、制服に着られているようにも思えた。研修生かなにかだろうか。

それから私たちはしばらく無言のまま、下界に広がる景色を見た。

「そろそろですね」

三浦さんは細い指で空を指した。

「夕焼けがはじまりました。きっと会えますよ」

「え……?」

「夕焼け列車を待っているのでしょう?」

絶句する私に、三浦さんは目を細めた。なにもかもを知っているかのような瞳から目を逸らすことができない。

「人生には不思議なことがあります。夕焼け列車もそのひとつです」

「どうしてそのことを……。あの、彩夏には会えますか?　本当に夕焼け列車は彩夏を乗せて来るんですかっ!?」

腰をあげると、三浦さんは片手を広げて制してきた。力なく座る私に、三浦さんは悲しそうに笑う。

「大切な人にもう一度だけ会えるのが夕焼け列車です。その場所で、本気で会いたいと願ってください。きっと会えますから」

その言葉に胸がズキンと音を立てた。

果たして本当にそうだろうか?　ゆるゆると視線を落とす。

あの日、彩夏と電話をしたせいで事故は起きてしまった。私に電話をかけなければ、彩夏が死ぬことはなかったはず……。

「会いたいって、彩夏は思ってくれているのかな……」

足元の影が長くホームに伸びていた。夕焼けは濃くこの町に降りはじめている。

彩夏に会いたい。でも、彼女は私を許してくれるのかな……。もしも私と知り合わなかったら、あの日私に電話をしてこなければ、私がもっと早く電話を終わらせていたならば……。

悪い考えばかりが頭をグルグルと回り出している。会いたい気持ちよりも罪悪感のほうが勝っている。どんなに謝っても、彩夏はもう戻らない。あの日の約束は永遠に果たされることはない。

「彩夏さんはあなたにとってどんな存在ですか？」

声に顔をあげると、三浦さんは線路の向こうに顔を向けていた。うっそうと茂る寸座峠の緑も、今は朱色に染まっている。

「……親友です。でも彩夏はそう思っていないかもしれません。だって私のせいで彼女は……」

言葉の途中で息が切れたように苦しくなってしまった私は、握りしめた自分の両手を見た。

「それは斉藤さん側から見た真実であり、ひょっとしたらその友達は違うことを思っているかもしれない」

「違うこと？」

顔をあげると三浦さんはやわらかくうなずいた。

「物事はいろんな角度から見れば、その形も変わるものです」

「だけど私は、私はっ！」

声を荒らげてしまう。握りしめた両手に痛いほど力が入っていた。

「大丈夫です。あなただけは信じてください」

荒ぶる感情を鎮めるようなやさしい声で三浦さんは言った。

「信じる……?」

「夕焼け列車に会うには、あなたの強い願いが必要です。彩夏さんがどう思うかじゃないんです。斉藤さん、あなたが会いたいと思うことがなによりも大切なんです」

静かに諭すかのような声がすっと頭に入ってくる。

彩夏……。小さいころから自分勝手で、自由で、それでいていつも笑っていた。いつもそばにいたのに、どうしてこんなことになったの?

話ができなくてもいい。最後になってもいいから私の気持ちを伝えたい。彩夏、私はあなたに会いたい。大好きな親友にもう一度会いたいよ!

「列車がまいります」

帽子をかぶった三浦さんが背筋を伸ばしてそう告げた。

遠くからかすかに音が聞こえてくる。でもすぐにその音の正体がわかった。聞き間違いなんかじゃない。これは……列車が線路を走る音だ。

緑の木々を割るように列車が姿を現した。

「ああ……」

思わず息を止めてその姿を見守る。列車は西日に照らされて、その車体を黄金色に輝かせていた。まぶしくて目を開けていられない。

「これが……夕焼け列車なの？」

ブレーキ音を立て列車は駅舎の前で停車する。まばゆい光に目を奪われ、三浦さんの姿が見えなくなる。

その時だった。開いたドアからひとりの女性が降りてきた。まっすぐに私に向かって歩いてくる顔を見た私は、ゆらりと立ちあがっていた。

「彩夏……？」

黄金色の光をバックに歩いて来る女性は彩夏に似ているけれど、見た目が全然違った。

「やほ」

昨日まで会っていたかのように軽い口調。やっぱり彩夏だ……。

「彩夏……」

私の前に立つ彩夏に時間が止まったように動けない。目の前の光景が信じられずに、私は手を伸ばした。彩夏は私の両手を握るとニッコリ笑った。

「やっと会えたね」

「彩夏……どうしたの、その格好……」

彩夏はセーラー服を着ていた。さらに金髪だった髪は真っ黒に変わっている。最後に会ったときと全然違う……。

導かれるようにベンチに並んで腰をおろした。長い髪を触ってから彩夏は照れたように「へへ」と笑った。

「あの事故にあった日さ、本当はこの格好だったんだ」

「え……？」

思考がついていかない私。

「朝帰りしたって言ったじゃん？　あれさ、町のグループを抜けるためだったんだ。まあ夜通し絞られたけど、なんとか脱退できた。それを歩未に言いたかったんだ」

「そうだったの。そうだったんだ……」

思ってもいないような事実は、私の視界を一瞬で潤ませた。

「ごめん、彩夏。私……ひどいこと言ったよね……」

「ああ、全然。好き勝手やっても歩未なら許してくれるって、どこか甘えてたんだよ」

「違うよ。あんなこと言うつもりなかったのに……なかったのにっ」

もう私は泣いていた。どうして私は彩夏を信じられなかったの？　たったひとりの親友なのに。

「泣くな、友よ」

茶化してくる彩夏に、嗚咽（おえつ）が止まらない。私の肩を抱く彩夏の体はあたたかく、まだ生きているみたいだった。

「歩未を驚かせたかったのにさ、まさか死んじゃうなんてね。せっかく学校にも行こうと思ってたのにさ」

「うん、うん……」

「お葬式の日も歩未はぼんやりしてて、あたしの姿見てくれなかったもんね」

ボロボロとこぼれる涙はそのままに、彩夏の右手をたしかめるように握った。

「彩夏、私……私っ」

泣きすぎて息がうまくできないよ。親友だって思ってたくせに、私は変わろうとしている彩夏のことを全然理解していなかったんだ。

「泣かないで。やっと約束を果たせたのに」

「……約束？」

「あの日の、歩未に会うっていう約束。歩未が願ってくれたおかげなんだよ」

「彩夏……。彩夏は生きていたの？　ううん、生きかえったの？」

こんなにリアルな幽霊なんていない。あの事故もこの間の法要も、ぜんぶ幻だった
のかも。だけど、彩夏は悲しみ笑いのまま首を横に振った。

「残念だけど、あたしはもう死んじゃったみたいなんだ」

「そんな……」

うれしさや悲しみが混じり合った涙がどんどんこぼれる。そんな私を彩夏はやさし
い笑みで見てくれていた。

「私、彩夏に会いたかった。本当に会いたかったの。私、私……」

嗚咽が漏れてうまくしゃべれない。だけどどうしても伝えたかった。

「私、彩夏に謝りたくって……。あの日、事故にあったのは私が――」

「だろうと思った」

言葉の途中、私の手を解いて彩夏は呆れた顔をした。

「え？」

「何年友達やってるのと思ってんの。歩未は絶対に気にしてるんだろうな、って確信
してたよ」

両腕を組んで自慢げに言った彩夏に私はうつむいた。

「でも……あの日、私に電話をしなかったなら彩夏は今もまだ生きていられたはずだ

よね？」

「まったく、そういうところ歩未はほんと変わらないね」

「……どういうこと？」

ため息をついてから「ミケ」と彩夏は単語で言った。

「この間言ってたじゃん。神社の太い猫の話」

ああ、と思い出す。喫茶店でミケの話をした。もう、ずいぶん昔の話のように感じた。あのときは、こんなことになるなんて思わなかったよね。

「でも、あのときは『忘れた』って言ってたよね？」

「忘れるわけないでしょ。あんなにふたりで可愛がってたんだもん」

そう言うと彩夏は浜名湖に目をやった。

「デブな猫だったけど、めっちゃ可愛かったよね。でも、ある日いなくなった」

「うん……」

言われて思い出す。夏休みのある日、ミケはいなくなってしまった。すぐに戻ると信じていたけれど、それ以来ミケには会えなくなってしまった。

「歩未は、『前の日にエサを持ってこなかったから』ってずいぶん自分を責めてたよ。いつもそう、なにか悪いことがあると自分のせいだと思いこんじゃう」

「ああ……」

苦い記憶がよみがえる。お腹をすかせたミケが、きっと食べ物を探しに行ってしまったと思った。ぜんぶ私のせいだ、とも思った。

「あたしはさ、ミケは自由を求めて旅立ったと思ってた。でも、歩未はあたしの案を全力で否定し続けた。なにかあるとミケを思い出して泣いてばかりだった」

秋になっても冬になっても、ずっとミケを無意識に探していた記憶がある。

「忘れたフリをしたのは歩未のためだよ」

「え？」

驚く私に彩夏はクスッと笑った。

「あのままミケの話を続けていたなら、いなくなったことも思い出さなくちゃいけなくなるでしょう？　そうしたら歩未はまた自分を責めるかも、って思ったの」

言葉を失う私に、彩夏はニッと口角をあげてみせた。

「物事は悪いふうに考えると、どこまでも悪くなる。疑ったり憎んだり、そういうのあたし、嫌いなんだ。だって、そういうのってつまんなくない？」

彼女らしい考え方だと思った。いつだって彩夏は前向きで私のマイナス思考とは正反対な性格。

「今回のことだってそうだよ。あれは避けられない事故だった。車の運転手が全部悪いんだからね。ほんと、あいつ呪ってやるんだから」

あはは、と笑う彩夏。冗談めかして言う彩夏に、私は「でも」と鼻をすすった。

「ごめんね……」

「なんでもかんでも自分のせいにしないの。あたしが『行く』って言ったんだよ」

それでも罪悪感はなくならない。夕焼けが濃くなりすぎて、空の色は上空を濃い青に塗りつぶしていく。まるで夕焼けが浜名湖にどんどん吸いこまれているみたい。

風が少し冷たい温度になっていた。振り向くと、夕陽は山の向こうに沈んでもう見えなくなっていた。

さっきまで光っていた列車も、車体を夕焼けのオレンジ色に変えていた。

「ねぇ、歩未。あたしもね、会えたんだ」

突然そう言う彩夏に、「え？」と尋ねると、彼女はやさしく笑った。

「事故にあう少し前の夕方、夕焼け列車に会えたの」

驚きのあまり声の出ない私に彩夏は視線を空に向けた。

「雲ひとつない夕暮れだった。あたしはここで『お母さんに会いたい』って願った。そしたら、夕焼け列車がお母さんを連れて来てくれたんだよ」

うれしそうな彩夏の瞳に涙が浮かんでいた。

「やっと会えたっていうのに、いきなり説教された。夕焼け列車のリミットまでずーっとあたしの生活態度についてお母さんは叱ってた。でも……それがうれしかった。

うれしくてたまらなかった」

「彩夏……」

「本気であたしを叱ってくれている人がいることを、ようやく幸せだと思えた。だから、変わってみようと思えたの」

見たこともないくらい顔を崩して笑う彩夏の頬に、涙がこぼれていた。彩夏も会いたい人に会えたんだ……。夕焼け列車は、彩夏にも奇跡を起こしてくれたんだ。

さっきまでの悲しみの涙じゃなく、もっとあたたかい涙が私の頬にも流れている。

「あたしはバカばっかやってた。どうしようもなくひねくれていたよね？　最近は歩未もどこかあたしのこと怖がってたし」

「そんなこと、ないよ」

言葉尻がつい弱くなる。私はどんな格好をしていようが彩夏が好きで、それでいて変わっていく彼女が怖かったんだ。

「でも、死ぬ直前に変われたこと、それが今は誇りなんだよ。……って、意味わかる？」

顔を覗(のぞ)きこむ彩夏に何度もうなずいた。

「わかるよ。すごく……わかる」

ダメだ。言葉にならない。彩夏がこんなにそばにいるのに、顔を見られないほどに視界が歪(ゆが)んでいる。

「ねぇ、歩未。これからは遊べなくなっちゃうけど、がんばんなよ」

「嫌だよ。なんで……そんなこと言うの？　いつまでも彩夏といたいよ。もっといろんな話をしたいよ。笑ったり悲しんだり、たとえケンカしたとしても一緒にいたいよ！」

　泣き叫ぶ私に、彩夏はこんなときなのにまぶしそうに目を細めて笑いかけてくる。

「ねぇ、歩未。あたしの話を聞いてね」

「……え？」

「歩未は親のことうるさがってたでしょう？　あたしはいつだってそれがうらやましかった。誰かが自分のことを心配してくれているって実感してみたかった」

「彩夏……」

「あたしから見れば歩未は贅沢(ぜいたく)なんだよ。それに気づいてほしい。歩未のいいところは素直なところなんだしさ。あとはあたしみたいに、もう少し気楽に生きてみること」

　涙で歪む視界。夕陽の輝きは夜に沈んでいく。

　時間がない、と知った。

「お願い、一緒にいてよ。ずっと一緒にいてほしいよ」

すがるように彩夏の腕をつかむと、

「あたしも同じ気持ちだよ」

そう言ってくれた。

「でも、やっとお母さんのそばにいられるの。歩未のそばにはあたし以外にもたくさんの人がいるから大丈夫」

「大丈夫じゃないよ。だって、彩夏が……もういないなんて」

「いなくなるんじゃないって。だって、あたしはユリカモメになれたんだよ」

「ユリカモメに？」

「そう。自由にこれから空をはばたけるから幸せなんだ。親友の夢がかなうって、うれしくない？」

「彩夏が幸せなら……うれしい。でも、さみしい」

「あたしも」

ギュッと抱きしめてくれた彩夏は生きているときと変わらない。だけど、もうすぐ夕焼けのオレンジは夜の黒色に消えてしまう。

「がんばるって約束できる？」

彩夏の声はこんなにリアルなのに、もうすぐいなくなってしまう。

もう、会えないの？

もう、終わりなの？

二度ともう、あなたには……。

ギュッと抱きしめてくれた彩夏にすがりついて泣きじゃくる。親友である以上に、いつだって私を守ってくれた彩夏。

どうか、夕焼けよ消えないで。どんなに抱きしめ合っても、それで満たされることなんてないよ。そばにいたいよ。

でも、もしも本当にこれが最後なら……私もちゃんと伝えなくちゃ。何度も深呼吸をして、私は口を開く。

「……うん。がんばる、がんばってみるから」

なんとかそう言うと、彩夏は「ありがとう」と涙声で言った。

ゆっくり体を離すと彩夏は立ちあがった。暗くなっていく空で、彩夏の表情がよく見えない。もっと伝えたいことはあるはずなのに、もう言葉が出てこない。

「今の約束、ちゃんと守ってよね」

ニッと笑ってから彩夏は背を向けて歩き出す。

「……待って」

私を待たずに彩夏は列車に乗りこんでしまう。

「お願い、待って！」

「ねぇ、うちらはこれからも親友だよね？」

そのときはじめて、彩夏が不安そうな顔を浮かべていることに気づいた。ずっと強気でいた彩夏が久しぶりに見せた弱さだった。

親友なら……。親友なら、最後に悲しませたりしたくない。

「当たり前。ずっと親友だよ」

まっすぐその目を見て伝えると、彩夏はうれしそうにほほ笑んだ。

すぐに扉が閉まり、列車は動き出してしまう。

「彩夏、彩夏ぁ！」

動き出す列車を追いかける。ホームの端で私は叫んだ。

旅立つ親友に少しでも安心してほしい。だから、私は！

「私、がんばるからっ。だから彩夏、またね。また会おうね！」

その声に彩夏が大きな口を開けて笑うのが見えた。私が大好きだった笑顔。

手を振り合う私たちに、今、夜がおりてきた。夕焼け列車は役目を終えたように、静かに消えていく。

夜が音もなく降りてきたホームにひとり。ううん、きっと彩夏は私を見守ってくれている。それが、親友との約束だから。

あふれる涙を拭って歩き出せば、家の灯り（あか）がなぜか恋しかった。

部屋をノックする音に、

「はあい」

と答えると、お母さんが部屋のドアを開けておずおず顔を覗かせた。

「これから買い物に行くんだけどね、一緒に行く？」

「今から？　もう五時だよ」

「うっかり卵を買い忘れちゃったのよ。ね、行きましょうよ」

いいことを思いついたような顔をしているお母さん。

「うーん。私はいいや。これやっちゃいたいし」

参考書を指さすと、お母さんは「でも……」と渋っている。

「せっかくの日曜日なのに一日部屋に閉じこもってたでしょう？」

「昼ご飯のときは顔出したし、テレビもちょっとだけど見たじゃん」

そういえばやたらお父さんも話しかけてきてたっけ……。

「少しの時間だったもの。ほら、ケーキ買ってあげるから」

このごろのお母さんは少しヘンだ。これまではやたら『勉強しろ』だったのに、真逆のことばっかり言ってくる。

それはおそらく私がふたりへの態度を変えたからだろう。意識して変えたわけじゃなく、少しだけ素直に会話ができるようになっている。『うらやましい』と彩夏が言った言葉が今も思い出される。

お父さんとお母さんの会話も多くなり、食卓にも笑顔が咲いていることが増えた。ぜんぶ、彩夏の残してくれたものだ。

「悪いけど、もうちょっとだけ集中したいの」

そう言う私に、お母さんは「ええ、ひどい」と甘えた声を出した。

「最近それればっかりじゃない。たまには息抜きも必要だとお母さん思うの」

「なにそれ」

笑ってしまう私に、お母さんは憮然(ぶぜん)とした顔をする。

「親子の関係性を築くのに今がいちばん大事な時期なのよ」

出た。いつもの〈大事な時期攻撃〉が。

「はいはい」

わざとらしくため息をつくと、私は立ちあがった。

「行ってくれるの？」

うれしそうなお母さんの前を抜け、そのままリビングへ。ソファで寝転がっている

お父さんを叩き起こした。

「お母さんが買い物行きたいんだって。ケーキ買ってくれるみたいだから行っておいでよ」

うしろからお母さんが、

「ちょっと、歩未！」

と騒いでいるけど聞こえないフリでやり過ごす。

「お父さん。これは可愛い娘からのお願いです。あのうるさいお母さんを家から連れ出してください。二時間は帰らないでくれたらお父さんのこともっと大好きになっちゃう」

「すぐに用意する」

ガバッと起きあがったお父さんが準備に取りかかるのを見て私はリビングを出た。

「どういうことよ。だったら三人で出かけましょうよ」

廊下を追いかけてくるお母さんに右手を広げて制すると、お母さんはピタリと止まった。

「ふたりで行ってきてよ」

「そんなの……困るわよ」

バタバタと二階で着替えているであろうお父さんのいるあたりを見あげて言うお母さん。

「夫婦の関係性を築くのに今がいちばん大事な時期だよ。ケーキ買ってきてくれるんでしょう？　あとで三人で一緒に食べようね。ほら、行って行って」

最後まで文句を言っているお母さんをなんとか送り出す。お父さんもいそいそとついていく。

見送ってから戻れば、部屋はオレンジ色に満たされていた。

参考書を開きかけた手を止め、窓辺に置いてある写真を見た。喫茶店で撮った彩夏とのツーショット写真。にこやかに笑う彩夏と、少しだけ笑みを浮かべている私。あの日、あの場所で私たちは夕焼け列車のことを知った。そして、お互いに会いたい人に会えたんだ。

「彩夏、私がんばってるからね」

行きたい大学はまだ見つからないけど私なりに努力してみるよ。だって、親友に心配をかけたくないから。

彩夏は今ごろ、ユリカモメのように空を飛んでいるはず。それとも、お母さんと一緒にいるのかな？

どちらにしても、きっと彼女は幸せな時間を過ごせていると信じている。

窓から見える空には、今日も美しい夕焼けが広がっている。長い影を作るたまるベンチが頭に浮かんだ。あの場所で彩夏に会えたことは夢じゃなかった。

誰かがどこかで噂を耳にし、夕焼け列車の奇跡は再会が必要な人の元へ伝わっていくのだろう。

今ごろ、心からの願いを持った人がたまるベンチに座っているのだろうか。その人が、大切な人ともう一度会えているといいな。

『会いたい』というその願いはきっとかなうよ。

雲ひとつない夕方、あの夕焼けの無人駅で。

第二話

悲しみなんて、昨日に置いてきた

――今日も私は不機嫌だ。

キーボードを打つ音が大きくなっていたことに気づき指先を止めた。最近、エンターキーを強く叩いてしまうことが増えている気がする。無意識とはいえ、きっと周りは気づいているんだろうな。

小さく息を吐き外の景色に目をやれば、ガラス張りのオフィスから見える空はあまりにも小さい。目の前には向かい側のビルが迫っていて覗かれている気分になることもしばしば。まあ、向こうも同じこと思っているんだろうけれど。

ビルの合い間から申し訳なさそうに見える青空は、故郷の空とは別物に見える。

「美花(みか)ちゃん、どうかしたの？」

向かい合う正面のデスクから麻原奈美(あさはらなみ)がひょいと顔を覗かせた。ベテランの事務員で御年五十五歳という噂。社長とは幼なじみだと聞いたことがある。〈情報屋〉として有名な奈美さんは、今日も濃い目のメイクでスタッフ観察に余念がないらしい。

「どうもしません。ちょっと文章を考えていただけです」

「あら、邪魔しちゃったわね。でも、眉間にシワを寄せていると老けて見えるわよ」

ありがたいご忠告だ。

「それより、奈美さん。『ちゃん』づけで呼ぶのはやめてくださいって何度もお願いしてますよね」

「だって言いにくいもの。それに正式名称だと『山田課長』でしょ。あたしにとって、美花ちゃんは美花ちゃんだし、他の何者でもないの」

よくわからない言い訳をした奈美さんが、パソコンのディスプレイ越しに口をへの字に曲げている。たしかに奈美さんは入社したころからベテラン事務職員として勤務している。二十八歳の私なんて、子供のように思っているのだろうな。

さっき見たせいで、視界の端に空の青色がチラついていた。東京に住んでもう長いのに、空を見ると故郷を思い出してしまう。

静岡県浜松市の北区という場所で生まれ育った私。高台に立てば、空と海が同じ視界で同時に見えたものだ。ふたつの青の境目をじっと眺めていると世界の広さを感じたっけ。

地元の短大を卒業し、地元に就職するという王道パターンを歩んできたのに、二十二歳のときに東京へ出てくることになった。

いや、逃げてきたんだ……。もうあれから六年が過ぎるなんて早いものだ。苦い記憶を頭から追い出し、ふうとため息を落とす。

今日も残業になりそうだ。仕事に追われているのはいつものこと。逃げきれないほどの量が毎日のしかかっている。やることはたくさんあるのに、時間だけがどんどん過ぎて行く感覚は、年々強くなっている気がする。さらに今は八月初旬。お盆休みも近づいているので、いつもより倍の速さで仕事を進めなくちゃいけない。

私の勤める会社はけして大きな会社ではないけれど、保険の代理店としては成功していると思う。実際、毎年社員の数も増えているし、オフィスも昨年新しい場所に変わったばかり。

私はその企画部に所属している。保険の販売だけでなく、地域の中小企業とのコラボ研修や市民向けのセミナーなどを取り仕切っている部署だ。名ばかりの部長は営業部と兼務していて忙しいので、必然的に私が取りまとめなくてはならない。

ディスプレイに向かい力任せにキーボードを叩いていても、機嫌の悪さはどんどん増している。気持ちを落ち着かせようと、データを上書き保存して目頭を押さえた。

「戻りました」

隣のデスクに匠信二郎（たくみしんじろう）が戻ってきた。入社二年目の二十四歳。今日も嫌味なほど白くてつるんとした肌。背はそれほど高くないがすらりとしていて見た目はいい。が、髪に頓着がないのか、いつもくせっ毛がはねている。ふたつ山を作っている頭頂部が、なんだか犬の耳みたい。

ニコリともせずにパソコンに意識を戻す。不機嫌な原因の半分以上が、この匠信二郎のせいなのだから当然だ。

「美花さん、なんだか疲れてますね」

　さわやかな笑みを浮かべる信二郎の言葉に、私の眉間のシワは深まる。

「なんで?」

「どうぞ」

　渡してきたのは私の黄色いマグカップ。なみなみとつがれているコーヒーからは白い湯気が生まれていた。

「なんで?」

　もう一度同じセリフで尋ねると、信二郎はニコニコと笑っている。

「さっき美花さんがため息をついてたのが聞こえちゃったんですよ。元気づけようと思ってコーヒーを淹れてきました」

「……だから、なんで下の名前で呼ぶのよ、って聞いているの。苗字で呼ぶようにと何度も言ってるよね?」

「あ……」

　照れ笑いを浮かべていた信二郎の顔が一瞬で真顔に変わる。

「もうひとつ言わせてもらうけど、なんで私のマグカップを無断で使うの?　もうひとつ、そもそもコーヒーなんて淹れに行っている余裕があるわけ?」

　向かい側のデスクの席で、奈美さんが「あらあら大変」とつぶやくのが聞こえた。

「あの……コーヒーを……」

上目遣いになる信二郎に、

「ほら、早く山田課長に謝りなさいよ」

すかさず奈美さんが私に聞こえるように進言した。名前についてだけ言わせてもらうと、自分だって同じように呼んでいたくせに。彼女はいつだって変わり身が早い。

「すみませんでした」

さっきまでの勢いを失くした信二郎がシュンとうつむく。たった四歳しか歳の差がないのに、ずいぶん歳下のように感じてしまう。そして、そう思う自分にがっかりする。

「私だって、ため息をつきたくてついてるわけじゃないの。だいたい君の作った企画書が不完全だからこうして作り直しているわけでしょう」

フロアに響かないように声を落として注意すると、信二郎は叱られた子供のように唇をとがらせている。

「そういう顔したってダメ。コーヒー淹れるヒマがあったら早くデータだけでも出して。このままじゃ徹夜になっちゃう」

「はい！」

声だけは元気がいい信二郎。いそいそとパソコンに向かってから、おそるおそる私をまた見てくる。

「あの……コーヒーは、どうしましょうか？」

「いいわよ。ありがたくいただきます」

　無理やり、いや、それについてだけは少し笑みを浮かべてから私も企画書の修正に戻る。

〈入社して三年は新人〉という社訓がある以上、あまり厳しくは言えないが、最近の子はみんな要領が悪い。って、私もきっと同じように思われていたんだろうな。

　そうしてからまた故郷の空を思い出した。自由だったあのころに戻ることはもうできないとわかっている。手に入らないからこそ、人は過去の思い出をきれいな色に上書きしてしまうのだろう。

　もう一度、データの保存キーを押してから私はキーボードを打ち始める。


　マンションに帰ってくるころには、とっぷり日が暮れていた。

　ドアを開けると、部屋の中の空気が熱を帯びてとどまっているよう。クーラーをつけてから部屋着に着替え、まずは冷蔵庫から缶ビールを取り出す。プルトップを開けて歩きながら飲む。強い炭酸が喉に気持ちいい。

　リビングのソファにもたれてテレビをつけると、お笑い番組が流れていた。わざとらしくあとづけした観客の笑い声に冷めチャンネルを変える。ニュースをぼんやり眺めていると、ようやくクーラーが効いてきた。

気づけば、壁にかけてあるカレンダーを見つつお盆休みまでの仕事をシミュレーションしていた。せっかくのプライベートな時間も、頭の中は仕事でいっぱいだ。

二十二歳のときから住んでいるこの部屋は会社が用意してくれた。右も左もわからない私をよく採用してくれたものだ、と今では感謝している。当時、まだ小さかった会社においては社員の数も少なく、私も二十三歳から役職をつけられていた。

「山田課長、か……」

最初は係長代理からはじまって、今じゃ課長。別に出世したいわけじゃないけれど、肩書きがつくと必要以上にがんばってしまう自分がいる。

昔からそうだった。高校時代にテニス部に所属していた私。副部長を任命されてからは部をまとめることに必死になり、気がつけばテニスをすることが楽しくなくなっていた。

ビールを喉に流しこんで思い出も飲み干した。プライベートな時間くらいのんびりとしよう。

ふいにスマホがカノンを歌い出した。見ると〈お母さん〉と表示されている。疲れがひどいし出たくない気持ちはあっても、出るまで母は何度でも電話してくるのは経験済み。

「もしもし」

少し明るい声を意識して電話に出ると、

『ねぇ、美花』

母は早速話し出す。せっかちな人柄ですぐに本題に入るのが苦手だったけれど、仕事をするようになってからは理解できる部分が多い。

『お盆には帰ってくるのよね？』

今日も主題から入る母親。冷蔵庫から二本目の缶ビールを取り出してソファに戻りテレビを消した。

「そのつもりだけどまだわからないよ。仕事が終わらなかったら、ひょっとしたら帰れないかも」

『同じこと言ってお正月も帰らなかったでしょう。みんな待ってるんだからね』

「……わかってるよ」

ぶすっとして口を閉じると、エアコンの低くうなる音が耳に届く。同じように黙った母が、『ねぇ、美花』と言った。さっきよりもトーンが低いことに気づいた私は、

「あのさ」

と話題を変えることを無意識に選んでいた。

「お父さんは元気なの？」

『まあね。定年してから釣りばっかりしているせいで全身真っ黒よ。サングラスの柄の部分だけ日焼けしていなくて白いのよ。ほんと笑っちゃう』

「そうなんだ」

『それより――』

「なるべく帰れるようにするから。そしたら私も釣りに行ってみようかな」

青い空を思い出す。焼けるようなアスファルトの匂い、濃い緑に染まる山、汽水湖である浜名湖に映る雲。なつかしさはいつだって、悲しみを同時に呼び起こす。知らずにこぼれたため息に、お母さんは再度黙ってしまった。

なにか取り繕う言葉を探しているうちに声が聞こえた。

『もうすぐ六年が経つのよ。そろそろ、巧巳(たくみ)君のこと――』

「ごめん。明日早いんだ。――切るね」

一方的にそう告げると通話を終了した。

胸が締めつけられるような感覚に目を閉じ、しばらくじっとする。大丈夫、と何度も自分に言い聞かせた。それからまたビールを口に運んだ。にがい炭酸が喉に苦しかった。

永遠かと思える残業が終わった。日付もとっくに越えていて、それでもなんとか形になった。化粧も構わず、ぐったりとデスクに頰をつけると一気に疲れが襲ってくる。といってもお盆まではまだまだ仕事がたまっている状況。ひとつ大きな山を越えただけで、まだまだ目の前にはエベレスト級の高山が立ちそびえている。

「美花さん終わりましたね！」

隣の席にいる信二郎がうれしそうにはしゃいでいる。今日も寝癖が形状記憶のようにこんな時間までキープされている。

「なんで君はそんなに元気なのよ……」

苗字で呼べ、と訂正する気力もない。私の言葉に信二郎は照れたようにモジモジしている。

「いや、褒めてないし」

彼なりに努力してきたのだろう、ここ数日はずいぶん仕事が早くなってきているように感じている。本当なら褒めてあげたいところだけど、わざとらしく感じられそうで口を閉じた。それよりも早く帰って寝よう。幸い今日は土曜日だし、休日出勤もまぬがれることができた。

むくっと体を起こすとパソコンの電源を切りデスクの上を整頓しはじめる。こんな日は家で冷えたビールにかぎる。そう考えると、一刻も早く家に帰りたくなった。

「ねぇ美花さん」

信二郎の呼び方も気にせずに、

「ん？」

ビールのことで頭がいっぱいになり、思わず笑顔で答えてしまった。

「せっかくだから、ファミレスでご飯食べましょうよ」

「……は？」

眉をひそめる私に、信二郎は大きくうなずく。

「僕ってひとり暮らしじゃないですか？」

いや、知らないし……。

「一応料理はするようにしているんですけど、これから帰って作るには厳しい時間ですよね？」

「コンビニでいいんじゃないの？　私、たいていコンビニで済ませちゃうけど」

「えー」

不満げな顔に、私は片づけの手を止めていた。

「コンビニだって捨てたもんじゃないよ。お弁当やお惣菜だけじゃなくて、今はオリジナルの冷凍食品もたくさんあるし、味だってレストランとまではいかなくても結構美味しいし」

我が家の冷凍庫にはいつだって各コンビニでいちばん好きな冷凍食品がストックしてある。レンジでチンしてすぐに食べられるのでありがたい。ちなみに今ハマっているのは、汁なし担々麺だ。

「コンビニをバカにしてるわけじゃありませんよ。でも、せっかく大きな仕事がひとつ終わったんですから、お祝いしましょうよ」

部下とご飯なんてありえない。プライベートの時間は私だけのものであり、仕事仲間とわかち合うのは違うと思っている。けれど信二郎はまるで忠犬のように目を輝かせて私を見てくる。

背筋を伸ばして私はすう、と息を吸った。上司として、仕事だけでなく社会人のルールも教えるべきだろう。

特に信二郎は男性だ。まあ、日ごろガミガミ言い続けている私とならヘンな噂は立たないだろうけれど、誤解を招く行動は避けるべきだ。

「あのね、ちょっと聞いて」

前置きをしてから私は口を開いた。

きちんと断って、今日は家に帰ろう。

「うまいですね！」

さっきからひと口食べるたびに信二郎は感嘆の言葉を口にしている。よほどお腹が空（す）いていたのか、彼の注文した〈極盛りハンバーグセット・ライス大盛り〉は早送りのビデオのようにたいらげられていく。

私はといえば、二杯目のビールをちびちび飲みながらシーザーサラダをつついているところ。結局押し切られる形で来てしまった。

ファミレスではしゃぐ息子と、ビールを片手にそれを見守る母……。親子かよ、と心の中でツッコミを入れながらも、ここに来た自分を許している私がいた。

……しょうがないじゃない。部下の健康管理も仕事の内。苦しい言い訳をしながらも、涼しい店内で飲むビールもまた格別だった。

食事中も信二郎は食べているとき以外はずっとしゃべっていた。高校時代の部活の話や大学のサークルでの出来事を楽しげに話している。キラキラしていてまぶしい。

もちろん私の高校時代も楽しかったし輝いていた。けれど、それはアルバムをしまうように封印した過去。私から彼に話せるエピソードなんて、ひとつもなかった。

今、信二郎は入社が決まった翌日に海までバイクを走らせた話をしている。財布を落として砂浜で野宿をしたそうだけれど、悲惨な思い出なのにどうしてこんなにニコニコとしていられるのだろう。

「朝焼けに染まる海がキレイだったんですよ」

モゴモゴと口を動かしながら言う信二郎に、砂浜で寝ている姿を思い浮かべた。

見渡す限りの広い海は故郷をイメージさせる。あと少しでお盆休み。数年ぶりに実家に帰ることを決意したまではいいけれど、果たして本当に実行できるかが不安だった。

「最近、元気ないですね」

ナイフとフォークを置いた信二郎がそう言ったので、

「え？」

と聞きかえした。

「なんだか美花さん、すごく疲れて見えます」

「それは君のせいでしょ」

嫌味っぽく言ってから後悔する。さっきまでの雰囲気を壊すような言葉だと思った。

しかし、信二郎はなぜかニカッと歯を見せて笑う。

「はい。僕のせいです」

「……君、変わってるね」

苦笑しながらもホッとした。なんだか不思議な子だ。今の若い子ってこんな感じなのかな。自分も同じ二十代とはいえ、いわゆるアラサーのカテゴリーに属している。

四歳の差なのに、彼との間にはお互いに理解し合えない深い川が流れている気がした。いや、実際にそうなのだろう。

「よく変わっているって言われます。きっとそうなんでしょうね」

ヘラッと笑う信二郎がどこか強く見えたのは気のせいだろうか？　バカにしているわけじゃなく、私よりも心が広いと素直に思えた。

感心する私に気づかずに、デザートのメニューを眺めている信二郎。鼻歌まで歌って、本当に楽しそう。

「あんまり食べると太るよ」

「食後のデザートを食べないと寝つきがわるいんですよ。美花さんもどうです？」

広げたメニューには夏らしいかき氷の写真が載っていた。チラッと見てから手にしていたジョッキを少し持ちあげてみせた。

「私はいいよ。お酒にかき氷は合わないでしょ」

残念そうな信二郎は店員を呼ぶと、抹茶あずきかき氷を注文した。

メニューをしまった信二郎がこっちをじっと見てくる。なに、急に？　少し体をのけぞらせる私に信二郎は背筋をピンと伸ばした。

「聞きたいことがあります」

「……なに？」

「僕の名前って知っていますか？」

真剣な表情でするおかしな質問に「なにそれ」と笑った。

「信二郎。匠信二郎くんでしょ？　なんでそんなこと聞くのよ」

「いつも『君』って呼ぶから気になってたんです。知っていてくれたなんてうれしいです」

言葉どおり本当にうれしそうに笑う。だけど、その名前を口にしたとたんに襲った暗い感情に私はうまく笑えずにいた。

――安堂巧巳。

過去の記憶がまた顔を出す。痛む胸をごまかすように、残りのビールを飲み干し、三杯目のビールをオーダーした。疲れのせいか酔いが早い気がする。

「たしかに『君』って呼んでるね。本当なら、『匠くん』とか『信二郎くん』って呼ぶべきなんだろうね」

「全然構いませんよ！」

青空みたいに晴れやかな笑顔がうらやましい。改めてみると、信二郎の目はキラキラと照明に光っていて、寝癖が二カ所はねていて……。

「君って犬みたいだね」

前にも思ったことを口にしてしまっていた。

「あー、それもよく言われますね」

まぶしさから目を逸らせるように、運ばれてきた新しいビールの黄金色を眺めた。

昔見た夕焼けの色にどこか似ているな。一緒に眺めていた彼の名前は……。

「……たくみ、って名前が好きじゃないの」

なんでこんなこと話してるの？　そう思う前に口から言葉がこぼれていた。

「昔つき合っていた人が『巧巳』って言う名前でね。君とは違って、名前のほうなんだけどね……ああ、ごめん、余計な話しちゃった」

片手を目の前で振る。人の名前を批判するなんてどうかしている。顔が熱くなりいたたまれない感情がこみあげてくる。

「ダメです」

「ダメ？」

「もっと聞かせてください」

信二郎は見たこともないくらい真剣な顔をしていた。かき氷が彼の前に置かれても私から目を逸らさない。

「もういいでしょ。こんな話してもつまらないから。ほら、さっさと食べて帰ろう」

「――好きです」

「は？」

聞き間違いかと思い、そのときの私は半笑いを浮かべていたと思う。いつもより飲みすぎて酔っ払ったのかと思った。でも、身を乗り出した信二郎を見て、ようやく言葉の意味を理解した。

「あ、あのね……」

「美花さんのことが好きです。本気なんです」

真っ赤な顔で、だけどまっすぐに私を見て言った信二郎。私は、ぽかんと口を開けるしかできなかった。

土日を悶々と過ごすのははじめてのことだった。読みかけの本もまだ見ていない映画のＤＶＤも見る気になれず、ファミレスで信二郎から言われた言葉を何度も頭で繰りかえした。冗談なのか本気なのかもわからず、かき氷にアルコールでも入っていたのかと疑ったりもした。

信二郎は『また答えを聞かせてください』と言ったあと、いつもの彼に戻っていた。そのあとは、会社の話や最近凝っている料理について語っていた。

つまり、あの夜はにこやかにタクシー乗り場で別れたのだ。

月曜日になり緊張したまま出勤しても、信二郎は部下として普通に仕事をしていた。

まるであの告白がなかったかのような振る舞いに、私もようやく気が抜けた。

それに、どっさりと山積みにされた書類のせいで、私はいつも以上に仕事に追われ、その週はあっという間に過ぎようとしていた。明日からはいよいよお盆休みという金曜日。今日は確実に残業だろう。

ため息まじりに給湯室で濃い目のコーヒーを淹れていると、

「お疲れさまー」

今日もバッチリメイクの奈美さんが入ってきた。バツイチの彼女は、今夜何度目かの婚活パーティに行くそうだ。たまに誘われるけれど、そんな気になれずに断っている私だ。

「コーヒー淹れますか?」

「お願い」

差し出されたマグカップを受け取ると、サーバーからコーヒーを注ぐ。

「ねぇ、美花ちゃん」

「はい」

「あたし思うんだけどね、信ちゃんは美花ちゃんのことが好きよ」

思わず手元が狂い、コーヒーがこぼれそうになるのを寸前でこらえた。

「ちょ……そんな冗談やめてくださいよ」

「あら、そんなに歳の差ないでしょうに」

意外そうな顔で言うので呆れてしまう。

「そういうことじゃありません。彼にも失礼でしょ。奈美さんの勘違いですよ」

マグカップを乱暴に渡す私に、奈美さんは頑(かたく)なに首を振った。

「あたし、そういうの間違えないのよね。だって信ちゃんが美花ちゃんを見る目、たまに熱っぽいもの」

「風邪かなんかじゃないですか？」

奈美さんの噂好きにはまいってしまう。これまでも上司の不倫疑惑などを、さも本当のことのように話題にしていた彼女。今までは適当に流してきたけれど、それが自分の身に振りかかるとなれば話は別だ。ここははっきり言うべきだろう。

「想像するのは勝手ですけど、ここは職場です。あの子とは上司と部下の関係以外になんにもありませんから」

「なんで？　信ちゃんはすごくいい子よ。それに名前のとおり次男だしバッチリじゃない」

ストレートで投げた球は見事に跳ねかえされたらしい。

もう、と私は奈美さんに顔を近づけた。

「そういう意味じゃありません。そもそも私、恋愛に興味がないんです」

「それ、前からよく言ってるけどどうして？　よかったら話、聞くわよ」

冗談じゃない。奈美さんに言ったが最後、翌日には会社中に知れ渡ってしまうに決まっている。

「大丈夫です。自分のことは自分がいちばんわかっていますから」

作り笑顔で応えても奈美さんは動じた様子もなく、

「それじゃダメよ」

と首を横に振るだけ。

「若いうちに恋愛しなさいよ」

「だとしても彼は対象じゃありません」

「そうだ、今度信ちゃんと飲みにでも行けばいいじゃない。きっとお互いを知れば好きになるかも」

しつこく食い下がる奈美さんに、まさかこの間ふたりでファミレスに行ったとは言えない。さらに彼から告白されたことなんて言えるはずがない。このまま話を続けてしまったなら、奈美さんにバレてしまいそう。

「そうだ、ゲームをしませんか？」

困ったときによくやる逃げ方を久しぶりに実践することにした。

「ゲーム？」

「目をつむって一分間数えるゲームです。いきますよ。はい、スタート！」

そう言うと奈美さんは、

「いーち、にい」

と素直に数え出したのでその場をそっと離れる。あとで怒られてもとぼけておけばいいだろう。

給湯室を出ると、信二郎がペットボトルを持って突っ立っていた。私を見るとやさしい笑顔で小さく頭を下げ、自分の席に戻って行く。

……今の会話、聞かれてないよね？

残業は続くよ、どこまでも。

といっても、朝一の新幹線を予約しているから今夜は早めに切りあげないといけない。残る仕事はあとひとつ。登山に例えるならば、もう山頂が見えてきている。

「八合目あたりですね」

ふいに信二郎が口にしたので驚く。

「あ、うん。もう少しだね」

ことさら忙しいフリでキーボードを叩いた。まるで考えていることが筒抜けになっているように思えて、顔が熱くなってしまう。薄暗いオフィスには私たちの上の照明だけが煌々とスポットライトのように光っている。他の照明は節電モードでどこか薄暗い。

今日も居残りは私と信二郎だけ。奈美さんは定時ピッタリに帰ってしまった。予告どおり婚活パーティに出陣するとのこと。

ふたりきりでオフィスにいると思うとどうも落ち着かない。先日の告白が尾を引いているのはあきらかだ。あれ以来、いつもそのことが頭にあるし、答えを求められていない分どうしていいのかわからない。私なんかのどこがいいのだろう？　きっと少し歳上でしっかりしてそうに見えるから気になっているだけなんだろうな。

なにか会話をして平静を装わないといたたまれない。まるで自分で自分を追いこんでいるみたいだと思った。

「お盆はどうするの？」

コピー機に向かいながら尋ねると信二郎は「ふふ」と笑った。

「美花さんが世間話なんて珍しいですね」

「そ、そう？」

「お盆は――」

報告書を吐き出すコピー機の音にまぎれて、信二郎の返事はうまく聞こえなかった。

席に戻り、もう一度書類に目を通してから渡す。

「確認してくれる？」

「はい。明日は何時の新幹線ですか？」

丁寧に両手で受け取ってから、信二郎はパソコンの画面に視線を戻した。

「朝一なのよ。六時半とかだったと思う。さ、ラストスパート。早く終わらせて帰ろう」

「はい。ファミレスにも行きたいですしね」

え、と隣を見るが、信二郎は画面から目を離さない。マウスを何度もクリックしている。ディスプレイの光が信二郎の横顔を照らしている。ブルーライトに照らされた横顔が、なぜか少し大人っぽく見えてしまう。

「あの……今日はファミレス、行けないんだけど」

おそるおそる言うと、信二郎は驚いた顔で私を見た。傷ついたような表情に思わず胸がグッと痛くなる。

「少しでいいので時間をください」

「あ、あのね……。この間、君が言ってたことなんだけど――」

「まずはこれを終わらせちゃいましょう。話はあとでゆっくりと」

そう言うと、信二郎は手元の資料に集中してしまったらしく、文章を指で追いながらブツブツ言っている。

もしもあれが本気だったとしたら断るつもりだった。なるべく信二郎を傷つけないようにやわらかい台詞（せりふ）を何度もシミュレーションしてきた。歯の間から空気を「スー」と吸いこみ音を立てても、信二郎には聞こえていない様子。困ったな、と手を止めて考えこむけれど、たしかに仕事中にする話ではないとも思った。

自分の仕事に戻ったものの、集中力はどこかに飛んで行ったみたい。このあと、私が自分の気持ちを伝えたならきっと彼を悲しませることになるだろう。誰かと恋愛をするなんて、私には二度とないこと。

そこまで考えて、そっか、と思った。私はまだ……巧巳を引きずっているんだ。過去の恋を引きずり、今この瞬間を生きていない。私の心は、まだあの夏の中にひとりで立ち止まっている。

改めて突きつけられる現実に、ただ悲しくなった。

私はあいかわらずの生ビール。信二郎はドリンクバーのコーラで形ばかりの乾杯をしたのは午後十時を過ぎたところ。前回のことを思えば、残業も早めに終われたと言えるだろう。

店内は明日からのお盆休みに備えてか、比較的客の数は少なかった。

「いよいよお盆休みですね」

仕事が終わったとたん、信二郎はいつものような無垢（むく）な人格に戻ったみたい。ワクワクした顔で山盛りのポテトをほおばっている。勧められたが、さすがにこの時間から油ものは厳しいので丁重にお断りをする。

「久々の実家だから緊張するんだよね」

ジョッキを片手に嘆く私に信二郎は「へぇ」とつぶやいた。

「美花さんでも苦手なことってあるんですねぇ。部長に嫌味を言われてもいつも百倍にして返すのに」

「人のことを無敵みたいに言わないでよ」

「他にもありますよ。入社三日目で社長に啖呵（たんか）を切ったのは有名な話ですから」

「あれは話が大げさに広まってるだけ。ちょっと自分の意見を伝えただけなんだからね」

怒ったフリでサラダをほおばるけれど、どこか上の空なのは自覚している。このあと、告白の返事をしなくてはならないかと思うと憂鬱になってしまう。

さらに、最近ふと思い出しては考えてしまう巧巳とのことが追い打ちをかけている。もう思い出したくなくて逃げてきたはずなのに、気がつけばすぐ隣にいる幻影。明日からは連休というのにダブルパンチで暗くなってしまう私だ。

「美花さん、そんなに緊張しないでくださいよ」

「……別に緊張なんてしてないよ」

視線を合わせると、

「すみません」

と、彼は軽く頭を下げる。

「僕が告白したことで苦しませているんですよね」

神妙な顔で謝る信二郎になぜか言葉を発せないまま首を横に振った。信二郎は口を引きしめると、

「ちょと待っててください」

そう言ってからドリンクバーに行ってしまった。

……気まずいな。緑の葉をフォークの先でひっくり返しながら思った。返事を先延ばしにして休みに入るよりも、今きちんと断ったほうがいい気もする。休みの間に信二郎の気持ちも落ち着くかもしれない。

なみなみとコーラをグラスに入れた信二郎が席につくのを待って、

「あの、ね」

私は口を開く。が、信二郎は首を大きく横に振った。

「返事を聞く前にひとつだけ質問させてください」

　信二郎が頼んでくれたのだろう、店員が新しいビールを運んできてくれた。

「ただ、正直に答えてほしいんです。それ次第ではきっぱりとあきらめますから」

「正直に？　それってどういう質問？」

「大事な質問です」

　あまりに真剣な表情に私はうなずいていた。テーブルに視線を落とした信二郎が、ゆっくりと顔をあげた。

「巧巳さんとの恋の話を聞かせてほしいんです」

「……え？　それはムリだよ」

　首を横に振って拒否を示しても、信二郎はまっすぐに私を見つめたまま動かない。

ビールを口に運び、私はわざと笑ってみせた。

「あのさ、人の恋バナなんて聞いても仕方ないでしょう？　それにやっぱり、デリケートなことだしさ……。他の質問にしてよ」

「過去の恋愛に縛られたままでいいのですか？」

「縛られてないし。君、失礼だね」

　少しムッとしてしまう私。奥でうごめいている動揺を悟られないようにするのが難しい。

「話したくないの」

重ねて言った私は、ドンとジョッキをテーブルに置く。が、そのあと私はすぐに息を呑んだ。

それは、

「そうですか」

と下を向いた信二郎の瞳から大粒の涙がこぼれるのを見たから。テーブルの上に落ちた涙が砕けた。

「え、ちょっと……。なんで君が泣くのよ」

「どうしても話を聞きたいんです」

震える声にただごとではないと知る。信二郎の意図が読めない。絶句する私に、信二郎は黙って潤んだ瞳で私を見つめた。

どうして君が泣くの？　意味がわからずに、それでもその瞳に浮かんでいる悲しみから目を逸らせなかった。

「美花さんが悲しんでいるのがつらいんです」

涙を手の平で拭いながら説明する彼に、思わず視線を下に向けてしまう。本来なら口を閉ざすべきだろう。でも、今も頭に浮かんでいる過去の映像たちに苦しめられているのは事実。

実家に戻ればもっとリアルに感じるのは目に見えている。だったら……話をしてもいいかもしれない。告白がなかったことになるのなら、私にとっても悪い条件じゃない。

「……つまらない話だよ」

観念してそう言うと、目の前の彼は大きく何度もうなずいて鼻をすすった。

誰にも話したことのない昔話は、口にしようとすれば一気に酸素をうばっていくよう。ジョッキの中で弾ける泡を見ながら息を整える。

「巧巳とはじめて会ったのは……高校二年生の春だったの」

十七歳になったばかりの四月のこと。もう、今から十年以上も前の話になる。桜の木が見える教室で、私と彼は出逢ったんだ。

＊　＊　＊

今年は桜が遅いみたいで、校庭にある一本桜が私の席から見える。

『美花、おはよう』

声に振りかえると、寺田美知枝が歩いてくるところだった。朝の光にショートカットが輝いている。

『また同じクラスだね。やったね』

ひとしきり騒いでから、美知枝は座席表に書いてある席に落ち着いた。

三クラスしかないからクラス替えをしたとしても、半分くらいは見知った顔。さらに地元の公立高校とあっては、ほとんどの生徒が見たことのある人ばかりだ。私の席は窓側のいちばんうしろ。新学期からこれはツイている。

通学も、中学校のときは登山みたいで大変だったけれど、この高校は家からも近い。鼻歌を歌いながら、桜の木をまた見た。遠くに浜名湖が見え、その上には大きな空がある。どちらも同じ青色なのに違う濃さで、その境目を区切っている。

私はこの町が好きだった。美知枝は昔から口を開けば〝東京の大学に行きたい〟なんて言っているけれど、私はここでいいや。地元の短大に合格して、のんびり家から通おう。ついでに就職も家から通えるところにする。他人から見たら甘い考えかもしれないけれど、それが私の夢だった。

ガタッ。

椅子を引く音に右を見れば、席に座ろうとしている男子がいた。長い前髪で縁のないメガネ、色白の顔。彼は私に軽く頭を下げてから席に座った。

見たことのない男子だった。いや、ある。たしか……私立の中学校からこの高校に進んだという男子だ。話したことはないけれど、廊下や全校集会とかで何度か見かけたことがある。

『私、山田美花。よろしくね』

自己紹介をすると、彼は少しびっくりした顔をしてからモゴモゴと口ごもる。自分でも声の小ささに気づいたのだろう、

『えっと』

咳払い(せきばら)とともに彼は言った。

『安堂……巧巳です。よろしく』

『よろしくね』

ニッコリと答えてから、私は今気づいたように机に置かれたプリントを手に取る。なぜだろう、少し頬が熱くなっている。安堂巧巳は目立つ生徒でもなさそうだし、どちらかといえば草食系の部類。チラッと横目で確認すると、巧巳もプリントを読んでいる。

私は二重のハッキリした目が好きだけど、巧巳は一重。がっしりした体型が好きだけど、巧巳はスリム。短い髪が好きだけど、巧巳は長い。どうして気になるのか、自分でも不思議だった。

それが巧巳との出逢いだった。

それから一年間はなんの進展もなかった。巧巳から必要以上に話しかけてくること
はなかったし、私もあえて普通に接していた。
自分の感情がどうだったかといえば、よく覚えていないのが正直なところ。ドラマ
のように〝はじめて会ったときから好きだった〟ということもなく、ただ友達として
の日々が過ぎていった。
巧巳は想像以上に真面目な性格らしく、今どきの男子にしては無口だった。話しか
けるのはいつも私のほうばかりで、彼からは必要最低限の言葉しか生まれなかった。
そんな私たちの関係に変化が起きたのは七月はじめのこと。美知枝と校門のところ
でいつものように話をしていた。その日の夕暮れがやけに美しかったのを覚えている。
朱色に染まる空にいくつもの雲が金色に光っていた。
『聞きたいことがあるんだけど』
最近伸ばしはじめた髪を触りながら、美知枝がなにげなく言った。
『期末テストのことなら、勉強してないから安心して』
『そういうんじゃなくてさ、美花は好きな人っていないの?』
三年生になり、美知枝は隣のクラスの北林(きたばやし)くんとつき合い出した。なんだか急に大
人っぽくなったような気がするし、メイクの仕方も変わった。恋をすると人は強くな

るのか、近ごろの美知枝は恋愛論を口にすることも多かった。

『やめてよね。好きな人がいたら相談してるって』

眉をひそめてヘンな顔を作ってみせると、美知枝は声に出して笑った。それでもまだ、私は自分の気持ちに気づいていなかった。

『あのね、彼氏が言ってたことなんだけどさ……』

『うん』

『「山田さんって、いっつも巧巳のことを見ているな」って』

その名前を聞いた瞬間、頭の中が真っ白になった。息が吸えなくなり、だけど胸がバクバクとすぐ近くで音を鳴らしている。ごまかさないと。そう思えば思うほど、お腹の中から一気に感情が噴き出しそうで口を固く閉じるしかなかった。

彼からは私に話しかけることはない。いつだって私からだけ。

巧巳のことなんて好きじゃない。細い人は苦手だし、髪も長過ぎる。愛想もないし、真面目なところもイヤ。

それなのに、それなのに……。ごまかすことが可能な時間はとっくに過ぎてしまっているのに、

『あの……』

言葉が出てくれなかった。美知枝の手が肩に置かれても、走ったあとみたいに苦し

くて苦しくて。

『大丈夫だよ』

片手で私の頭をポンポンとしてくれる美知枝に、どうして私は泣きそうになっているの？　鼻がジンと痛むのはどうして？

わかっている。わかっていたんだ。

『私……巧巳のことが、好きなの？』

尋ねる私に、美知枝は目を丸くした。

『なんであたしに聞くのよ。自分のことでしょ』

それもそうか、となぜか冷静になれた。嫌いな部分をあげようとしても、さっき頭の中で連ねたことはひとつも出てこなかった。それよりも……。

『声が好きなのかもしれない』

彼の低音の声は耳に心地よく、話す言葉はいつも映像になって頭に浮かんだ。

『落ち着いた雰囲気も』

さわがしい男子とは違い、彼の周りには静かな空気が流れていた。

『やさしいところも』

巧巳は寡黙だけど、私にやさしかった。こらえきれずに涙がこぼれた。悲しみでもうれしさでもなく、ただもどかしい気持ちに耐え切れなくなる。うつむく私に美知枝

は黙っていたけれど、

『あたしが余計なこと言ったからだ。……ごめんね』

涙声の言葉を落とす。

私は、巧巳が好きなんだ。一年以上もそばにいたのに、どうして気づかなかったのだろう？

恋を知った私に、友達は一緒に泣いてくれた。

告白をしたときの答えは『うん』の言葉だけだった。その日は夏休みに唯一ある登校日。帰り道で想(おも)いを伝える私に、巧巳はただうなずいてくれた。

『それって……どっちの答えなの？』

答えの意味がわからずに尋ねる私に、巧巳は困ったように上空を仰いだ。青い空をバックに立つ巧巳はまるで一枚の絵のようだった。

『いや、つき合おうか……』

『え？』

『だから……もういい』

顔を逸らせて言う頬が赤い。

『お願い、今の言葉もう一回言って』

照れたように背を向ける巧巳に、私は夢を見ている気分だった。あまりにしつこく頼む私に、巧巳は『目を閉じて』と言ってきた。

『目を?』

『一分間ゲームってやつ。数え終わるまで絶対に目を開けちゃダメなんだ』

『なんか怖いし』

『怖くないよ。一分後に目を開けたらプレゼントがあるよ』

そう言われてはやるしかない。両手を顔に当て目を閉じる。

『いーち、にいー』

声に出して数える。真っ暗闇の中で、さっき巧巳に言われた言葉を思い出す。頬が熱くなり、胸が弾けそう。好きな人と恋人になるなんて、まだ信じられないよ。

『六十!』

数え終わったことを宣言するけれど、巧巳はなにも言ってくれなかった。

『もう目を開けてもいいの?』

と聞いても風の音がしているだけ。

『巧巳?』

目を開けると、巧巳の姿はなかった。体を傾けて歩道のほうを見ると自転車までない。そっと帰ってしまったようだ。

『ひどい……』

ブツブツ言ってベンチを見ると、さっきまで巧巳が座っていた場所に黄色い付箋紙が貼ってあった。そこにマジックで書いた文字がある。

〈あなたが好きです　巧巳〉

几帳面(きちょうめん)な彼らしい丁寧な文字での告白に、私はひとりで悲鳴をあげて喜んだ。

それからは終わっていく夏休みを惜しむように私たちは毎日会った。私の家から近い寸座駅が待ち合わせ場所。丸いベンチで、大きな空と浜名湖を見ながら話をした。無口だと思っていた彼は、私の前ではよくしゃべった。巧巳の声はあいかわらずやさしくて、私はずっと笑っていたと思う。

季節はすごいスピードで過ぎて行った。巧巳は専門学校へ、私は短大へ進学し、それから近くの会社へ就職をした。

一分間ゲームは、私たちの間では定番のゲームになった。バレンタインデーには私はチョコレートを、私の誕生日にはリングを、ふたりの記念日にはお互い目をつむって数を数えたりもした。目を閉じているときのドキドキと、目を開けたときのサプライズプレゼント。それ以上にうれしかったのは、いつだって彼がやさしくほほ笑んでいたこと。

何年つき合っても、私はずっと巧巳のことが好きだった。

社会人になり一年が過ぎたころから、どちらともなく結婚の話が出た。巧巳と結婚するのが普通のことだと思っていたし、彼もそう思っていた。

八月のある日の午後、それは起きた。

つき合って四年の記念日は、朝から雨が降っていた。何度もスマホが震えているのは知っていたけれど、会議中で出ることができなかった。長引く会議が終わったのが三時過ぎのこと。スマホを見ると、巧巳のお母さんからの不在着信が何件も表示されていた。

会社の玄関を出ると、激しい雨がアスファルトを叩いていた。むせるほど雨の匂いがしていたのを覚えている。

通話ボタンを押すと、すぐに電話はつながった。

『すみません、美花です。遅くなってすみま……』

言葉が途切れたのは、おばさんの泣いている声が聞こえたから。

『もしもし？　おばさん、どうしたのですか？』

【巧巳が……】

雨の音に負けそうなほどの声。耳に押し当てたスマホに神経を研ぎ澄ませても、嗚咽が響くだけ。

『巧巳？　ひょっとして怪我(けが)でもしたのですか？』

【違うの！】

絶叫のような声がした。すっと血の気が引くのがわかった。とんでもないことが起きているとわかった。

【仕事中にね、倒れたの。救急車が会社に来たときには、もう息を……】

ハアハアと自分の呼吸の音が聞こえている。

『巧巳が……。あの、巧巳はどこにいるんですか。彼に代わってください』

車が水をはねあげて走って行く。

【……あの子、亡くなったの】

『あの、巧巳に代わってください』

【亡くなったのよ。あの子……死んじゃったのよ、美花ちゃん】

――それからの記憶は曖昧だ。

ずっとあの日の雨音が耳に響いている気がした。

ひとりで巧巳とよくやった一分間ゲームを何度もやった。六十秒を数えれば、彼が現れる気がした。『冗談だった』と照れくさそうに言ってくれれば、すべて許せる気がした。

何度数えても、何度目を閉じても開けても……巧巳には会えなかった。

心筋梗塞という病気が彼を遠い世界へ連れ去った。もう二度と会えないんだと頭ではわかっているのに、会いたい気持ちばかりが募った。

気づけば葬式も終わり、私は世界にひとりぼっちになっていた。

＊＊＊

ふう、と息を吐くとオレンジ色の照明がやけにまぶしくて私は目を伏せた。かいつまんで話をするつもりだったのに、彼との思い出があふれてしまい話しすぎてしまった。

ぬるいビールを飲むと自嘲気味に笑う。

「以上が私の過去の恋バナ。ほら、つまんない話だったでしょう?」

「そんなことないでずぅ」

え、と前を見ると、信二郎がボタボタと涙をこぼしていたのでギョッとする。

「ど、どうして君が泣くのよ」

「つらい話を思い出させて、ぼんどうにずびばぜん」

片手で顔をつかんで男泣きをしている信二郎に、周りの客もなにごとかと目を丸くしていた。

「落ち着いてよ。それじゃあ私が泣けないじゃない」

「ずびばぜん……」

ヒックと息を吸うと、信二郎はおしぼりで顔を拭った。なんだか……同じ音の名前でも、全然性格が違うんだな……。巧巳は自分の感情を出すのが苦手な人、目の前の信二郎はもれなく出す人。

「話をしていて思った。私、ぜんぜん巧巳のこと忘れてないんだよ」

そう言う私に、まだおしぼりを顔に当てたままで信二郎はうなずいた。

「忘れたいのに忘れられない。親も友達も、誰もが『時間が解決する』って同じことばかり言ってきた。でも、解決なんてしなかった」

私は無意識に生きることを拒否していたのだろう。ご飯も食べられなくなり、会社にも行けなくなった。死にたくなくても、勝手に自分が死んでいく気がしていた。目を閉じれば拓巳はまだここにいて、目を開ければいない。一分間ゲームを何度しても、彼には会えない。

「だから、東京に来たの。たくさんの人がいるここにいれば、忘れられるかと思った。でも何年経っても、結局は無理だったんだね」

強くなれている自信はあった。仕事でも認められ、恋や愛なんて見向きもしないでただ努力し続けた。学生時代のうぶな自分を捨て、巧巳との満ち足りた時間を過去にして今日までやってきたはずだった。

なのに、私の時間は六年前の雨の日で止まったままだったんだ。どんなに月日が経っても、たとえ信二郎に愛を告げられても変わらない。

「ごめんね、こんな話で。だけど、聞いてくれてうれしかったよ」

話をすれば少しはラクになれると思った。それなのに、私は解放されることもなく、今も隣の席に拓巳がいる気がしている。

実家に戻ればきっとぜんぶ昔話になる。誰もが私はもう立ち直ったと思うだろう。巧巳の母親にも会いに行くつもりだし、うまく笑えるようにしなくちゃ。

居ずまいを正した信二郎が頭を下げた。

「お願いがあります」

すぐに指で×を作る。

「お願いはひとりひとつまでです。君はもう私の過去をえぐるお願いをしたんだから終わりです」

信二郎は首を軽く振ると、身を乗り出してきた。

「寸座駅って、天竜浜名湖鉄道の駅ですよね？　ご実家が浜松とは聞いてましたけど、寸座だったのですね」

「そうだけど、それがなに？」

「僕を一緒に寸座まで連れて行ってください」

「なんで？　なんでそうなるのよ」

　呆れた私に、彼はハッと口を閉じた。自分の言った言葉を反芻するようにしばらく黙りこむ。急に色を変えた空気に戸惑っていると、やがて信二郎は決心したように口を開いた。

「僕を連れて行ってくれたら、もう一度巧巳さんに会わせることができます」

と。


　久しぶりの実家はどこか他人の家に来たようだった。家の壁も父も母もなんだか歳を取ってしまっていて、それだけ長い間帰って来ていなかったことを思い知る。

　母ははしゃいだようにやたらと質問ばかりしてくるし、父もソファに座ったまま台所のテーブルにいる私をチラチラ見てくる。

「でも東京って物価が高いでしょう？」

　食後のお茶を淹れながら母が尋ねた。今日だけで、物価の話は三度目だ。予想と違い、話題は今の私についてのことばかりだった。たまに高校時代の友達の話題がポロッと出ても、母が急ブレーキをかけて違う話題にしようとしていた。

この間の電話が原因なのは明らかだった。私が忘れていないことを母は感じ取ったのだろう。ことさら平気な顔で、都会の話をすればふたりはコロコロとよく笑った。

「このあたりは変わらないね」

寸座駅のあたりの景色は、あのころとまったく同じだった。なだらかなカーブの向こうに見える寸座峠の緑も、山に落ちる太陽もあのころのまま。

「そう？　それよりお饅頭食べない？」

「お腹いっぱいだよ。そういえばサンマリノはまだやってるの？」

駅を下ったところにある喫茶店の名前を言うと、母は「さあ」とすぐに答えた。

「最近は行かないけれど、やってるんじゃないかしら。お饅頭、お父さんも食べる？」

いそいそと立ちあがる母は、きっと必死で話題を探している。父もソワソワとしていてなんだか申し訳ない気持ちになる。親孝行するつもりが、逆に気を遣わせちゃっている……。

「疲れちゃったからお風呂に入ってもいい？」

「あら。そうね、ゆっくりあったまってらっしゃい」

真夏に言うセリフではないと思ったけれど、ホッとした表情の母に甘えることにした。

湯船に浸かると、記憶よりも狭い浴槽がなぜかしっくりときた。

「困ったな……」

結局、信二郎はこの旅に強引についてきた。もちろんここへは連れてきていない。今ごろ、浜名湖沿いの民宿で退屈していることだろう。

困っているのはそのことではなく、ファミレスで言った衝撃的な言葉を信じそうになっている自分のこと。信じるというよりもすがりたいという感覚に近い。もちろん、現実に起きるはずがないことはわかっている。言葉にもした。

信二郎はそんな私に、

『僕を信じてください。いや、巧巳さんを信じてください』

とだけ言い、翌朝、当たり前のように駅で待っていた。強引な彼を断れなかったのは、私の弱さからだ。

もしも本当に会えるのなら……。わずかな望みを信じるくらい、私は弱っていたのかもしれない。

お湯を両手ですくって顔を浸ける。

信二郎から言われたのは、

『滞在中の夕方は空けておいてください』

のみ。意味がわからない。

「会えるわけないのにね」

ぽつりとつぶやき水滴だらけの天井を見た。六年前よりくすんだ色に見える。

なぜだろう、無邪気に笑う信二郎の顔が浮かんだ。どうして信二郎は私なんかを好きになったのだろう。

よくよく考えてみれば不思議なことだった。仕事ではミスが多いのは事実でも、信二郎がやさしい人だということは知っている。勇気を出して告白をしてくれたのに、一瞬で拒否を示したことに自己嫌悪の感情が生まれる。

マイナスな考えばかり浮かぶので、湯気と一緒に追いやるように浴室から出た。髪を乾かして台所へ戻ると、父はもう寝てしまったらしく母だけがいた。

麦茶をコップに注いでくれたので台所のテーブルについて飲む。視線を感じて母を見るとわざとらしく逸らされてしまう。壁にかかったカレンダーを何気なく眺める視界の端に、チラチラとこっちをうかがう母が映っている。

「そんな気を遣わなくていいよ」

「気なんて遣ってないわよ」

前の席に座る母に、私はため息をついた。

「立ち直ってないと心配しているんでしょ。バレバレなんだからね」

「なんの話？　それよりお饅頭食べましょうよ」

差し出された大きなミカン饅頭は、三ケ日駅のそばにある和菓子屋のものだ。特産のミカンを皮に練りこんだもので、昔はよく食べていた記憶がある。薄いオレンジ色の皮の中には白あんがたっぷり詰まっている。久しぶりに見る包み紙をまじまじと眺めた。

「変わってないね。こんなに時間が経っても、変わらないんだね」

ふいに泣きそうになる自分をグッとこらえる。

巧巳に会いたい。忘れたくない。でも、家族に迷惑もかけたくない。きっと母に私の気持ちはバレている。あの悲しい日々の中、誰よりもそばにいて支えてくれたのだから。きっと仕事にかこつけて帰省しない私のことも、今も巧巳を忘れられない私のこともぜんぶわかっているのだろう。

「ごめんなさいね」

ポツリと言った母を見ると、意外にもその表情は穏やかにほほ笑んでいた。

「私ったら、余計なことばっかりしてるわね」

「そんなこと、ないよ」

「あるわよ。あんなことがあったんだもの。忘れられるわけないわよね」

そう言われても否定する気持ちは起きなかった。あの夜、信二郎に巧巳の話をしたときから、封じこめていた感情が再び私の中に戻ってきているようだった。

「東京に行けばさ、忘れられると思ってた。実際、忙しくて思い出さないときもあったよ。でもさ……気づけば振り出しに戻ってる感じ」

さらりと言うけれど、鼻の奥がツンと痛くなっている。

「巧巳くん、素敵な人だったものね」

六年ぶりにする彼の話に思わず時間が戻ったような感覚になった。湯吞みにあたたかいお茶を淹れると、母はそれを両手で包みこむ。

「でもね、美花。ひとつだけ言わせてほしいの」

「うん」

「お母さんもお父さんもね、あなたが東京に行ってよかったと思ってるのよ」

ミカン饅頭の包み紙をはがしながら、

「なんで?」

と尋ねると、母はゆっくりとお茶を飲んだ。

「生きていてくれたから」

「……え?」

「あのころのあなたは死んでしまいそうだった。でも、東京で生きてくれている。こうして家にも帰って来てくれた。それだけで、本当にうれしいのよ」

泣きそうになり、薄いオレンジ色の饅頭をあわてて口に運べば、なつかしい香りがした。記憶は香りの中にも生きているよう。

「でも、私……忘れられないの」

「ええ」

うなずく母に私はうつむく。

「時間が経っても忘れられない。そんな自分が嫌になる。今日だって、正直に言うと帰ってきたくなかった」

もしも今朝、信二郎が駅にいなければ、用事を作って帰省をキャンセルしていたかもしれない。それくらい不安定な気持ちが、朝から私の気持ちを重くしていたから。

「それでもいいのよ。生きてさえいてくれれば、お母さんたちはうれしいの」

「親ってそういうものなの？」

そう尋ねると、母は大きくうなずいた。なんだか少しだけ安心した。

「それにね。変わってないと思っても変わっていることもあるのよ。これがいい例ね」

二個目のミカン饅頭を私に見せてくる。

「この饅頭、昔に比べたら絶対に小さくなってるのよ。経営がうまくいってないのかしら？」

いたずらっぽい目で言う母に、私は笑ってしまった。少しだけ肩の荷が軽くなった気がしたんだ。

翌日からは雨が続いた。やはり気になり、信二郎に何度かメールはした。ひとりにしておくのは申し訳ないし、夕方になっても彼からの連絡はこなかったから。

そのたびに信二郎は浜松駅にいたり、フルーツパークという果実園にいたりした。近くにある遊園地にも行ったそうだ。ひとりでそれなりに観光はしている様子で安心した。

滞在四日目の昼過ぎ、ようやく雨は去った。まだ残る曇り空の中、美知枝と待ち合わせをした。

浜名湖佐久米駅のそばにある喫茶店に客はいなかった。本当なら最寄り駅近くにあるサンマリノに行くべきだったのだろう。でも、あの喫茶店には巧巳との思い出がありすぎた。部活をしていなかった私たちは、寸座駅で空と海を見たあとはたいてい浜名湖沿いの道にあるサンマリノへ行っていたから。美知枝もそれを覚えていてくれたのだろう。サンマリノの名前は彼女からは出なかった。

美知枝とは巧巳の葬儀以来会っていなかった。たまにメールはしていたけれど、どうしても会う勇気が出なかった。

久しぶりに会った美智枝は、前よりも若々しく見えた。それは高校二年生のときみたいに、ショートカットにしているせいもあるだろう。今年の冬に、彼女は結婚するらしい。うれしそうに婚約者の写真を見せてくれた。

「北林さんとじゃないんだ？」

「それ言わないでよ」

ふたりが別れたのはもちろん知っている。大学時代に美知枝がこっぴどくフッてしまったのだ。巧巳がまだ生きていたころだったな、と鼻から息を吐いた。

「どうして美知枝は浜松に戻ってきたの？　東京でのＯＬ生活にあんなにあこがれていたのに」

東京にある四年制大学を出た美知枝は、私と入れ替わるように地元である浜松に戻ってきていた。

アイスコーヒーを飲むと、美知枝は首をかしげた。

「あるときね、無性に浜名湖を見たくなっちゃったの。そう思ったら、もう帰りたくて仕方なくなったんだ」

「ああ、それわかる。浜名湖って改めて考えると海みたいに大きくて穏やかでなつかしくなっちゃうんだよね」

「そう言う美花は、東京で磨かれたって感じね。すごくきれいになってる」

「やめてよね。私はただ東京に逃げただけなんだから」

……あれ、こんな話なのに私、笑えている。そう思って美知枝を見るとぽかんとした顔で固まっている。そうしてから、ゆっくりと表情をやわらげた。

「よかった。こういう話もできるようになったんだね……」

「どうだろう……。はじめてしたからまだ……」

「うれしい」

キッパリと言った美知枝の瞳は潤んでいた。

「あたし、ずっと心配だった。会いに行こうともしたけれど、余計に傷つけちゃう気がして……。だからうれしいよ」

「私も」

東京の町は私を助けてくれた。だとしたら、会社の窓から見える狭い空も、なんだか愛しく思えてくる。あんなに嫌だった帰省も、実際に戻ってみると自分の変化を感じさせてくれるみたい。

それからもグラスの氷が溶けてしまうくらい思い出話に花が咲いた。クラスメイトのことや、担任の先生のこと、美知枝の婚約者の話まで。会話は途切れることはなかったし、それはまるで離れていた空白の期間を埋めるようにも感じた。

式場を見に行くという美知枝と店の前で別れたのは午後三時。さっきまでの曇り空は消え、空は青色を主張している。

さて、これからどうしようか……。そんなことを思っているとちょうどスマホが鳴った。信二郎の名前が表示されている。

『晴れましたね』

開口いちばんそう言う信二郎に、「だね」と言って歩き出す。急激に熱せられるアスファルトに蜃気楼（しんきろう）がゆらめいている。

『サンマリノという喫茶店をご存知ですか？』

信二郎の口からサンマリノの店名が出たことに驚いた。

『今から来てもらえますか？　先に店に入っています』

「え……それって」

ドクンと胸が鳴った。

『約束を守ります。巧巳さんに会えますよ』

そう言う信二郎の声は低音で、どこか巧巳に似ていると思った。

海水が混ざる湖のことを汽水湖という。浜名湖からの潮風のせいか、サンマリノは以前よりもさびれて見えた。

入口のドアを開けると、一瞬足がそこで止まる。壁に飾られた絵画、カウンターの水槽に泳ぐ金魚や窓辺に並ぶサボテンたちに、時間が戻ったような気がしたから。巧巳がひょっこりと姿を現しそうで苦しくなる。

「いらっしゃい」

にこやかなマスターは私を覚えていないのだろう。一見の客にするように丁寧に頭を下げている。

「待ち合わせです」

と言うと、マスターは窓辺の席を片手で示した。見ると、四人掛けのテーブルに腰をおろしている信二郎がいた。

向かい側に座る私に、

「お久しぶりです」

なんて言ってくる。挨拶を返そうとして、その顔を見た私は笑ってしまう。

「どうしたの、真っ黒じゃん」

「釣り三昧ですよ。さっきまで弁天島海水浴場で泳いでいました」

ニカッと笑うと真っ白い歯が目立っている。信二郎なりに楽しんでいるのならよかった。

メニュー表もあのころのまま。なつかしさにページをめくると、

「勝手に注文しちゃいました」

　と信二郎が言った。

「さすがにビールは昼間からはいらないんだけど」

「はい。おすすめのジャンボプリンにしました」

　子供のような目で言った信二郎に目を細めてみせる。ジャンボプリンはこの店の名物で、私もよく注文していた。あのころはお金もないから、ジャンボプリンとソーダ水をそれぞれひとつ頼んで、ふたりで分けて食べていたっけ……。

　まだ巧巳の幻影は消えていないらしい。当時よく座っていた店の奥にあるミーティングスペースの前にあるテーブルを眺めた。巧巳がそこで参考書をめくっているような気がしたけれど、今は家族連れがパフェを食べている。

　マスターがジャンボプリンとアイスコーヒーを私たちの前にひとつずつ置くと、突然信二郎がマスターに頭を下げた。

「先日はありがとうございました」

「いえいえ」

　信二郎はこの店にも足を運んでいたらしい。浜松市をまたにかけている感じで、さすがの行動力だと感心しているとマスターが私を見ているのに気づく。

「お久しぶりですね」

「え……覚えていてくれたんですか？」

まさか、と驚いているとマスターは目じりを下げる。

「常連のお客様を忘れるはずがありません。すっかり大人になられた」

「そんな……」

店のドアが開き、新しい客が入ってきた。

マスターは私に、

「きっと会えますよ」

そう言って客人を席へ案内しに行った。

意味がわからない私。会える、ってまさか、巧巳のこと？

信二郎はスプーンを手にジャンボプリンを食べて悶絶している。

「あの……」

「話はあとです。先に食べちゃいましょう。これ、めっちゃうまいですよ」

「あ、うん」

食べはじめると、店の外にある駐車場に黒猫がちょこんと座っているのが見えた。

黄色い首輪の黒猫は、なぜか私をじっと見ている。その向こうに見える浜名湖。そして奥には森と小さな山がある。

スプーンを手に何年かぶりのジャンボプリンをすくった。ぷるんと揺れたプリンを口に運べば、なんだか泣きたい気持ちになった。

店を出るころにはもうすぐ夕方というのに、真夏の暑さがあった。山からはセミの声が何重にもなって聞こえている。

信二郎は「こっちです」と脇道に入り、高架下の細い道をのぼっていくのでそれに続いた。それは寸座駅への近道で、さっきも歩いてきた。のぼりきり歩道を少し進むと寸座駅に到着する。見晴らしのよいこの駅からの景色を、東京でも何度も思い出していた。誰もいないホーム、そして広がる青空と浜名湖。

「すごい景色ですね。空も海も大きくて青すぎる！」

興奮した信二郎に私は巧巳の姿を重ねていた。匠信二郎と安堂巧巳は、同じ〈たくみ〉でも全然似ていない。それなのになにを考えているのだろう。

巧巳を裏切っているような罪悪感にはじめて気づいた。そんな私に気づかずに、信二郎は外に置かれているベンチをポンポンと叩いた。

「これです、このベンチです」

「〈たまるベンチ〉でしょう？　昔、よくここに座ってたからなつかしい」

木でできたベンチには名前のとおりくぼみがあり、雨水がたまっていた。信二郎は肩から下げていたトートバッグからコンビニの袋を広げて敷くと、その上にハンドタオルを重ねた。

「さぁ座ってください」

と、手の平で指す信二郎に首をかしげる。

「座る?」

「いいから早く」

「だから私は――」

「もう一度巧巳さんに会うんです」

本気で信じているような口調に気圧(けお)されるように座った。そんな私に信二郎は立ったままであたりの景色を見渡した。

「もうすぐ夕暮れが空の色を変えていきます。そのときに巧巳さんに会いたい、と願ってください」

「……どういうこと?」

「美花さんが本気で願えば巧巳さんに会えるんです」

眉をひそめる私に、信二郎は焼けた腕を組んだ。

「信じてないでしょう?」

「信じられるわけないじゃん」

「ですよね」

　クスッと笑ってから信二郎は私と目線の高さを合わせた。

「でも信じるんです。巧巳さんに会ってほしいんです」

「君は……本当に変わってるね」

「よく言われます。でも、信じてください。雲ひとつない夕焼けの下、たまるベンチに座り本当に会いたい人のことを願えば、夕焼け列車がその人を連れて来てくれるんです。マスターがこっそり教えてくれました」

「……迷信でしょ」

「迷っている人が信じることが迷信です。信じてみるのも悪くないじゃないですか」

　わけのわからない信二郎に私は思わず笑ってしまった。

「今さら会ってどうするのよ」

　もう巧巳はこの世界にはいないのに。もう一緒には毎日を過ごせないのに。もうそばにはいられないのに。

「ちゃんとお別れを言ってください。そうしないと美花さんが前に進めないから」

「エラそうに言わないでよ」

「はは。ほんと、そうですよね。でも信じてください。信二郎の名前は〈信じてみろ〉の意味もあります」

素直な人が私は嫌いだ。どうして彼は私を不機嫌にさせるのだろう。だけど、どんどん空は色を朱色に変えていっている。信二郎はこの迷信を信じているみたいで、まっすぐな目で見てくる。過去を引きずる私のために、わざわざこんな田舎にまで来てくれた。きっと雑誌かなにかに載っていた記事を見てのことだろう。巧巳のことを考えたくない。そう思って余計に考えてしまう六年間だった。だとしたら、信二郎の言うことに乗ってもいいように思えてきた。

「わかった。じゃあ、信じてみる」

「やった」

なぜそんなにうれしそうな顔で笑うの？

「会えなかったら罰ゲームだからね」

「大丈夫、本気で信じれば会えますから」

どうして私のためにそこまで……。爽快な笑みに胸が少し痛くなった。ごまかすように私はわざとすねたような顔を作ってみせる。

「もし会えたなら、あのファミレスで好きなものおごってあげる」

冗談めかして言う私に、

「それよりもお願いがあります」

信二郎はそう言った。

「君はお願いばかりだね。もう三つめだよ」

ひとつめは、巧巳との恋を話すこと。ふたつめは帰省について来たがったこと。どれも私のためのお願いだった、と今さら知った。

「まあ一応聞いておくよ。願いを言いたまえ」

そう言うと、信二郎は「あの」と口にした。

「もし巧巳さんに会えたなら、僕のことを〈君〉じゃなく、名前で呼んでください」

「……奇跡が起きたならね」

そう言う私に信二郎はうれしそうに笑って歩き出す。

「邪魔者は消えます。あとでまた来ますから待っていてください」

「どこに行くの？」

振りかえらずに片手を挙げて去って行く信二郎。

なんだろう、これ……。

背中を見送っていると誰かの視線を感じた。ホームの端にさっき見た黒猫がいるのが見えた。

「おいで」

手を差し伸べるが、黒猫はじっと私を見てから駅舎の裏へと優雅に歩いて行ってしまった。

「ひとりぼっち、か」

やがて空は急速に色を変えていった。沈みかけた夕陽のあたりから広がる朱色は世界に広がり、浜名湖の色も塗り替える。

私、ここでなにやっているのだろう。本当に巧巳が現れたとして、私はどうするのだろう？

そして、さっきから信二郎のさみしそうな笑顔が心に残っているのはなぜ？

ふと気づくとホームに誰かが立っているのが見えた。

まさか、巧巳が……？　一瞬そう思ってからすぐに考えを打ち消した。それはその人が鉄道会社の制服を着ていたから。車掌なのか、帽子もかぶっている男性は、私に近づいて来る。

列車に乗る人だと思われているのかも、と腰を浮かせようとする私に、

「そのままで」

彼は言った。

線の細い男性は、まだ若そうに見える。

「あの……」

「三浦と言います。よろしくお願いいたします」

丁寧に頭を下げる三浦さんに私もその場で戸惑いながらお辞儀をする。挨拶にして

はヘンな言葉。

　三浦さんは私の顔を見ると、さみしそうに笑った。

「まだ疑っていますね？」

「……」

「もうすぐ夕焼け列車が来ますよ」

　やはり夕焼け列車は本当のことなのだろうか？　巧巳に会いたい気持ちはあふれるほど持っている。でも、会えると信じて会えなかったならもっと悲しみは深くなるだろう。

「さっきの彼は恋人ですか？」

「……部下です。彼も夕焼け列車を信じているようです」

　無邪気な信二郎が頭にチラついて、少し胸が痛い。

「じゃあ信じてみましょう。あなたが心から願えば夕焼け列車はきますよ」

「そんな幽霊話ありえない、ってどうしても思ってしまうんです。ひょっとして三浦さんも幽霊だったりするんですか？」

「どうでしょうね」

　やわらかく笑った三浦さんが「でも」と浜名湖を見下ろす。

「彼はあなたのことを信じているのでしょう」

「そうかもしれません」

だからこそ、こんなに遠くまでついてきてくれたのだろう。

「だったら、あなたも彼の言うことを信じてみてもいいのではないでしょうか?」

三浦さんはホームの前へ進む。

「これが最後のチャンスです。しっかりと願ってください」

巧巳に会えるの? ううん、会えると信じてみよう。気がつけば両手を握り合わせていた。

巧巳に会いたい。もう一度会いたい。あのころ、突然私の前からいなくなった巧巳。会いたいと願う気持ちを封じこめて今日までやってきた。夕焼けに解放するように私は願った。

ふと、レールの響く音が聞こえた気がした。それは列車の走ってくる音。ハッと顔をあげて右を見れば、黄金に輝く車体が姿を現した。まるで燃えているような列車は、ブレーキ音を立てて減速している。気がつけば立ちあがっていた。

車体が停まると、少しの間を置きドアが開く音がした。男性がホームに降り立つのが見える。白いTシャツといつも穿いていたお気に入りのジーパン。

それは……巧巳だった。

彼は私に向かってまっすぐに歩いてくる。その顔が夕陽に照らされて浮かびあがっている。動くと消えてしまいそうでじっと見ているしかできない私。ガタガタと足が震えている。

　すぐそばまで近づいた巧巳の顔を信じられない思いで見た。

「巧巳……」

「やっと会えたね、美花」

「巧巳！」

　思わず抱きつけば彼のなつかしい香りに涙が一気にあふれた。抑えていた感情や悲しみが一気にあふれてくる。巧巳に会えた、会えたんだ！

　巧巳は私の頭をポンポンとやさしくなでてから、私の手を取るとたまるベンチに一緒に腰をおろした。三浦さんは車両に乗りこんだあとなのか、姿が見えなかった。

　信じられない。巧巳は二十二歳のあのころのままだった。ああ、涙があふれて止まらない。もっと巧巳の顔を見たいのにぼやけてしまう。

「美花、さみしくさせてごめんね」

　低音の声が耳に届く。ずっと聞きたかった声。忘れられるはずがなかった。

「会いたかった。巧巳に会いたかった」

　子供のように泣く私に、巧巳は何度もうなずく。

「俺もだよ。ずっと美花が心配だった。突然いなくなって、本当にごめん」

「でも会えた。ねぇ、これからはそばにいてくれるんでしょう」

尋ねる私に巧巳はゆっくりと首を横に振った。

「夕焼けが消えるまではね」

「そんな……。だって、やっと……やっと会えたのに」

そう言う私に彼は目を伏せた。

「美花、俺が死んだことに変わりはない。ちゃんと別れるために、神様がチャンスをくれたんだ」

「夕暮れが終わったら……いなくなっちゃうの？　もう会えないの？」

「泣くなよ」

私の頬に手を当てる感触は夢なんかじゃない。

「お別れなんてしたくない。また苦しくなるくらいなら、巧巳のそばに連れて行って」

「それはムリだよ」

「だったら自分で死ぬ。それなら一緒にいられるんだよね」

けれど巧巳は悲しい目で私を見てくる。

「ちゃんと寿命を全うしたならもう一度会える。自分で命を絶ったりしたら、それこそ二度と会えなくなるよ」

「でも」

「そういうルールはちゃんと守らないとね」

真面目な巧巳の性格が好きだった。だんだん気持ちが落ち着くのがわかる。

「覚えてる？　ここからの景色をよく一緒に見たよね」

浜名湖を見やる巧巳の足元には長い影が伸びていた。

「……うん」

「サンマリノのマスターは元気だった？」

「うん」

うなずくことしかできない。もしも会えたなら話したいことはたくさんあった。聞きたいこともたくさん。だけど、それよりも彼の声を聞いていたかった。大好きだった声が隣から聞こえている。

「ねぇ、美花。俺の願いはひとつだけ」

願いって……？

「それは美花が幸せになることだよ」

幸せって、なに？

「いつも笑っていてほしい。前を向いていてほしい」

夕焼けの終わりが近づいている。太陽は山の向こうに消え、空は暗くなってきている。巧巳が手をぎゅっと握ってくれた。

「停まった時計をもう一度動かすのは自分だけなんだ」

「私、ダメなの。巧巳がいないと……全然、うまく生きられ……」

涸れない涙を巧巳の指が拭ってくれる。その表情がだんだんと夕闇にまぎれていくようで怖かった。行かないで。もう、二度と私を置いて行ってしまわないで。

そんな私に巧巳は首を横に振った。

「誰だって苦しいことや悲しいことに傷つくことはある。無理して忘れようとしなくてもいい。思い出に泣いたっていい。でも、忘れたフリはよくない」

「巧巳……」

「悲しみと共存する決意をすれば、きっと心から笑える日が来るよ。そして、たまには外の世界に目を向けるんだ。美花を信じてくれている人はきっといる」

信二郎の顔が浮かんだ。そして、お父さんとお母さん、美知枝……。

立ちあがった巧巳は列車のほうを見やった。もう夕焼け列車はその輝きを失おうとしている。

「美花のそばに俺はいてあげられない」

「巧巳……」

「美花も、俺を解放するときが来たんだよ」

解放という言葉に胸が痛くなった。

「美花のことを本当に好きだったた。美花も同じ気持ちだったでしょう?」

「うん」

うなずきながら涙がポロポロとこぼれる。もうすぐ、もうすぐ夜が来る。

「だから俺たちはここでちゃんとお別れをしよう。それは美花のためでもあるし、俺のためでもあるから」

「そういう真面目なところ……大キライ」

立ちあがれずに泣く私をギュッと抱きしめてから、拓巳はいたずらっぽい笑みを浮かべた。

「言ってみて。さよなら、と」

「……無理」

だけど、時間が迫っているのがわかる。私たちが出逢ったことに意味があるのなら。そして別れたことにも、こうして再び会えたことにも意味があるのなら……。

お腹に力を入れようとしても涙ばかりが次々にこぼれている。それでも、何度も呼吸をくりかえして、なんとか私は口を開いた。彼に伝えなくちゃ。それが私にできることなのだ、と。

「さよなら、巧巳」

そう言った瞬間、私の長い恋が終わったと感じた。巧巳が好きでたまらなかった学生時代、社会人になり彼を失ったあの日。東京で仕事に励んでいたとしても、ちゃんとさよならをしていなかったから、ずっと忘れたフリをし続けるしかなかったんだ。

解放の儀式を終えた今、抱きしめている巧巳はもうすぐ消えてしまう……。繰りかえす呼吸と、セミの声だけが聞こえている。

「一分間ゲームをしよう」

急にくぐもった声の巧巳が言った。

「最後にプレゼントをあげるから一分間目を閉じて」

「こんなときにそんなこと……できないよ」

嗚咽を漏らす私に巧巳は、

「目を閉じて」

と繰りかえす。激しく呼吸を繰りかえしながらも私は目を閉じた。

私の体から離れた巧巳。足音は聞こえないから、まだそばにいるのだろう。

「きっちり一分、数えてごらん」

まるで魔法にかけられたように心の中で秒を数えはじめる。

一、二、三……。

何度も繰りかえしたゲーム。あのころはこんな日がくるなんて思わなかった。

二十五、二十六……。
さよならなんてしたくない。ただ、あなたにそばにいてほしい。
四十五、四十六、四十七……。
やがて一分が過ぎた。

「巧巳、もう目を開けていいの……？　ねぇ、巧巳」

「さよなら、美花」

「巧巳！」

バッと目を開けると、もう目の前に巧巳の姿はなく夕焼け列車も姿を消していた。

誰もいないホームにひとりきり。

「巧巳……」

空は暗くなり、町には街灯が心細く灯っている。

不思議ともう涙は出なかった。私たちは本当に別れたんだ、と素直にそう思える自分が不思議だった。

長い間、巧巳のことを引きずっていた自分との別れが、彼からの最後のプレゼントだと思った。ちゃんと現実と向き合う力をくれたんだね。

私の代わりに、まだセミは泣くように鳴いていた。

気づくと、いつの間にか信二郎が隣に座っていた。とっくに夕焼けは消え浜名湖は暗くなっている。

「会えたよ。巧巳に会えた」

震える声で報告すると、信二郎はもう泣いていた。泣くどころじゃない、号泣している。

「なんで君が泣くのよ」

「だってうれしいんです。美花さんにも夕焼け列車が来たことが、うれしいんです」

泣きじゃくる信二郎の言葉に私はハッと気づく。

……美花さんにも？

そういえば、巧巳はマスターに『先日はありがとうございました』とお礼を言っていた。もしかしてそれは、数日前とかの話ではなく……。

「あの……さ、もしかしてここに来たことがあるの？」

「ええ」

うなずく信二郎の表情は夜の中でやさしかった。

「僕も夕焼け列車に会えました。そして、大切な人にきちんとお別れを言えたんです」

そんなこと、考えもしなかった。信二郎にも忘れられない人がいたんだ……。

「だから苦しんでいる美花さんを見ていられなかった。僕がしたように、ちゃんとお別れをしてほしかった」

「そうだったんだ……」

つぶやく私に彼は横顔で笑う。

「人生は不思議ですね。ひどい悲劇に打ちひしがれても、僕たちは生きている」

「うん」

彼の言うことがわかる気がした。生きていたくなくても朝は来るし、生きたいと願っても夜に連れ去られることもある。うなずく私に信二郎は「でも」と言った。

「こんな奇跡が生まれることもあるんです」

まだ夢を見たような気分でも、巧巳との再会は今後の私を変えるだろう。

「ありがとう」

素直にそう言う私に、照れたように立ちあがった信二郎。

「ということで、帰りましょうか」

同じ悲しみを持っているからこそ信二郎は私のことを心配してくれたんだ。

うれしくてまた涙があふれる。私もまた歩き出そう。その力をくれたのは、巧巳だけじゃない。お父さんやお母さん、美知枝……そして誰よりも信二郎が宝物をくれた。

きっとこれからもたまに迷う日はくるだろう。だけど、自分自身が変わろうとすれば暗い道でも歩き出せるはず。

「ねぇ」

歩き出す信二郎に声をかけると、彼は暗闇の中で振りかえった。

「明日は私が浜松を案内するよ」

「え、いいんですか？」

「信二郎くんのためなら、ね」

そう言ったとたん、信二郎はまた声をあげて泣き出した。私も同じように笑いながら泣く。

うれしくて切なくて、そして楽しくて。

第三話　明日へと続くレール

――君は今、本当に笑えていますか？　もしもあの日に戻れたなら、僕たちはなにかが変わったのだろうか。そんなことを今でも考えてしまうんだ。


「ちょっとお母さん」

不機嫌な顔と声で、ひとり娘の雅美(まさみ)が台所の椅子に座った。こういうときはなにか不満がたまっているとき。大根を切る手はそのままに、

「なあに？」

と答えると、雅美は腕を伸ばしてスマートフォンの画面を見せてきた。

「あの人、しつこいんだけど」

「なにが？」

目線は手元に置いたままで、すこんすこんと大根を輪切りにしていく。

「もう、お母さんちゃんと見てよ」

「はいはい」

「お母さん、ってば」

何度も呼ばれる声にふと、思う。わたしには多恵(たえ)という名前があったのに、いつからその名で呼ばれなくなったのだろう？　そんなことをぼんやり考える自分に苦笑し

てしまう。雅美にとってわたしは母親であり、孫から見ればおばあちゃんだ。名前で呼ばれないことがいったいなんだというのだろう。

「毎日飽きもせずに同じメールばっかり送ってきてさ。謝る気があるならここに来て直接言えばいいのに」

雅美の夫である隆弘からのメールのことだろう。ここのところ毎日同じ話を繰りかえしているから見なくてもわかる。

「お盆休みにちゃんと謝りに来てくれたじゃない。遠いところをせっかく来てくれたのに、雅美が追い払ったんでしょう？」

沸騰した鍋に大根を入れると、激しく生まれていた泡が消えクルクルと具材が踊り出す。

「ちゃんと見てよ」

不満たらたらの雅美の声に、仕方なく顔をあげる。湯気の向こうで不機嫌全開の顔をした雅美がまだスマートフォンの画面をこっちに向けている。

「そんなこと言ったって、そんな小さい文字見えないわよ」

冷凍庫から小分けした油揚げを取り出す。ボールに入れ、そこにポットのお湯を注ぎ油抜きをする。しおれる油揚げからうっすらと油分が浮き出てくる。

「お母さん、全然心配してくれてないじゃん」

「してるわよ」

毎日のように繰りかえしている会話。

「離婚の危機だっていうのに、心配じゃないの？」

「心配しているに決まってるじゃない」

これはちゃんと相手をしないといけない状況だろう。鍋の火を弱め、濡れた手をタオルで拭きながらテーブルの前に行くと雅美はぶすっと膨れた顔をしている。四十四歳になったというのに、実家に戻ってからというもの、雅美は子供みたいに甘えてくるようになった。

「ちゃんと隆弘さんと話し合いなさいよ」

「嫌だ」

「じゃあ離婚するの？」

椅子に腰をおろすと、臀部(でんぶ)にわずかに痛みが生まれた。わたしももう六十五歳。体は日々いろんな痛みを生み、それが自分の歳を実感させている。

「そんなこと言ってないもん。でも、あの人が反省しないことがムカつくの」

ムスッと唇をへの字に曲げた雅美に、

「自分の夫のことを『あの人』なんて呼ばないの」

と注意すると、さらに口のへの字を強める。自分から話を振ってくるくせに、なにを言ってもこの話題はいつも平行線ではじまり、同じ幅を維持して終わる。

雅美が家を飛び出してきたのは七月下旬のこと。きっかけはささいな口ゲンカだと聞いたけれど、時間とともに雅美の怒りは大きくなっているようだった。八月が終われば東京に帰るだろう、と簡単に考えていたのに、九月になってもその気配は見えない。

「雅美はいいにしても、渉くんはどうするのよ。幼稚園に行かせてあげないとかわいそうでしょう?」

庭で土遊びをしている孫の渉を見やる。幼稚園年長の渉はいたずらざかり。さっき着替えたばかりなのにもう泥だらけになっている小さな体を見て苦笑する。

「あたしのせいじゃないもん。あの人にちゃんと謝る気がない限り戻らないもん」

ガラランとガラス戸が開き、

「おばあちゃん、これ見てー」

渉が小さな手に持っているのは、庭に生えていたまだ青いホオズキ。

「あらあら可愛いわね」

「これなに?　なんで丸いの?　ねえ、なんで?」

居間によじのぼりながら尋ねる渉は、毎日いろんな質問をしてくる。好奇心旺盛なのはよいことだけれど、その相手をするだけで正直大変だ。

「ホオズキって言うのよ。赤くなるまでは取らないほうがきれいなんだよ」

「おばあちゃんあのね、僕ね、丸いからかわいい、って思ったの」

目を輝かせる渉に、

「汚い手であちこち触らない。さっさと手を洗ってきなさい」

ピシャリと雅美が言った。怒られ慣れているのだろう、渉は素直に洗面所へ駆けて行く。遅くにできた子供なのだからもう少し猫可愛がりしてもいいと思うのだけれど、余計なことを言えば、雅美はますます膨れてしまうのは目に見えている。

そろそろ鍋の具材も煮えたころだろう。よいしょ、と立ちあがり台所へ戻る。味噌汁ができたらナスを炒めて、今夜の夕食は完成。

「あなたも少しくらい手伝いなさいよ」

そう言うと、雅美はスマートフォンをいじくりながらあくびをしている。

「実家に来たときくらいラクさせてよ」

わざとらしくため息をつき、ナスの下ごしらえをしていく。紫色に輝く米ナスを切り、そこに片栗粉を粉雪のように薄くまぶしていく。

「おばあちゃん、手洗ったよ。あのね、僕ね――」

話しはじめる渉にうなずきながら料理を進めていく。フライパンを熱している合い間に、鍋に味噌を溶かし入れるといつもの香りに少しホッとした。

九月になり朝晩は涼しくなってきたとはいえ、やはり油を使う料理では蒸し暑さを感じる。額に浮かぶ汗をぬぐいながら夜ご飯を作るわたし。何十年まえから変わらずに、それはこれからも続くのだろう。

その間にも、『お母さん』『おばあちゃん』と、ふたりがわたしを呼ぶ声は止まらない。夫の謙治もそろそろ帰ってくるころだろう。今のうちに夕飯を作ってしまわないと不機嫌な人がもうひとり増えてしまう。

「渉くん、おばあちゃんのお手伝いしてくれるかな?」

そう尋ねると一瞬で渉はわたしの前から逃げて行った。似た者親子ってところだ。しょうがない、と気を取り直して最後の仕上げに入ったところで、玄関の開く音がした。

「やばっ」

雅美が俊敏な動きでスマートフォンを手に取ると奥の部屋へ駆けて行く。渉もつられてキャッキャッはしゃぎながら雅美のあとを追った。

平屋であるこの家は昔の町屋みたいに縦に長く伸びている造りだ。昔は二階建てにあこがれたものだけれど、足腰が痛いこのごろではありがたい。

ギシギシと廊下を歩く音が聞こえ、謙治が姿を見せた。背広は朝と同じくよれておらず、ネクタイもまるでさっきつけたみたいにまっすぐだ。わたしより三歳上の謙治は定年退職をしたものの雇用延長で同じ会社に勤めている。

「おかえりなさい」

カバンを受け取ると、

「ただいま」

そう言って謙治は廊下へ消えた。

これから手を洗いうがいをする。三分で着替え、食卓へつくのが五分後。

主菜を仕上げると大皿に盛り、テーブルへ並べる。渉用に小皿やスプーンを置き、味噌汁をよそっていく。機械的に動きながら今日はいつもより準備が遅れていることを感じていた。

作務衣(さむえ)に着替えた謙治がテーブルにつくと、

「まだか」

と仏頂面で尋ねた。謙治が空腹に弱いことは長い結婚生活で理解している。

「すぐできますから」

慌てて味噌汁を置いたせいか、テーブルの上に少しこぼれてしまった。すばやく拭いてから置き直す。

「新聞」

「はいどうぞ」

「お茶」

「はい、すぐに」

いつもなら言われる前に出せるのに、今日はやはり遅れている。単語だけの要求に答えながら、雅美を呼ぶ。おかえりなさいも言わずに雅美は隅の席につき、謙治との間に渉を座らせた。

「じいじおかえりなさい」

「ああ」

孫にも愛想のない謙治は軽くうなずいただけで新聞を読み出した。

結婚して四十年以上が経った。真面目な謙治と結婚したことは間違いじゃなかった、そう思っている。

「お待たせしました。いただきましょうね」

そう言うと、渉だけが元気な声でパチンと手を合わせて、

「いただきます！」

と叫んだ。

謙治は新聞に目を通しながら箸を持ち、雅美は「げ、ナスかよ」とつぶやいている。

「僕ね、じいじと一緒に寝る！」

大きなナスをほおばりながら目を輝かせる渉に、

「わかった」

謙治はそっけなく答えた。傍（はた）から見れば冷たい態度でも、男同士ではわかり合えることも多いのか、渉は誰よりも謙治になついている。

「じいじ、今日は先に寝ないでね」

「じゃあ勝負だな」

少し頬をゆるませた謙治だったけれど、次の瞬間には新聞に目を戻していた。そんなふたりを見ながらわたしも椅子に座る。誰もが食事をはじめている中、

「いただきます」

軽く手を合わせれば、ようやく今日の仕事も山場を越えたと安心できる。

そこからは食べ物を咀嚼（そしゃく）するだけの時間。食事中の会話を謙治はあまり好まないから。

これが、わたしの日常。

――僕が君を守れたなら。あの日に戻って守れたなら、君は僕を許してくれるのかな。

「なんで？」

　雅美の質問にはいつも主語がない。

　洗い終わった食器を拭きながら顔を見れば、お風呂上がりのすっぴんでまたスマートフォンをいじっている。あの小さな画面にそれほど楽しいことがあるのだろうか？　わたしは携帯電話自体持っていない。どんどん進化しているらしい機器についていくことは、何十年も前にあきらめた。

　謙治は食事のあとお風呂に入ったと思ったら、「寝る」とひとこと言って寝室へ消えてしまった。一緒にお風呂に入っていた渉も謙治の寝室へ。

　最後の皿を食器棚にしまうと、ようやくシンクの上の照明を消す。時間はいつもどおり九時半。

　雅美の前の席に腰かけると、答えを問うようにこっちをチラッと見てくる。

「ちゃんと内容を言ってくれないと答えようがないじゃない」

　そう言いながら、両手を合わせて肘を引っ付け腕ごとゆっくり上に挙げて、またおろす。

「なにその運動？」

「この間、三ケ日（みっかび）公民館で体操教室をやってたの。肩こりに効くんだって。でもねぇ、その体操教室の名前が〈高齢者体操教室〉だったのよ。失礼しちゃうわよね」

ふうと大きく息を吐きながら腕を上下させていると、たしかに肩甲骨あたりのこりが取れる気がしていた。

雅美は「はは」と乾いた笑いをしてから、

「お母さんは誰から見たって立派な高齢者だよ」

なんて言うからムッとしてしまう。

スマートフォンをテーブルに置いた雅美が顔を近づけてくる。

「さっき聞きたかったのはね、なんでお父さんと結婚したの、ってこと」

「え？　なによそれ」

「だって昔っからお父さんて無口で無愛想で、ほとんど単語でしかしゃべらないじゃん」

寝室に視線をやりながら声を落とす雅美に苦笑する。

「それはあなたがここにいるからよ。ふたりでいるときはたまには話もするわよ」

「嘘だね。だってその三ヶ日公民館で昔バザーをしたことがあったでしょう？　あのときも全然しゃべらなくって、あたし、父親ってそういうものだと思ってたから、他の子のお父さんを見て衝撃を受けたもん」

目を見開いてみせる雅美。この話を聞くのももう何回目かだ。たしかにあのバザーのとき、謙治はただそこにいるだけで親同士の会話には一切入ってこなかった。周りのお母さんたちに『なにか怒ってらっしゃるの？』なんて聞かれたっけ。

「男はあれくらい無口なほうがいいのよ。あまりしゃべりすぎる男性ってお母さん苦手だもん。それにお父さんは雅美のこと大好きよ。運動会だって入学式も卒業式も、有休取ってでも毎回出ていたじゃない」

「そうかなあ」

納得できない顔をしている雅美は、目元や口の形が謙治によく似ている。まあ、そんなことを言ったなら、烈火のごとく反論してくるのだろうけれど。

「そうよ。お父さんなりにあなたのことをちゃんと思っているのよ」

「あたしはもっと社交的な性格の人が好き。明るい家庭にしたいから、あの人を選んだんだよ。ぜんぶ、お父さんと正反対の性格なんだから」

鼻息荒く主張する雅美に、彼女の夫である隆弘を思い浮かべる。営業担当をしているという隆弘は愛想もよく、ハキハキしている印象。この家に謝罪に来たときも大げさなくらい腰を直角に折っていた。

「じゃあその愛する旦那さんのところに帰りなさいよ。いつまでもこのままでいいわけないでしょう？」

「やめてよ。今はあたしが質問している番なんだから」

「はいはい」

うなずくと雅美は「でもさ」とだるそうに言った。

「お父さんて武士みたいなところがあるじゃない」

「武士？」

「余計なこと言わずに寡黙で、だけど一家の主って感じでさ。悪く言えば無愛想だしいつも怒ってるみたいじゃん。実際、お母さんはお父さんのどこがよかったの？」

興味津々な様子の雅美にわたしは口を閉じた。

時計を見てから立ちあがる。謙治と暮らしはじめてからは時計を気にすることが多くなり、時間できっちり動くクセがついている。

「お母さん、お風呂入るわね。話の続きはまた今度」

「えー。そこで逃げる？」

非難するように、だけど少しおどけたように言う雅美をわざとにらんでやる。

「明日は寸座まで行かなくちゃいけないのよ」

「ああ、先月もそんなこと言って早く出かけてたね。三ヶ日から寸座までなんてすぐじゃん」

「列車の本数がないし、お昼すぎには帰ってこなくちゃ夕飯の支度が間に合わないの。それとも雅美が作ってくれる？」

そう尋ねると雅美はやっと黙ってくれた。

「おやすみ」

そう言って台所のドアを開いて廊下を進む。脱衣所へ入りドアを閉めると、ようやくひとりの時間が訪れる。

聞こえないように静かにため息をつく。謙治のいいところなんて、どんなに説明しても雅美にはわからないだろう。

洗濯機の中には几帳面にたたまれたワイシャツと下着が入っていた。これから洗うのに毎回きちんとたたんでいる謙治は、昔から変わらない。

……わたしはどうだろうか？

洗面所の鏡に自分の顔を映してみる。若かりしころと今のわたしは変わったのだろうか。

過去を思い出しそうになる自分を戒め、浮かびそうになる記憶を頭から追い出した。

もうこんなことばっかりずっと繰りかえしている。


――僕にとって君は大切な宝物だった。君にとっての僕は、どんな存在なのか。感情は目に見えないから弱気な言葉を飲みこむしかなかったんだ。

天竜浜名湖鉄道の三ヶ日駅から徒歩二分という好立地に家を建てたのは、謙治の提案だった。今ではさびれた町並みも、昔は今後にぎわいを見せそうな予感がたしかにあった。しかし、いつまで待っても発展をすることはなく、今となっては駅前なのに閑静な街並みが気に入っている。

駅に向かって歩いていると、つぶれたパチンコ屋の看板が否応（いやおう）なしに目に入る。浜名湖からの潮風で色あせてしまっていて、大きく書いてある店名の文字も消えかかっていた。

駅に入りしばらくホームで待っていると、向こうから列車がやって来た。ここから寸座駅まで、毎月一回列車に乗る。若いころはよく浜松駅まで乗っていたけれど、乗り換えが必要なこともあり最近では謙治の運転する車で行くことも増えていた。

のんびりと停車した列車の後方から乗りこむと、四角い機械から出ている小さな紙を取る。そこには駅ごとに番号が印字されている。下車時、運転席上方の運賃表に記された番号どおりにお金を支払う仕組みだ。近くの座席に座るとゆっくりと列車は動き出す。

右手に広がる浜名湖を見ていると、いつも胸がチクリと痛む。それを見ないフリをして過ごしてきたこの四十五年間。長いようであっという間に季節は過ぎゆき、もうこんな歳になってしまった。

　寸座駅に到着すると、運賃箱にお金を入れてホームに降り立つ。

　高台にあるこの駅は、浜名湖を見下ろせる。反対側には山がもうもうと茂っていて、夏のなごりか、まだセミの声がひとつさみしげに響いていた。

「にゃお」

　声のするほうを見れば、黒猫のゴローがいた。

「ゴロー。お久しぶり」

「にゃん」

　バッグに入れてきた煮干しをあげると喉を鳴らしてうれしそうに食べている。毎月一度だけ会う友達みたいな関係のわたしたち。

　砂利道の向こうを見れば、広く大きな道の向こう側にいくつもの思い出がまだ残っている。もともと実家は寸座にあり、わたしはここで生まれ育った。ぼんやり浜名湖を見れば、あの日の景色となにも変わっていないように思えた。

　まだ煮干しに夢中なゴローに「またね」と別れを告げると歩道に出る。昔はこんなに広い道路は通っていなかった。舗装された道路のあたりは、『峠』と呼ばれていたっけ……。

道路を渡り急な坂をのぼりはじめる。来月にはこの山も秋に色づくのだろう。山の中腹あたりにぽっかりと空いた空き地がある。わたしが昔住んでいた家があった場所。今では名も知らぬ草木が風に揺れているだけ。取り壊されてずいぶん経つけれど、買い手がいないまま放置されている。

さらに細道を進めば、古い日本家屋が左に現れる。手入れされた庭木のある大きな家だ。この家も主を亡くして久しいが、建物はそのまま残されている。

月に一度、寸座に来る理由。それはこの家の草むしりをするためだ。家は、人が住んでいないとどんどん風化していくと聞く。実際、隣の空き家は雑草が生い茂っているだけじゃなく、建物もどんどん色あせてきた。

肩に下げていたカバンから軍手とゴミ袋を広げ、縁側に水筒を置く。広い庭は、雑草が我が物顔で生長している。

今日は暑くなりそうだから、早めに切りあげないと……。そう思い、しばらくは夢中で雑草と格闘をした。

わたしは月に一度のこの時間、ここで昔の思い出をよみがえらせる。短い間だけ許された、わたしの自由な時間。

この家に〝彼〟は住んでいて、そして彼の両親も穏やかな時間を過ごしていた。

『俺が多恵を幸せにしてやるからさ』

ふいに懐かしい声が聞こえた気がした。あの日、荘太はわたしにそう言ってくれた。

静かに目を閉じれば、あの日の彼が目の前に現れるようだった。

＊　＊　＊

『俺が多恵を幸せにしてやるからさ』

荘太は列車から降りると、開口いちばんそう言った。仕事帰りに寸座駅で待ち合わせることは平日の日課。定時で仕事を終える荘太を駅で待ってから、一緒に帰るのだ。

『え……今、なんて言ったの？』

聞き返すわたしに、荘太は照れたように顔を赤らめると『二度は言わない』と歩き出してしまう。

『待って』

『待たない』

追いつくと荘太はようやく歩幅を緩めてくれた。横目でチラッとわたしを見てから山道をのぼりはじめる。

浜松駅近くにある繊維工場に勤めている荘太はこの五月で二十歳になる。四月生まれのわたしのほうが先に成人した。わたしは、三ヶ日駅近くの観光協会で働いている。お互いに高校を卒業してからすぐに就職した。新人というには年数が経っていて、中堅と呼ぶには時期尚早なころだった。

『今の、プロポーズだよね？』

勇気を出して尋ねると、

『そんなところ』

なんてつれない返事。高校三年生からつき合い出してもう二年。わたしが就職活動で地元の会社を選んだのは、荘太が実家から離れないと決めたことも大きい理由のひとつだった。いつかは結婚するだろうと思っていたけれど、まさか今日がプロポーズの日だったなんて思いもしなかった。

『仕事もうまくいってるしさ、そろそろ考えたいんだ』

鼻をポリポリとかく荘太に、

『うん』

うなずくのが精一杯だった。

『本当はちゃんとしたときに言いたかったんだけど、こういうのって思い立ったときがいちばんだろ？』

華奢な体の荘太がわたしを振りかえって肩をすくめた。

『うん』

『さっきから「うん」しか言ってないし。今度の日曜日、多恵の両親に改めて挨拶に行ってもいいか？』

『あ、うん』

ダメだ。たしかにさっきから同じことしか言えていない。荘太に〝迷っている〟と勘違いされそうで、だけどうまい言葉が出てこない。

そんなわたしにクスッと笑うと荘太は足を止め振りかえった。同じように視線を追うと、夕焼けに照らされた浜名湖が見えた。夕焼けが水平線を朱色に染め、浜名湖との境を主張しているようだった。

『きれいだな』

『……そうだね』

細い指でわたしの手を握ってくれる荘太。わたしは彼の細くて美しい指が好きだった。

『遊覧船だ』

片方の手で荘太が指さす先に、赤い船体の客船が小さく見えた。最近運行をはじめたという遊覧船に乗ったことはないけれど、船上から見る浜名湖はきっときれいなんだろうな。

『俺の家で一緒に住むことになるけれど大丈夫？』

そう尋ねた荘太を見ると、彼の頰もまた、夕日のオレンジ色に染まっていた。

『でも……お兄さんは？』

『兄貴は転勤が決まったらしくてさ、しばらく名古屋に住むらしいんだ。多恵との結婚を相談したら、「お前がここに住め」ってさ』

家族内でそんなふうに話が進んでいるなんて知らなかった。

家が近所のわたしたちは、この地で生まれ育った。荘太の家までは歩いて三分。いわば幼なじみの関係。双方の親にとって、わたしたちが将来結婚することは仮決定されていたような記憶がある。

でも、そんなこととは関係なく、わたしは純粋に荘太が好きだった。つき合い出してからはなにごとにも一生懸命でがんばる姿が好きだったし、体は瘦せていても頼りがいがあると感じていた。

『日本はさ、すごい勢いで成長している。新幹線も、東名高速道路までできただろ？』

このあたりにも長年工事をしていた高速道路の太い道がある。あの道が東京までつながっているなんて、不思議な気がする。

『俺のいる繊維工場もまだまだ発展していくと思うんやて。たしかに今は給料も少ないし、迷惑かけることも多いと思うけど、絶対に幸せにするから』

冗談めいた口調じゃなく静かに言葉を選ぶ荘太に、わたしはうなずく。

『よろしくお願いします』

どんな困難があっても荘太となら生きていける、そう信じていた。

その後、お互いの両親も一堂に会しての食事会も滞りなくおこなわれ、結婚に向けて動き出しているのがわかった。婚約指輪はけして高いものじゃなかったけれど、金色に輝く輪を何度も眺めてしまうほど幸せだった。

そのときのわたしには希望しかなかったと思う。荘太と幸せになれると信じてうたがわなかった、遠い日。

＊＊＊

――気持ちを伝えたとき、君は戸惑ったようにうなずいていた。僕は気づかないフリで悲しくほほ笑んだ。最低のプロポーズだったよね。

十月になると一気に気温が下がってきた。特に朝夕は、日ごと肌寒さを感じてしまう。

先月、荘太の家の手入れに行ったあとすぐに、雅美と渉は東京に戻った。あんなに怒っていたのが嘘みたいに『帰るね』とニコニコして、迎えに来た隆弘とともにこの家からいなくなった。急に人の気配が消えたようでさみしい気もするけれど、どこかでホッとしている自分もいた。

風呂あがり、いつものように化粧水を肌に押しつけながら自分の顔を見る。雅美に『もっと自分の夫を大事にしなさい』と強く言うべきだっただろうか……。

自由気ままに育ててしまったせいで、今もどこか子供のようなところがある雅美。責任を感じるのは、この数年、家出の回数が多くなっているからだ。謙治はああ見えて孫に会えるのを楽しみにしている節もあり、けして雅美を叱ったりはしない。それならわたしが代わりに——。

「無理よね……」

つぶやきながら乳液を手のひらで伸ばす。白い液を塗りながら目を閉じると、荘太の顔がまたちらついた。

彼との過去をけして引きずっているわけじゃない。でも、あれ以来、わたしは変わってしまった。誰に対しても遠慮をするようになり、素の自分を出せなくなっている。いい大人になって情けないとも思うけれど、これだけ長い間そうなのだから、元来の素質だったと今では思っている。

謙治との生活に不満はないし、夫を愛しているという自負もある。だったら過去の思い出なんて忘れてしまえればいいのに。

洗面所の電気を消して台所に戻ると、

「あら」

珍しく謙治がまだ起きていた。老眼鏡をかけ、新聞を読む謙治との生活も四十四年が過ぎている。

「お茶、淹れますか?」

「ああ、喉が渇いてた。頼むよ」

たいした会話ではないけれど、ふたりで静かな夜を過ごしているときに交わされる、わたしたちの小さなやりとり。でも、その謙治の言葉のうちにふと感じられるやさしさに、少し気持ちが軽くなる。

謙治との夫婦生活は、例えるなら浜名湖に浮かぶ小さな船のよう。嵐に巻かれ傷を負ったわたしを、謙治は助けてくれた。豪華客船とまではいかなくとも、のんびりと湖に浮かびわたしの傷を癒してくれている。

「鈴木さんの奥さんからいただいたお菓子があるんですけど、食べます？」

そう言うと謙治は「お」と口を丸くした。

「ミカン饅頭か？」

近所で和菓子屋を営む鈴木さんからたまにもらうミカン饅頭は、謙治の昔からの大好物だ。お茶と一緒に置くと、新聞を脇にやった謙治がさっそく食べはじめた。

向かい側に腰をおろし、わたしもお茶を口に運ぶ。

「やっぱりうまいな」

薄いオレンジ色の皮が、夕焼けを思い出させる。忘れたい過去から目を逸らし、

「そうですね」

と答えた。

ずずっとお茶をすする音だけがしばらく聞こえる。

「スマホには慣れたのか？」

「スマホ？　ああ、どこへ置いたかしら」

連絡が取れないと困る、と三週間前に雅美から無理やり持たされた携帯電話は、未だにどうやって使うのかがわかっていない。とりあえず電話に出ることだけはできるようになったけれど、気づけば充電が切れていることも多かった。

「おいおい。それじゃあ意味がないだろう」

居間のテーブルに伏せたままのスマートフォンを見つけた謙治が充電器に差しこんでくれた。赤いランプが灯り、充電が開始された。

「この歳になって新しいことは無理ですよ」

わたしの言葉に謙治は「たしかにな」と少し笑った。

「時代の流れにはついていけないが、古いことはしっかり覚えている。それが高齢者ってものだな」

「そうですね」

ほほ笑みながらまた浮かぶ荘太の顔。彼とのことは忘れたはずなのに、謙治の妻として生きているのに……。亡霊のように何度も出て来てわたしを苦しめるのはなぜ？　ぼんやりしていたのだろう。謙治がじっと見つめているのに気づき、目だけで「え？」と答えた。

「いや。実はな……」

言いにくそうにした謙治を見て気づく。明日も仕事なのにこんな時間まで起きているってことは、なにか話があるってことだ。居ずまいを正すわたしに、謙治はなにやら紙を見せてくる。

「あさっての木曜日、ちょっと用事をたのまれてくれないか？」

「あさって？」

その日は十五日で寸座に行く日だ。わたしの心配を知ってか、謙治は短く言った。

「わかってる」

謙治は短く言った。謙治には草むしりをしにあの家に行っていることは話してあった。

「用事って言うのも寸座でのことなんだ。悪いけれど、三時にここへ行ってもらいたい」

「三時、ですか？」

メモに書いてある住所は寸座駅のそば。実家があった場所からも近そうだ。謙治は続いてテーブルの片すみに置いてあった小さな箱をわたしの前に差し出す。手のひらに乗るくらいの大きさで紙製の白い箱。側面には謙治の勤務する会社のロゴが印刷されてあった。部品の製造などをおこなっている会社らしいが、詳しくはわからない。

「納品かなにかですか？」

「ああ。海に関するグッズを集めているらしく、大事な品だから直接持ってきてほしいそうなんだよ」

「海？　そういう物も作っているんですねぇ」

はじめて聞く仕事内容に驚いていると、

「頼んでいいかな？」

謙治が珍しく気弱に尋ねた。

「もちろん大丈夫ですよ」

しかし、三時に行くとすると夕飯の支度が……。

「終わったら確認のためにスマホで連絡してもらえると助かる。夕飯は外で食べよう」

それならと、少しホッとする。外食なんてどれくらいぶりだろう？　わたしが家で食べるのが好きなせいもあり、我が家では外食という選択肢はほとんどなかった。

「スマートフォンの勉強にもなりますしね」

うなずくわたしに、謙治も安心したようにお茶を飲み干してから居間をあとにした。


——君との幸せを願った僕。僕との幸せを願った君。あのころのふたりの選択は間違いじゃない。だから、僕たちの出逢いを、どうか後悔しないでほしいんだ。

＊＊＊

荘太との結婚が決まってからは、毎日があわただしく過ぎて行った。

勤務先を退職したのは結婚式の三カ月前のこと。このところ体調がすぐれないことや、その上さらに結婚式の準備などで疲れ果ててのことだった。

それでも荘太はいつでもやさしかったし、早く一緒に生活できることを楽しみにしていた。彼はわたしを幸せにすると、口癖のように言っていたし、その言葉に嘘はないと信じた。

それは雨降る八月末、午後のこと。家の電話が鳴ったのを覚えている。荘太の会社の上司と名乗った男性は、『プレスの機械が故障したせいで、腕を挟まれた』と説明した。最初は荘太のことを言っているとは思わなかった。

家を飛び出すと、先に連絡がいっていたのだろう、荘太の母親が泣きながら駆けて来るのが見えた。

そこからの記憶ははっきりとしない。写真のような静止画が、わたしの記憶に刻まれている。

〈手術中〉のライトが、薄暗い廊下でやけに赤く光っていたこと。

医師が『神経はつながらなかった』と苦渋に満ちた顔で告げたこと。

結婚式をキャンセルしに行った日のこと。

リハビリをしている荘太のうしろ姿。

そして、最後に彼と話をした日のこと。

『ぜんぶ、なかったことにしてほしい』

うつむいた彼の冷たい言葉。わたしが耳にした荘太の最後の言葉だった。

なかったこと、の指すことが結婚なのか、わたしとのことなのかもわからずに毎日泣いて暮らした。この世に絶望して、もう生きている意味なんてないと思った。それでも、どうしても自らの命を絶つことができない理由があった。

ある日、病院から姿を消した荘太が行方不明になってしまったことで、わたしたちの関係は本当に途切れてしまった。あんなに一緒にいたのに、彼はさよならも言わずにいなくなったのだ。

流されるように日々は過ぎ、わたしは翌年、謙治と結婚をした。そんな人生。

＊＊＊

今日は十月十五日。荘太が行方不明になってから四十五年が過ぎた日。謙治に渡された箱を入れたカバンを手に、メモを頼りに歩く。浜名湖沿いの道は昔よりきれいになっていた。それはそうだろう。時間は確実に過ぎて行き、わたしももう二十歳ではない。

草むしりをしてから行くことも考えたが、汗と土だらけで配達することに躊躇し、三時ちょうどに到着するように家を出て来た。草むしりは明日にでも来ればいい、そう思っていた。

しばらく歩くと、右手に目的地であるサンマリノが突然現れた。どうやら喫茶店らしく、白い壁が印象的な建物だった。わたしが住んでいたころにはなかったと思うが、さして新しい店でもなさそうだ。

ドアを開け「こんにちは」と声をかけると、奥からグレーのエプロンをつけた白髪の紳士が現れた。

「いらっしゃいませ」

　にこやかな笑みで席を案内されそうになったので、急いでカバンから箱を取り出す。

「すみません。お届け物にあがっただけなんです」

　差し出す箱を手渡すと、男性は「ああ」と目じりのシワを深くした。

「渥美(あつみ)さんの奥様ですか？　今日届けてくださると伺っておりました」

「はい。あの、どうぞよろしくお願いいたします」

　頭を下げると、マスターは壁の時計を見たあとカウンターの端の椅子を引く。

「どうぞ、お座りください」

「え……でも」

「大丈夫です。ご主人から飲み物をオーダーされておりますので」

　言われるがまま座ると、男性は箱を手に奥へ消えた。

　心地よいインストゥルメンタルの曲が流れている。見ると、店内はいたるところに海に関する品物があふれていた。わたしの座った席の近くにも、浜名湖の写真が飾ってあったり、左側には手首くらいの太さのロープや船の錨(いかり)が飾ってある。

「お待たせしました」

　気づくとホットティーが目の前に運ばれてきていた。

「あ、ありがとうございます」

喫茶店というものにひとりで入ったことがないから対応がわからずに頭を下げる。

男性はカウンターの内側に戻ると、箱の中身をそっと開けて目を丸くしている。どうやら目当ての品物だったようでうれしそうにほほ笑む顔を見て、ようやく安堵(あんど)の息がつけた。

今夜は外食にすると謙治は言ってくれたけれど、この時間なら帰ってから準備をしても間に合いそうだ。

そう思うと、目の前の紅茶が早く冷めることを願うだけ。寸座でくつろいでいるなんて知れたら、きっとこの辺に住む人の噂になってしまうだろうから……。そう思ってしまう自分に呆れる。

今さらわたしのことを気に留める人はいない。たしかにあんな事件があったせいで地元でも有名になってしまったが、今は昔。わたしのことを覚えている人なんていないだろう。

湯気を必死で吹き飛ばしながら紅茶を飲んでいると、

「今日は快晴ですね」

カウンターの中にいた男性が窓のほうを見ながらそう言った。

「ええ。本当によい天気ですね」

少しの沈黙を埋めるように、ジャズが流れている。

やがて、男性は尋ねた。

「会いたい人はいますか？」

「……え？」

意味がわからないわたしに、男性は少し首をかしげた。

「もう二度と会えない人で、一度だけ会いたい人は、いますか？」

ゆっくりとその意味を咀嚼してみる。すぐに浮かぶ荘太の笑顔。そして、うつむいた暗い表情。悲しい背中。

「いません」

はっきりとそう言うわたしに、マスターは大きくうなずいた。

「すみません。変な質問をしてしまいました。これからお帰りで？」

「はい。列車の時間があるので、これで失礼しますね」

半分腰を浮かしながら答えるわたしに、男性はもう一度首を縦に振った。

「浜名湖の夕陽を見てください。今日はきっと、見たこともないほど美しい夕焼けになるでしょう」

「……はい」

あのころ何度も見た夕焼け。荘太の乗る列車を待っている間、飽きることなく暮れゆく空を眺めていた記憶。どんなにうれしくて幸せな記憶も、ラストシーンの悲しみが強いほど色あせてしまう。

記憶を断ち切るように息を吐くと、お礼を言って店をあとにした。時間は四時すぎ。さっきよりも傾いている太陽がまぶしかった。

ホームに着くと日差しを避けるように駅舎の中のベンチに腰をおろす。あと少しで下りの列車が到着するだろう。

それにしても、このお使いはわたしにとって大冒険だった。やり遂げた充実感に軽い疲労があとでついてくる。遠くに見える浜名湖は金色に輝いていて、あの日もらった指輪に似ていた。だからわたしは夕焼けが苦手なのかもしれない。

どこからか音楽が聞こえている。町内放送かと思ったけれど、それにしては近いところで鳴っているような……。

「あら」

自分のカバンの中から音がしていると気づき、慌てて探ればスマートフォンが震えていた。画面には〈謙治さん〉と表示されている。電話のマークがついているボタンの一方を押した瞬間に、それが〈通話終了ボタン〉だったと思い出した。

「いけない。緑色のボタンだった……」

うんともすんとも言わない画面に人差し指で触ってみるけれど、天気情報が急に画面に現れ余計に焦るばかり。再び謙治からの着信を知らせるスマートフォンに、今度こそ緑色の通話ボタンを押した。

「もしもし、ごめんなさい」

そう言うと、スマートフォンの向こうから、

『また間違えたのか』

と呆れた声がした。会社にいるのだろう。ザワザワとした音が背後で流れている。

「すみません。つい、間違えて押しちゃうんです」

言いながら思い出す。

……しまった。

「わたしったら、用事が終わったら電話するって約束をしていましたね」

『ようやく思い出したか』

ふふ、と笑う謙治にわたしは小さくなる。役目を果たさなきゃ、ということに集中しすぎてすっかり忘れていた。

「なんだか緊張してしまって。でも、ちょうどさっき終わったところなんです。もうすぐ列車に乗れますから」

『家の草むしりはいいのか？』

「ええ。今度にします」

『そうか――』

ふいに謙治が黙りこんだ。廊下に出たのか、急に騒がしかった音もしなくなっている。

「もしもし？」

『ああ、聞こえているよ』

その声が急に近くで聞こえたような気がした。いつもの話し方とは違う、やさしい声。

『今、駅にいるなら次の列車には乗らずに〈たまるベンチ〉へ行ってごらん』

「たまるベンチ？」

『ホームの端に木でできたベンチがあるだろう？』

立ちあがり外に出ると、たしかに駅の左端に小さなベンチがちょこんとあった。

「ちょっとお待ちいただけますか？」

近づいて行き指でなぞるとずいぶん劣化しているらしく、割れ目がいくつも見えている。

「これですかね。丸い形の……」

『そこに座ると浜名湖と空がきれいに見えるよ。夕暮れが終わるころには水平線の向こうからのぼる月も見える』

言われたとおり座ると、たしかに景色はいい。水平線が少しオレンジ色に変わっているのが見えた。

謙治の意図がわからずにそのまま浜名湖と空を見ていると、

『今日で四十五年だな』

そう謙治がつぶやくように言った。

「謙治さん……」

『あの日、荘太がいなくなってから四十五年。君はまだ二十歳だったね』

ずんと鉛のような重さがお腹の中に生まれ、思わず手で押さえた。謙治は覚えていたんだ……。

『翌年君にプロポーズをして、結婚をしてから四十四年。人生なんてあっという間だな』

「ええ……本当にそうですね」

『荘太は今ごろ、どこでなにをしているんだろうな』

謙治が荘太の名前を口にしたのは久しぶりだった。あれ以来、わたしは口にすることはなかったし、謙治もまた同じだった。

ただ流れていく日々の中で、わたしは謙治に救われ、そして幸せになれた。

「謙治さんにずっと聞きたかったことがあります」

そう口にすれば、『ああ』とわかっていたかのように謙治のうなずく声が聞こえた。

「荘太さんは……もう、この世にはいないのですね？」

ずっと聞きたかったこと。聞いてはいけないと思っていたことを言葉にする。電話の向こうで小さく呼吸する謙治が、やがてすうと息を吸った。

『ああ。あいつは死んだよ』

思ったより衝撃は受けなかった。たぶん、ずっと前から薄々気づいていたこと。荘太は失踪したんじゃなく、あの日、自ら命を絶った。

確信に近い答えはずっとあったのに、わたしは今日まで確かめることができずにいた。

『多恵にはどうしても言えなかった。悪かった』

「……そうですか」

理由はなんであれ、答えは同じ。荘太があの日、わたしを置いて消えてしまったことには変わりはないのだから。

「それが聞けてよかったです。わたし、ずうっとそのことばかり気になっていたんですよ」

『ああ。気づいてたよ』

喪失感はなく、やっと真実を知ることができたという満足感が体を満たしている。わたしは長い間、誰かにこの答えを教えてほしかったんだ……。ううん、きっと心の底では知っていたことなのかもしれない。ただ、認めたくなかったんだ。

「そろそろ列車が来ます。今日はやっぱり家で食べませんか？」

荘太の話を聞きたいと思えた。封印してきた過去を明らかにすれば、この先も生きていく力になると思えた。でも、謙治は「いや」と短く答えた。

『悪いけど、そのまま夕陽を見て荘太のことを思い出してほしい。もうすぐ君に品物が届く』

「品物？」

尋ねている間に列車がやってきた。音を立てて停車した列車は、わたしが乗らないのを確認するようにしばらく停車してから動き出した。

『その品物を手に、今だけは荘太を思ってやってくれ』

「それってどういう……」

『命日の今日くらいはしっかりと思い出せばいい。君のことは信じているし、荘太にやきもちなんてやかないから安心して』

「謙治さん……」

『そして、夕暮れが終わったなら、僕たちの家に帰っておいで』

僕たちの家……。

じんと胸の奥が熱くなった。

「わかりました」

電話を切れば、さっきよりも上空は藍色を濃くし、水平線は焼けたように燃えていた。

単線の線路に音がして、掛川行きの列車が到着した。それも見送っているうちに心がどんどん落ち着いていくのを感じる。

足音が聞こえ横を見ると、若い男性がこっちに向かって歩いてくるのが見えた。鉄道会社の制服を着ているところを見ると、駅員さんなのだろう。でも、寸座駅は無人駅だし……。

戸惑っているわたしに、男性は手に持っていた箱を差し出した。それを見て驚く。

「これって、さっき……」

「サンマリノのマスターからお預かりしてきました」

わたしが届けた小さな箱。どうしてわたしに？

問うように男性を見ると、彼は口元に軽く笑みを浮かべる。

「これはあなたの持ち物だったようです」

「え……困ります」

しかし男性はそのまま駅舎のほうに歩いて、行ってしまった。

どうしよう……。せっかく届けたのに返されたということは気に入らなかったのだろうか？

箱を開けると、そこには白い綿が敷き詰めてあった。その上に載っているものを手に取る。

指が震えているのが自分でもわかった。金色に輝く、それは……荘太からもらった婚約指輪だったから。

どうしてこんなものがここに？　謙治がなぜマスターにこの指輪を？　そういえば、今日までこれはどこにあったのだろう……。

疑問ばかりが沸きあがる中、さっき謙治が言っていた言葉を思い出す。

指輪を高く持ちあげ輪っかの中を覗けば、夕焼け空のオレンジがいた。

「荘太さん……」

すべてなかったことに、と言われたあと、会いたいと思っていたのは最初だけだった。やがてあきらめの感情に支配されたわたしは、願うこともやめて生きてきた。

でも……今、荘太に会いたい。会って、どうしても伝えなくちゃいけないことがある。

見れば夕焼けが空一面に広がっていた。なにか、音が聞こえる。耳を澄ませば、それが列車の音だと気づいた。

「どうして……」

上下線ともに列車は来たはず。次の列車までは三十分以上あるのに……。

見ると、紅葉に染まりつつある草木のトンネルからまばゆいほどの光を放つ列車が姿を現す。幻想的なほど光っている車体は、まるで右手に握りしめた指輪の色そのもの。

ゆっくりと停車した列車から、男性がひとり降りてきた。その顔を見て、わたしは息を呑んでいた。

「荘太……さん？」

あのころのままの荘太がわたしに向かって歩いて来るのを、信じられない思いで見ている。

これは……夢？

痩せた体で視線をうつむかせている荘太は、わたしの前で止まると、

「やあ」

と二文字で挨拶をした。こんな声だった、と脳が記憶の引き出しを開ける。やっぱり……荘太なの？

「座っていい？」

「あ、はい」

椅子の左に座り直すと、荘太は一礼してから隣に座った。

「あの……荘太、さん？」

いつも見ていた横顔が近くにあった。

「そんなに見るなよ。逃げ出しちゃいそうだ」

なつかしい声に、プロポーズされた日が脳裏によみがえった。『幸せにする』と誓った荘太の真摯なまなざしとオレンジに染まった空。むせかえるほどの草の匂いが今もしているようで苦しくなる。

「どうして……どうなってるの？」

オロオロするわたしに、荘太は驚いた顔をした。

「知らないでやってたのか？」

「どういうこと……？」

「雲ひとつない夕暮れに、会いたい人のことを願えば夕焼け列車が来る、とかなんとか」

ごにょごにょとつぶやいてから荘太はプイと顔を逸らせてしまう。

そして、あさっての方向を見たまま荘太は口を開いた。

「そうか、兄さんか」

「え……」

「ぜんぶ、兄さんが計画したことなんだよ。俺に会いたいって思わせるために、多恵をここに来させたんだろうな」

謙治と荘太はふたりきりの兄弟だった。荘太が行方不明になって一年後、わたしは兄である謙治からのプロポーズを受けたのだ。

ふと、さっきの謙治の言葉を思い出した。

『今だけは荘太を思ってやってくれ』

たしかに謙治がわたしにたのみごとをするなんて珍しいことだった。急に寸座まで荷物を持って行くようにたのんだのも、荘太さんに再会させるため？　サンマリノのマスターもさっきの駅員も、すべて謙治から依頼されて行動していたってこと？　あ、なにがなんだかわからない。

「実はさ、先月兄さんにも会ったんだ」

「え？」

頭をボリボリとかいた荘太は、

「再会するなり思いっきり殴られたよ。今でもまだ痛いくらい」

と、肩をすくめた。

「謙治さんと……？」

「兄さんは夕焼け列車の噂をどこかで聞いたんだろう。きっと、多恵にも会わせてやりたいって思ったんだろうな。それにしても、まさかなにも知らないで会いに来るとは思わなかったけど」

あはは、と笑ったあと、荘太はキュッと顔を引きしめた。

「悪かった。本当に多恵にはひどいことをした」

そう言って頭を下げた。

なにも答えられないでいるわたしに、荘太は大きく息を吐いた。

「自殺なんて、なんでしたのか今でもわからないんだよ。気がつけば世界から逃げたい気持ちでいっぱいだった。俺、おかしくなってたんだろうな」

「荘太さん……」

「でも、やっぱり自ら死を選んではいけなかった。多恵との結婚、そしてお腹にいた赤ちゃんから……俺は逃げたんだよ」

ぶわっと視界が歪んだと思ったら、涙がボロッとこぼれてしまった。ハンカチを探すフリでカバンを探るわたしに、

「悪かった」

もう一度荘太は謝罪を口にした。

荘太がいなくなったとき、わたしのお腹にはもう雅美がいた。

彼の行方を探すわたし、止める両親、大きくなっていくお腹。そして——謙治からのプロポーズ。

一気によみがえる過去が苦しくて、無意識にきつく唇をかみしめていた。

「兄さんにも悪いことをした。とにかく俺は、最低だった」

独白のようにつぶやく荘太。

「自殺した罰だろうな。俺の左手は、ほら」

体を動かしてみせるけれど、その左腕は微動だにしていない。

「子供は……元気なのか？」

「ええ、とっても。雅美という名前です」

深くうなずく荘太を見ていると、自分の中で混乱の嵐がおさまっていくのを見た気がした。

「荘太さん、あなたに伝えたいことがあるの」

「どんなに責められようと覚悟している。殴ってくれてもいい」

もう荘太はわたしをまっすぐに見ていた。

わたしが愛した人。ともに幸せになれると信じて疑わなかった人。

彼を責めることはできない。わたしだって、あんな事故が起きて傷を負ったならおかしくなったかもしれない。

右手に持ったままの指輪を強く握る。想いが空に昇るよう、わたしから消えていくように強く願ってから、わたしは金色の指輪を彼の右手に置いた。

「これ、返しますね」

夕焼けが消えかけた空の下、もう指輪は光ってはいなかった。わたしの長い長い未練も終わりを告げようとしていることを知った。

「荘太さん、ありがとう」

頭を下げるわたしに、荘太は意外そうに顔を歪めた。

ちゃんと伝えよう。ずっと言いたかったことを告げるのは、今しかないのだから。

「あなたがいなくなり本当に苦しかった。だけど、謙治さんと出逢えました。ずっと前から知ってはいたけれど、わたしにとって謙治さんは荘太さんのお兄さん。そうね……ムスッとして無愛想なお兄さんという印象でした」

「兄さんは重度の人見知りだからな」

「でも、謙治さんにわたしは救われたんです。彼がわたしを助けてくれた。そして、それはいつしか愛に変わったんです」

ふたりきりのときにしか笑わない謙治。外では仏頂面しかできない謙治。だけど、誰よりもやさしいことをわたしは知っている。

「謙治さんと結婚して、わたし、幸せです。それをあなたにいつか伝えたかったんです」

もう涙は消え、わたしは自然にほほ笑んでいた。

そんなわたしに、荘太は「そっか」と短く言った。

「わたしはこれからも元気で生きていきます。だから、ありがとう」

軽くうなずいた荘太のうしろで、夕陽は最後の朱色を空に薄く残している。わたしたちの永遠の別れが、四十五年の時間を越えて、今訪れようとしていた。

「歳を重ねても多恵はきれいだよ」

最後に彼がそう言ったとき、ずっと抱えてきた重荷が空に昇っていくのを見た気がした。電車に戻る荘太をベンチに座ったまま見送った。

さようなら、わたしの大好きだった人。手を小さく振れば、荘太は大きくうなずいてくれた。遠ざかる列車は夕焼けの光が空から消えるのと同時に、溶けるように見えなくなった。

悲しみはなかった。今日からまた新しいスタートを切るような気持ちが生まれている。しばらく待てばヘッドライトを灯した列車がホームに停車した。

さあ、わたしも帰ろう。大切な家族が待つ家へ。


――君は僕に救われたと思っているのだろう。でも、本当は違う。僕が君に救われたんだよ。悲しみの中にいる僕を、君とお腹にいる荘太の子供が助けてくれたんだ。

言葉にするのは難しい僕だけれど、これからも君を守っていくから。


　秋はあっという間に過ぎ、季節は冬の色を濃くしている。浜松市に雪はあまり降らないけれど、〈遠州の空っ風〉と呼ばれる冷たい風がもうすぐ来る新年を教えているようだ。日曜日の我が家は久しぶりににぎやかだった。

「おばあちゃん。僕、またここに住むの？」

　あどけない顔で尋ねる渉に牛乳を出すと、喜んで飲んでいる。その横ではテーブルに顔を突っ伏している雅美が。居間では謙治が何度目かの新聞を読みながら、不機嫌な顔をしていた。

「頼むよ。僕が悪かったから」

　さっきから謝罪を繰りかえしているのは隆弘。金曜日の夜にささいなことでケンカをした雅美は、王道パターンでの家出を敢行している。

「うるさいなー」

　耳を塞ぐ雅美は、聞く耳を持とうともしないでいる。

　はあ、とため息をつくとわたしは、

「謙治さん」

と声をかけた。

「ああ」

「渉くんとお買い物に行ってくださる？」

「なんで僕が」

「ミカン饅頭を買って来てほしいの」

その言葉にバサッと新聞をたたむ音が聞こえたと思ったら、謙治はもう立ちあがっていた。

「渉、行くか」

「うん！」

バタバタと出て行ったふたりを見送ってから、わたしは椅子に再度腰かける。

「雅美」

「うるさいなあ」

「いいかげんにしなさい！」

バンッとテーブルを叩くと、雅美はギョッとしたように体を起こした。

「え……」

「隆弘くんもよ。ふたりともちゃんと座って背筋を伸ばしなさい」

これまで声を荒らげたことなんてなかったわたし。ふたりとも目を丸くして言われたように背筋を伸ばした。

「雅美、あなたお母さんでしょう？　渉くんくらいの年齢っていうのは多感期と呼ばれるころなの。いろんなことを吸収して感情を覚えて、世の中を知っていくのよ。それなのにあなたはなにしているの⁉」

「だって……」

「だって、じゃないの！　母親として子供には最大限の愛情を注ぐべきだとお母さんは言っているの。こんな家出ばっかりして、あの子のためになると思っているの？　夫婦ならちゃんと会話をして解決をしなくちゃダメ」

ピシッと言うと、雅美は不平を思いっきり顔に貼り付けた。

「だって……お父さんとだってそんなに会話ないじゃない」

そうくると思った。わたしは、テレビ台の下にある引き出しから一冊のアルバムを渡した。いぶかしげな表情でページをめくった雅美の瞳がきょとんとしている。

「最近はふたりで旅行三昧よ」

「嘘でしょう……？　出不精のふたりが、なんで？」

この数カ月の間、謙治とは全国を旅した。どの場所もふたりなら楽しく、鮮やかな思い出が上塗りされている。まるで遅れておこなわれている新婚旅行のようだった。

「もうすぐお父さんの仕事の延長期間も終わるから、今度はエジプトに行くつもりなの。あなたたちも、ちゃんとお互いに話をしなさい。それに、隆弘くん」

「はいっ！」

ビクンと体を震わせた隆弘。

「今後は雅美が家出してても迎えは結構です。母親としてすぐに追いかえしますから」

「ちょっとお母さん！」

異を唱える雅美を無視して、わたしは続ける。

「隆弘くんも謝るだけじゃなく、ちゃんと話し合いをするようにしてください。この子についての苦情ならいつでも電話をしてくれればいいですから」

笑いかけると、彼は気弱に愛想笑いをした。

「どうしちゃったのよ……」

まだブツブツ言っている雅美の両手をわたしは握った。伝えたいことは今、伝えなくちゃ後悔するから。

「雅美、よく聞いて。人間っていうのはいつか死ぬものでしょう？」

「……そんなこと、わかってるよ」

「わかってない。もしも明日、隆弘くんが死んだらあなたは一生悔やむことになる。それは隆弘くんも同じこと。毎日、相手を大切に思う気持ちを忘れないでほしいの」

「……なによそれ」

強がった雅美がわたしの手を解いて立ちあがった。

「いいよ。帰ればいいんでしょ、帰れば」

「今度は家族全員でいらっしゃい。旅行中はダメだけどね。ちなみに来週は宮城県に行く予定なの」

そう言うわたしに、雅美は最後まで口をあんぐりと開けたままだった。


台所でミカン饅頭をほおばる謙治にお茶を淹れた。

「ありがとう」

「いえ。わたしもいただきます」

「これ、ほんとうまいなあ」

家出家族が去った我が家には、にぎやかさは失ってもあたたかい空気が満ちている気がした。窓の外には快晴の青空が広がっていた。

「雲ひとつない空……」

つぶやくわたしに、謙治も「お」と窓からの空を見やった。

「今日は夕焼け列車日和だな」

「そうですね」

ふふ、と笑うふたりだけの秘密の会話。

「あなたがいてくれてよかった」

誇らしささえ感じて言うわたしに、謙治は眉をひそめた。

「あなたがいてくれたから、わたしの今があるんです。だから、本当に感謝していま
す」

心からそう言うと、謙治は「ああ」とぶっきらぼうにつぶやいて新聞を読み出す。
小さく鼻をすする音が聞こえ、見ると鼻頭が赤くなっていた。

人づき合いが苦手でぶっきらぼうな謙治との間に、最初は愛はそこになかったと思う。お互いに傷を癒し合うように結婚したわたしたち。それでも、この長い月日の間にわたしにとってはかけがえのない存在になっている。

いろんなことがあった長い年月が、レールのように現在につながっている。旅の終わりが見えてきても、わたしたちはずっと笑い合っていきたい。人生の旅をこれからもふたりで続けていこう。

旅の終わりのその先で、荘太は笑顔で待っていてくれるだろう。

第四話　曖昧な十月

『お父さん、元気ですか？

私は元気です。

浜松は十月になってもまだ夏って感じ。

来月になれば十七歳になるんだよ。

高校二年生ってもっと大人かと思っていたけれど、お父さんと暮らしていたころとあまり変わっていないと思う。

この学校に転校してきて、もう一年が過ぎたなんて早いよね。

まさか、お父さんの実家で暮らすことになるなんて、あのころは想像もしていなかったね。

おじいちゃんとおばあちゃんは元気です。

特におばあちゃんなんて、前よりも若がえったみたい。

友達もたくさんできたし、最近はあだ名で呼ばれることも多くなったの。

相田麻衣（あいだまい）っていう名前のせいで〝アイマイ〟って呼ばれてる。

あまり好きなあだ名じゃないけどね。

そちらはお仕事どうですか？　たまには浜松に会いにきてね。

じゃあ、またね。

麻衣より』

手紙を書き終わると昼休みのざわめきが耳に戻った。

そっか、ここは学校だったと、夢から醒めたような気分でペンを置く。手紙を書くことに集中しすぎていたみたい。時計を見れば、五限目まであと十五分ある。

もう一度トイレに行ってこようかと思案していると、

「なあ」

急に声をかけられてビクッと飛びあがってしまった。

「悪い。やっと顔あげたからさ。さっきまではすっげえ集中してたから声をかけられなかった」

真っ黒に日焼けしたクラスメイトの男子が頭をかいていた。

彼の名前は楠井竜弥。短髪で男らしい太眉の持ち主で野球部に所属している。彼はヒマさえあれば私にからんでくる。

「……なに？」

隠すように手紙をひっくり返すと、

「手紙書いてたの？」

竜弥はごつい指で青空と雲がデザインされた便箋を指さして聞く。

「あ、うん」

「ふーん。誰に？」

「……お父さんに」

つぶやくように言うと、竜弥は目を丸くした。

「なんでおやじに手紙なんか書くわけ？」

「うちのお父さん……単身赴任で家にいないから」

そう言うと「へぇ」と目を輝かせた竜弥が体をこっちに向けたまま前の席に座った。

「どこで働いてんの？」

興味深そうに尋ねる竜弥の目がキラキラしているように見えた。

「海外に……いるの」

「すげえ！」

大きな声で叫んだ竜弥に近くにいたクラスメイトがこっちを見ている。

「うちのおやじなんて漁師だから帰ったらいつでもいるし、早朝に起きるから夜は『早く寝ろ』って怒鳴るしさ。なんかうらやましいよ」

あっけらかんと笑う竜弥から視線を落とし、隠すように手紙を封筒に入れる。やはり、学校で手紙を書いたのが間違いだったと反省。

竜弥が私に気があるという噂はクラス中で話題だし、本人もあえて否定していない。

おそらくからかっているだけだろうけれど、正直困っている。今だって、クラスのすみっこの女子たちがニヤニヤとこっちを見ているのがわかる。

浜松は空気がいいと思っていたのは最初だけだ。今ではこんなに息苦しい毎日。

竜弥は私が書いた手紙を見ていたのだろうか？　もしそうなら、安心してもらいたくて嘘を並べた文章をどう思っただろう……。

椅子を引いて立とうとする私に、竜弥は眉をひそめた。

「あの……トイレ」

ボソボソと声にすると、彼は「行ってら」と手を振ってから他の男子としゃべりはじめた。

廊下に出ると、十月になったというのにまだ夏がいた。蒸し暑い空気を破るようにトイレへ急ぐ。

自分の足元だけを見ながら歩くと、また暗い気持ちになる。でも、明日の土曜日から月曜日の体育の日まで学校は休み。あと数時間のがまん、と心の声で言い聞かせた。

私は学校が好きじゃない。そもそも転校なんてしたくなかったのに、お父さんのせいで浜松に来ることになってしまった。

寸座という町は田舎で、駅だって無人駅。漫画喫茶に行くのにも、列車に揺られていかなくてはならない。これまで住んでいた岐阜県も都会とは言えなかったけれど、それ以上になんにもない町。

今のクラスに友達と呼べる人はひとりもいない。連絡を取り合っているのは、前に通っていた高校のクラスメイト数人だけ。町にも学校にも受け入れてもらえていない自覚は、この一年の間ずっと存在している。

そうだよ……、もう一年も暮らしているというのに、まだなじめていないいんだよね。

「アイマイ」

うしろから声がかかり足を止めた。振り向くと怜子とこずえが追いかけてきた。

「待ってよ、アイマイは歩くのがほんと速いんだから」

ボブカットの怜子がそう言い、三つ編みのこずえがうなずいている。

「あ、ごめん……」

つぶやくような声に、怜子がえくぼを浮かべて笑う。

「謝ることないって。それよりさ、今日ってカラオケ行くんだよね？」

ずいぶん前から、今日の放課後はカラオケに行こうと誘われていた。四つ先の駅にある小さなカラオケボックスだ。

「男子も来るんだって」

こずえがフォローするように言ってきた。きっと竜弥のグループだろうな。

「あの、私……やっぱりやめとこうと思って」

なんとかそう言うと、こずえの顔色が曇るのがわかった。

「なんで？　行くって言ってたじゃん」

「……ごめん」

視線は勝手に自分の上靴に落ちてしまう。なんて言い訳すればいいのだろう。

「ちょっと風邪気味で……」

怜子とこずえが一瞬視線を交わしたのが視界の端に映った。

「修司くんのことはどうするの？」

代表して尋ねる怜子に私は口ごもる。

隣のクラスの佐藤修司から告白をされたのは夏休み前のこと。うまく返事をすることができず、今日まで来てしまった。それを知った怜子とこずえが、頼みもしないのにカラオケを企画したのだ。きっと、修司が相談したのだと思う。

他のクラスでも昔から見知った関係なのは、小さな町の小さな高校ならではのこと。竜弥や修司、怜子たちは幼なじみらしい。

答えられない私に、怜子とこずえは発言を促すように無言で私の目を見ている。

竜弥も来るのなら余計に行きにくいし、修司にどうやって断っていいのかもわからない。そもそも私なんかに告白をするのはおかしいと思っている。修司だって、転入生である私のことが珍しいだけだろう。それとも、からかっているのかな……。

「……ごめん。今日はやめておくね」

もしカラオケに参加したなら、怜子たちによって強引に修司と恋人にさせられるような予感があった。

「え、マジで行かないの？」

声のトーンを低くする怜子に、私はなにも言えない。

「だってみんな楽しみにしてたんだよ。なんとか無理なの？」

お願い、と両手を合わせておがむポーズをとる怜子。うつむくしかできない私に、こずえがわざとらしくため息をついた。

「ドタキャンするかなぁ、普通」

「……ごめん」

「それだったら最初にそう言えばいいのに」

「ちょっとこずえ、やめなよ」

怜子がたしなめるが、こずえは不機嫌な声で「だって」と言う。

「あたしたちが今聞かなかったなら、ギリギリまで断らずにいるつもりだったんでしょう？」

「そんなことないよね？　もう、こずえ意地悪だよ」

「意地悪じゃないよ。もう一年も友達でいるんだからさ、アイマイは、もう少しあたしたちに心を許してくれてもいいじゃん」

　ぷうと膨れた顔のこずえに頭を下げるのが精一杯。私だってもっと自分の気持ちを言葉にしたいって思っている。でも、できない。

「ほんと、ごめん」

　いつだって謝ってばかり。これ以上情けない姿を見られたくなくて廊下を歩く私に、ふたりはもうなにも言ってこなかった。そのままトイレのドアを開けて中に入る。いちばん奥の個室に入ると、両手で頬を押さえて涙を引っこませた。

　たしかに、こずえが言うことも一理あると思う。自分から話をすることがいつしか苦手になっていた。みんなが『アイマイ』とあだ名をつけるのもわかる。こんな優柔不断で気弱な女子、私だったら友達になりたくないから。でも、自分でもどうしようもない。どうすればもっとはっきり自分の意見を言葉にできるのだろう……。

　チャイムが鳴るギリギリまで待って教室に戻る。怜子やこずえ、それに竜弥の視線は感じるけれど、誰もなにも言ってこなかった。まるで地雷に怯（おび）えている兵士のようだと思った。

　この一年、ずっと息が苦しい。

高校から自宅までは徒歩で帰る。坂道をおりてまたのぼらなくてはならないので、結構体力を使う。元々住んでいた岐阜県羽島市は、平地で坂なんてほとんどなかったのに、この地は逆に平らな道のほうが少ない気がする。夕方というのに太陽が肌に痛いほど射してくる。

少し遠回りをして寸座駅の前の道へ出た。駅舎の裏に小さなポストがあり、お父さんに手紙を出すときはいつもここから投函していた。返事がくるといいな。願いをこめてポストの中に青色の手紙を落とした。

ホームの向こうには夕焼けが広がっていた。山に落ちる夕陽に照らされて、薄い雲が赤く流れている。

寸座駅の敷地に足を進めると、人の姿は見当たらなかった。目線はそのままに、そばにあった丸い木製のベンチに腰をおろす。

「きれい……」

遠くにはキラキラと輝く水面が見えている。

浜名湖は湖というよりもまるで海のように広い。昔、浜名湖で遊覧船に乗ったときの写真は持っているけれど、あまりに幼すぎたころの思い出は記憶に残っていない。なのに、どうして浜名湖を見ていると懐かしさを感じるのだろう。

家族三人で仲よく暮らしていた昔に戻りたい。かなうことのない願いと知っているのに、つい考えてしまう。

お母さんが亡くなったのは私が小学五年生の夏。前の年の冬から入院と退院を繰りかえしていたから、子供心に覚悟のようなものはあった。

引継ぎのように家事を教えようとするお母さんに反発もできず、素直にメモを取ったことを覚えている。痩せていくお母さんを見たくなくて、だけどムリして平気な顔をしていた。そうすることが自分の使命だと思った。

お母さんが亡くなった日のことはあまり覚えていない。気づけば、お父さんとふたりきりの生活になっていた。

さみしさを感じることは少なく、お父さんとの生活は楽しかった。きっと私が悲しまないようにお父さんが配慮してくれていたと今ではわかる。

お父さんの仕事は個人経営の靴職人。工房は家のそばにあったし、繁盛しているようで『一年先まで予約がいっぱいだ』と自慢げにお父さんは笑っていた。小さな工房だったけれど、そこへ行くのが好きだった。

ドアを開けると、いつも革の香りが出迎えてくれた。香ばしさと甘さを感じる匂いは今でも忘れられない。壁にはたくさんの工具がかけてあり、その使い方を説明してくれたけれど私にはピンとこなかったっけ。

厚い革に大きな針を刺して糸縫いをするお父さんが好きで、飽きることなく何時間も見ていた。でも家にいるときはソファでいつもだらしなく横になっていた。

『海外で仕事をしようと思ってるんだ』

お父さんが申し訳なさそうに口にした日のことは思い出さないようにしている。三人でひとつの家族だったのに、ひとりずつ欠けていき今ではひとりぼっち。

私の大事な人は、いつも私のそばからいなくなってしまう。他の人に心を許せないのは、ひょっとしたらその不安があるからかもしれない。

「会いたいな……」

つぶやく声はホームに吹く風に飛んで消えた。

遠くの空に一羽の鳥が見える。ユリカモメか、と思ったけれど冬にしかこの地へは来ないはずだからきっとカラスだろう。家に帰ったら元気にしていなくちゃ。おじいちゃんとおばあちゃんに心配をかけたくはない。

駅舎の中から男性が出てくるのが見えた。誰もいないと思ってたからドキッとした。まだ若そうに見えるその人は、なぜかまっすぐ私に近づいてきた。

「こんにちは、今日は雲があるから無理そうですね」

友達のように話しかけられるけれど、意味がわからずに思わずうつむいてしまう。

私が落ちこんでいると思ったのか、男性は「大丈夫ですよ」とやさしく言った。

チラッと顔を見ると紺色の四つボタンの制服を着ている。やわらかそうな黒髪にのせられた帽子を見て気づく。

「あ……駅員さんですか？」

「はい」

にこやかにうなずく男性の目がカモメのようにカーブを描いている。

でも……。

「ここは、あの……無人駅のはずじゃ……」

「ええ。僕はこの時間だけの担当でして、三浦と申します」

よくわからないことを言う男性に怯え、私は無意識に両手でカバンを胸に抱えていた。

「私……帰ります」

そう告げて後ずさりをする。失礼かも、と思ったけれど体が勝手に動いていた。男性はしばらく私を見ていたけれど、

「また晴れた日に来てくださいね」

と口に笑みを浮かべた。

「はい」

小さく頭を下げてから駆け足で駅を出て歩道へ。振りかえると、三浦と名乗った男性は帽子を軽く挙げて私を見送ってくれていた。

山に夕陽が沈めば、この町には足早に夜が来る。街灯も少ないので、すぐに真っ暗になっていくのだ。

玄関の戸を開けようとした私は、庭で赤い光がほのかに点滅していることに気づく。

「おじいちゃん」

声をかけると、

「よお、お帰り」

暗がりの中、黒いシルエットのおじいちゃんがゆらゆらと手を振っている。近づくとやっぱりタバコを吸っていたらしい。

「またタバコ吸ってるの？　禁煙するって言ってたのに」

「ばあさんには言うなよ。こっそり抜けてきたんやて」

前歯でタバコを挟んでニッと笑うと、おじいちゃんの顔はシワだらけになる。そんなおじいちゃんが私は大好きだ。

「今日は遅かったな」

「うん、ちょっとね」

お父さんに手紙を出したことは、いつだって家族には言えない。やさしいおじいちゃんが気にしてしまうだろうから。

「学校には慣れたのか？」

そう言うおじいちゃんに思わず噴き出してしまう。

「何回同じ質問するの？　もう引っ越して来てから一年が経つんだよ。すっかり地元っ子みたいな毎日だよ」

あはは、と笑う自分をどこか遠くで見ているみたい。無理しているとわかっていても、それを微塵も出さないように表情を作る。

「そうかぁ。麻衣はえらいなあ」

「えらくないよ。それよりお腹すいちゃったよ」

お腹に手を当てれば、実際に空腹だと気づく。

「わかったわかった」

軒下に隠してある灰皿を取り出そうとおじいちゃんが腰をかがめたときだった。庭に通じるガラス戸がガラッと開いたのだ。

顔を出したのは長い髪をひとつにまとめたおばあちゃん。

「麻衣、お帰り」

ニコッと笑ったおばあちゃんだったけれど、そっと体勢を戻すおじいちゃんを見る目は無表情になっている。

「おじいさん。タバコ、止めると約束しましたよね？」

「じゃあその手に持っているのはなんですか？」

「あ、ああ……」

「これは……」

しどろもどろになるおじいちゃんをにらむおばあちゃんは、いつだって迫力満点だ。小柄なのに怒っているときは何倍もの大きさに見えてしまう。

「私だって憎くて言っているわけじゃないんですよ。健康のために禁煙をするとご自分から言い出したじゃないですか」

「いや、そのちょっとな……」

「守れない約束は、約束とは言いません。『わしは村いちばんの男前だった』なんてよくおっしゃっていますけれど、自分で言い出したことすら守れないなんてまず人として不合格。まったくもう、男前が聞いて呆れますよ」

こうなってはおじいちゃんに勝ち目はない。

「私、着替えてくるね。おじいちゃん、早く謝ったほうがいいよ」

玄関に向かって駆け足になるうしろで、

「待ってくれ！」

おじいちゃんの悲痛な叫びが聞こえている。

二階にあがり、部屋で着替えをしているとようやくひとりの時間が訪れる。

おじいちゃんやおばあちゃんには、一緒に住むまで頻繁に会っていたわけじゃない。けれど、今は大切な家族であり唯一心を許せる相手のはず。実際、ふたりには考える前に言葉がスルスルと出てくる。

「それなのに……」

ぽつりとつぶやけば、罪悪感が胸に痛い。なんでも話をしているはずなのに、大事なことは言えないでいる。お父さんに手紙を出していることも言えないし、友達とうまくいっているフリもやめられない。

どうしてふたりの前でも元気な自分を演じてしまうのだろう。結局は、誰にも心を許せていないんだろうな、と思う。そんな自分をどうやって変えていいのかわからないまま、毎日が続いている感じ。

お父さんは今ごろなにをしているのかな。私を少しでも思い出してくれていたらうれしいな……。

机の上に飾った写真を見た。工房でにこやかにこっちを見て笑っているお父さんの写真。革でできた茶色のエプロンがとても似合っている。

『守れない約束は、約束とは言いません』

おばあちゃんがさっき言った言葉がふわりと頭痛を生んだ。いつまでも一緒にいる、と三人で約束をしたのに、どうして私はここにひとりでいるんだろう。ここにお父さんがいたなら、他にはなんにもいらないのに。

天国にいるお母さんは今ごろ私を心配してくれているのかな？　ごめんね、情けない娘で。

せっかくひとりになれたのに考えることは暗いことばかり。

「よし」

自分に言い聞かせて顔に笑みを作ると、私は一階へおりていく。


その会話が耳に届いたのは、偶然じゃなかった。昼休みになり手を洗ってから教室に戻ったとき、壁際で話をしている女子たちの視線を感じた。さりげなくそっちを見ると、こずえと視線が合う。

その直後、「話変わるけどさ」とこずえがことさら声のボリュームをあげたのだ。

「こないだのカラオケ楽しかったね。すっかり歌いすぎちゃって、あのあと喉がガラガラになったんだよ」

「こずえは歌いすぎなんだよ。この子、人が予約した曲まで奪っちゃうんだよ。修司くんも目が点になっててさ」

怜子の声に、周りの女子がおかしそうに笑った。

カバンから昼食のパンを取り出す。ビニールに包まれたパンがガサガサと音を立てるので、周りに聞こえないようそっと封を破いた。

「まあ誰かはドタキャンしたけどね」

こずえの声はまっすぐに私に向かっていた。

「ひどいよね。前から約束してたんでしょう?」

クラスの女子たちがこずえに同意している。パンを手にしたまま動けない私に、

「修司くんかわいそうだね。ていうか、哀れって感じ」

「もう、あんたたちやめなよ」

怜子がそう言った。こずえが不満げに「ええっ」と不平の声を出す。

「なんで怜子はいつもアイマイのことをかばうのさ。あたしたちのほうが被害者なんだよ。悪いのはドタキャンしたほうなのに」

「かばってなんかないよ。そもそも私たちが勝手に『行こう』って言ってただけで、ちゃんと約束してたわけじゃないじゃん。ちょっと言いすぎだよ」

「それってなくない?　嫌なら嫌って言えばよかったのに。なんにも言わなきゃ、あたしたちだってその気になるじゃん。あの子、あたしたちのこと好きじゃないんだろうね」

まだ横目で私を見てくるこずえに、怜子はなにか言いたげな表情を浮かべたがそのままうつむいてしまう。

「とにかく、もうやめなよ」

ギュッと唇をかむ怜子は、視線を落としたまま廊下へ出て行ってしまった。

「なに怜子。トイレ行きたくなったの〜？」

こずえの声に、一斉に甲高い笑い声が起こった。その後、みんなの話題がテレビの話に変わっても、まだ見られているような気がした。聞こえないフリでいようとしても視界が勝手にぼやけてくる。泣いちゃダメだ、と思って歯を食いしばれば代わりに手が震え出している。

わかってる。悪いのは私だ。最初に断っておけばよかったのにできなかったから。涙は私を責めるクラスメイトのせいじゃなく、自己嫌悪のせい。

「お前らうるせーよ」

頭の上から大きな声が聞こえた。見ると不愉快そうな竜弥のあごのラインが見えた。

「くだらねー話するなら外でやれよ」

ダメだ、泣いてしまいそう。

「なによ、竜弥に言ってないでしょ」

「そっちこそ聞き耳立てないでよ」

ギャーギャー騒ぐ女子たちに、竜弥は「うるせー」と、またすごんだ。

「ほら、あっち行けよ」

手で追い払うしぐさをする竜弥に私は立ちあがっていた。みんなの視線があまりにも痛いし、いたたまれなかった。

「あの……いいの」

「なにがいいんだよ。麻衣だってがまんせずに言ってやればいいんだよ」

怒り心頭の様子の竜弥に、女子たちが興味深そうな表情になるのがわかった。

机の横にかけていたカバンにパンを押しこむとなぜか私は笑顔を顔に浮かべていた。

「がまんなんてしてないよ。大丈夫だから。私、カラオケが苦手なんだ。ちゃんと最初に言えばよかったね」

悲しいのに、もう表情のコントロールがおかしくなっているみたい。

「じゃあ、なんでそんな顔してんだよ」

「私が悪いから。みんなは……悪くない、の」

ダメだ。ポロリと涙が頬を伝ってしまう。無理して口角をあげようとしても泣き笑いの表情になってしまう。

「おい……」

「ごめんね。ちょっと具合が悪くって……。食べすぎちゃったのかな？　私……早退するね」

なんとかそう言うと、私はカバンを手にうしろの扉から外へ出た。

　竜弥の声が聞こえるけれど、振りかえらずに廊下を駆ける。前から怜子がこっちに向かってくるのが見えた。

「あ、麻衣……」

　戸惑った顔の怜子が私になにか言おうとしているのがわかったけれど、足を止めずにすれ違い階段を一気に駆けおりる。昇降口で外靴に替えると校門を出るまで走った。

　みんなの笑い声がまだ聞こえてきそうで、急ぎ足で坂道をくだるとようやく安堵の息を漏らす。

　あのまま教室にいることなんて無理だった。空は薄い雲を広げ、今にも雨が降りそう。こんな時間に家に戻ったらおじいちゃんやおばあちゃんに心配をかけるだろう。

　いや、学校から連絡が行き大変なことになるのは必至だ。そう思うと、逆に緊張の糸が切れた気がした。

　もう、どうでもいい。クラスに必要とされていないし、この町にも結局なじめなかった。自分を偽って無理しているから、こんなに毎日は苦しいんだ……。

　寸座駅へ勝手に足が向かっていた。どんよりした重い気持ちと同じ色をしているだろう景色を見たかった。

　消えてしまいたい、って本気で思っている自分に気づき苦笑する。そんなのどうやって？　こんなことくらいで自分の命を投げ出す勇気なんてないし、その〝こんなこと〟で苦しんでいる自分がいる。

　ホームへ足を進めるといつものベンチに座った。この間会った三浦という車掌に会いそうな気がしたけれど、彼は夕刻の時間の担当だと言っていたはず。今日は本当の無人駅なんだ、と少し安心できた。

　足を伸ばして景色を見れば、広がる空は今まさに大粒の雨が降り始めるのではないかというほどに重い雲を抱いている。

「あーあ」

　つぶやいていると、駅舎から黒猫がひょっこりと姿を現した。黄色の首輪についた鈴を鳴らして優雅に歩いて来る。目が大きくてスタイルのいい黒猫だ。

「君は、なんていう名前？」

　人間の言葉がわかるわけもないのに声をかけてみる。

「にゃん」

　短く鳴いた黒猫は私の足元にその体をすり寄せてきた。首輪のところにマジックで『ゴロー』と書かれていた。

「ゴローって名前なの？」

「なん」

返事をするように鳴くゴローは相当人懐っこいらしい。ポンポンと自分の両膝をたたくと、ゴローはするりと私の右側の席に飛び乗った。そっと頭をなでると、ゴロゴロと喉を鳴らす音が聞こえる。こんな大きな音で喉を鳴らすものなんだ、と感心してしまう。

「だからゴローって名前なのかな?」

もうゴローは私の存在なんてないように毛づくろいに夢中になっている。

前にここに来たとき、『また晴れた日に来てくださいね』と三浦さんは言っていた。あいにく、今日は厚みのある雲がゆっくりと流れている。

お父さんと昔住んでいた町はどんな天気なのだろう。思い出しても仕方ないのに、いつだって帰りたい場所は、あのなつかしい日々。でも、もうそこに私の家族はいない。慣れることのないこの小さな町で、ひとりぼっちで空を見ているなんて……。

「お父さん、お母さん……」

また涙があふれてきた。みんなの前では笑っているくせに、ひとりになると泣いてばかり。本当の私は一体どこへ行ってしまったのだろう。

鼻をすすっていると、

「おや」

と、声が聞こえた。

ハッと顔をあげると、スコップを持ったおじいさんが不思議そうな顔をして私を見ている。白髪に長い眉毛、ひげをたくわえたおじいさんは痩せたサンタクロースみたいに見えた。

「ここにいたのか」

言葉を発せずにいると、

とおじいさんは私の膝で丸まっているゴローに目をやった。

「にゃん」

返事をするとゴローはさっさとおじいさんのそばへ行ってしまった。おじいさんの飼い猫だったのかもしれない。スカートについた黒い毛を手で払う私に、

「君は、山の上にある高校の生徒さんですかな？」

テノールの低音が聞こえた。こくりとうなずきながら、正直ヤバいと思った。こんな昼すぎに外にいるなんて不審がられているに決まっている。けれどおじいさんはそのまま視線を空へ向けた。

「雨が落ちてきましたね」

「え？」

上を向く私の額に雨粒がひとつはねた。

「ゴロー、散歩はおしまいにして昼ご飯食べてしまいなさい」

おじいさんの声が理解できるのか、ゴローは線路にぴょんと降り立つと土手を下って行ってしまった。おじいさんは首に巻いていたタオルを取ると、

「お嬢さんも一緒に来ませんか？」

と言った。

「え……」

『え』しか繰りかえせない私に、おじいさんは目じりのシワを深くしてほほ笑んだ。

「怪しい者じゃないですから安心なさい。この坂の下にある喫茶店を経営している者です。少し雨宿りをして帰るといいでしょう」

ゆっくり立ち首を横に振る。

「大丈夫です。ここから家……近いんです」

そう言う私におじいさんはなぜか悲しそうに笑ったように見えた。

「そんな顔で帰ったら、家の人が心配してしまいますよ」

ボタボタとホームに音を立て大粒の雨が降り出した。見透かされたような瞳に、私は地面に作られていく雨の染みを見た。

「でも……」

このままここにいても濡れるだけ。だけど家には帰れないし、見知らぬ人についていくのも怖い。駅舎にもベンチがあるからそこで雨宿りをしようか、と右を見た。

「ひとつ、質問していいでしょうか？」

雨に濡れるのも構わず、おじいさんは静かに尋ねた。

早く雨をしのぎたくて、愛想よくうなずくけれど足は駅舎に向かいあとずさりで動き出していた。

そんな私におじいさんは口を開いた。

「あなたの大切な人が亡くなったのは、いつのことですか？」

と。

喫茶店の名前は〈サンマリノ〉というらしい。

おじいさんはたしかにこの店のマスターらしく、ドアにかけてあったプレートを取ると中へ招いてくれた。レジの横に置かれたそのプレートには、『駅にいます。声をかけてください』とマジックで書かれている。広い店内には海に関するものがたくさん飾られていてにぎやかな印象。案内されたカウンターの端っこには展示スペースがあり、救命用の浮輪や錨のレプリカまで置かれている。

「すぐにあたたかい飲み物を用意しますから」

「はい。あの、でも……」

おそるおそる腰をおろすけれど、まだ半分くらい帰りたい気持ちがある。もう半分は、さっきの言葉の真意を知りたいということ。どうしておじいさん……いや、マスターは私にお母さんがいないことを知っているのだろう……。

「濡れてしまいましたね」

白いタオルを差し出すおじいさんにお礼を言うこともできず受け取った。見ると、私よりもおじいさんのほうが濡れてしまっていた。私の視線に気づいてか、おじいさんも自ら違うタオルを手にすると肩のあたりを拭く。

「たまたま駅の花壇にいたおかげで、こんな若いお嬢さんに出逢えました。今日はラッキーでした」

「………」

曖昧にうなずく私に、マスターは口元に笑みを浮かべたまま手を洗い出した。

「お代金のことならご心配なく。話し相手になってくださる代わりにおごりますよ。なんせ、この時間はヒマですからねぇ。アイドルタイムと私たちは呼んでいます」

「アイドルタイム、ですか?」

「お客さんがいない時間のことです。歌うアイドルのことではなく、仕事がないという意味の英語からきている言葉です。我々の業界ではピークタイムという言葉の反対語として使うことが多いんです」

そう言うマスターの手元から白い湯気がモワッと生まれた。まるでマジシャンみたい。同時に甘い香りがあたりに広がっていく。

「ココアです」

「ありがとう……ございます」

差し出されたマグカップを受け取ると、口をすぼめ息を吹いて湯気を飛ばしてから口にした。甘くて懐かしい味に、お腹が温まるのを感じた。

急に落ち着いた気持ちになった私は、さっきのマスターの発言の意図について尋ねることにした。

「あの、さっきのことですけど……どうして……」

やっぱりうまく言葉にならない。それでもマスターは理解してくれたのか、「ああ」と軽くうなずいた。

「失礼なことを言ってしまいました。亡くなったのはお母様ですか？」

「……はい。でも、どうしてわかったのですか？」

スプーンをタオルで拭きながらマスターは、ふうと息を吐いた。

「あなたがとても悲しそうに見えたから。大切な人を亡くした人には独特の雰囲気があるんです」

「……雰囲気」

「年寄りの勘ってやつですよ。違っていたら申し訳ありません」

軽く頭を下げるマスター。マグカップの取っ手を強く握っていたことに気づき、静かにテーブルに置くと、チョコレート色の液体が波を立てた。

「母が亡くなったのは本当のことです」

「そうでしたか……」

それから私たちはしばらく黙りこんだ。聞きたいことはあるのに、はじめて会ったマスターに自分のことを話すのを躊躇してしまう。

沈黙を埋めるようにココアを口に運んだ。ついさっきまで学校にいたのに、こうしてはじめて来た喫茶店でココアを飲んでいるなんて不思議な気がした。

「もしも悩みごとがあるなら、私でよければ話を聞きますよ」

店内に流れるジャズの音色を上回る勢いで、ザーッと雨の音が聞こえた。外はひどい雨になっているのだろう。

「でも……」

「誰かに聞いてもらうことでラクになることもあります。こんな老いぼれでよければ、なんでも聞きますよ」

カウンターの向こうにある椅子に腰をおろすマスターの膝に、いつの間にかゴローがのっていた。大きな目でじっと私を見てくるゴローがゆっくりと目を閉じるのを見て、私は視線を上へ移した。

「私……母がいないことは悲しくはないんです」

話し出す自分が信じられなかった。言葉が口から勝手にこぼれた感覚。

ハッと口をつぐむ私に、マスターは軽くうなずいて先を促した。なぜだろう、マスターになら心の内を話してもいいような気がしていた。ココアと落ち着く店内のせい？　それとも雨が素直にさせているのだろうか……。

「私が……小さいころに母は亡くなりました。悲しい、というより今は受け入れていると思います」

「そうですか」

ゴローの頭をなでながら、マスターは答えた。

「悲しいのは、あれから私がうまく生きられないことです。もっと自然にしていればいいのに……わかっているのにできない。周りの人を嫌な気持ちにさせたくなくて言葉を選んでいるうちに、曖昧な態度を取ってしまうんです。そんなふうだから、嫌われて当然だってわかってる。なのに……変えられない」

怜子やこずえだって最初は普通に接してくれていた。いつも考えすぎてしまい自分の意見が言えない私が関係性を悪くしているんだ、と思った。作り笑顔で曖昧なことしか言わない友達なんて、誰だって嫌になるに決まっている。

でも、どうやって自分を変えていいのかわからない。そんな勇気、どこを探したって見つからないよ。

「おばあちゃんやおじいちゃんにも、心配させたくなくて気を遣ってばかり。お父さんと住んでいたころに戻りたい、ってそればっかり……」

そして、また涙。大丈夫なフリ、元気なフリ、傷ついていないフリばかり。だったらそれを最後まで通せばいいのに、くじけて泣く私は弱虫だ。

手の甲で涙を拭うと、また無理して笑おうとしている自分に気づく。

「そうですか」

さっきと同じ言葉を口にしたマスターの瞳が悲しげに見えたのは気のせい？

「寸座駅には、あまり知られていない伝説があるのをご存知ですか？」

「……いいえ」

アドバイスを期待していたわけじゃないけれど、予想外の言葉に涙が止まった。今、伝説って言ったの？

「会いたい人はいますか？」

マスターの問いに、ハッと顔をあげる。喉を鳴らすゴローを愛おしそうに見ながらマスターは、

「もう現実には会うことができない人のことです」

とつけ加えた。

「その人にもう一度だけ会えるとしたら、自分を変えることができますか?」

じっとマスターを見てから、私は答えた。

「……わかりません」

頭が混乱していて、素直にそう言った私に「ふ」と笑うとマスターはゴローを膝からおろした。

「雲ひとつない晴れた夕方、夕焼けが空に広がったなら寸座駅の〈たまるベンチ〉に座ってみてください」

「たまるベンチって、さっきの……」

そうです、とうなずくマスターから視線を外せない。

「本当に会いたい人のことを願えば、きっと奇跡は起きます」

「奇跡?」

尋ねる私にほほ笑むマスター。その瞳にさっきまであった悲しみはもうなかった。まだココアの甘い香りが湯気と一緒に漂っていた。

『お父さん、お元気ですか?

学校では文化祭の準備がはじまりました。

この高校の文化祭は保護者だけじゃなく、地域の住民もたくさん来るのでみんな気合が入っています。

お父さんが帰国するのはまだ先だから、また写真を送るね。

おじいちゃんは夏バテでこの間まで体調がよくなかったけれど、今は元気です。

おばあちゃんはあいかわらず。

そういえば、この間不思議な話を聞いたよ。

駅の下にある喫茶店のマスターが教えてくれたんだけど、寸座駅には不思議な伝説があるんだって。

詳しく書くと長くなりそうだからやめておくけど、もしもそういう機会があればチャレンジしてみようと思っている私です。

秋を感じることが多くなりました。

栗(くり)や柿の木の実が大きくなり、峠もだんだんと赤く色づいています。

私は元気です。

また手紙を書くね。

時間があるときにお返事ください。

麻衣より』

台所におりていくと、おばあちゃんが朝から忙しそうに動き回っていた。居間には
いつもいるはずのおじいちゃんの姿がない。この時間は、朝刊の記事をじっくり読む
のが日課のはずなのに。

「おじいちゃんは？」

洗濯物を干し終えたおばあちゃんに尋ねると、

「老人会の集まりがあるらしくて、日が昇ると同時に出かけたよ」

と、そっけない返事がかえってきた。

「おばあちゃんは老人会行かないの？」

「誘われたけど断ったんやて」

「なんで？　たまには参加すればいいのに」

私の言葉におばあちゃんはあからさまに嫌そうな顔をした。

「老人同士で集まるところになんて行きとうないて。それに、こう見えてもばあちゃ
んはモテるから、じいさんだって余計な嫉妬をせんですむじゃろ」

カッカッという笑い声と一緒に洗濯場へ去っていく。

おばあちゃんらしいな、と少し笑ってからグラスに牛乳を注いで飲む。

学校を飛び出してからもう一週間が過ぎ、十月下旬になった。あれ以来、私は学校に行けていない。毎朝、布団の中で悩むけれどどうしても行く気になれなかった。

学校からの電話はあるようだけれど、おばあちゃんが対応してくれている。だから今日もなにごともないかのようにパジャマのまま牛乳を飲んでいるわけで……。

そういえば、怜子からは毎日のように電話があるみたい。そのことを聞くたびに私が困った顔をしていたのだろう、おばあちゃんは『今寝てるのよ』と毎回つながずにいてくれていた。ホッと吐く息と同じ量の罪悪感が生まれても、彼女と話す勇気はまだないままだった。

「麻衣ちゃん」

洗濯場から戻ったおばあちゃんが正面の椅子に座ったとき、てっきり学校の話をされるかと思った。これまでは『休みたい』と言うたびに拍子ぬけするほどあっさり認めてくれていたけれど、いつまでもそういうわけにもいかないだろう。『風邪が長引いている』と学校に言い続けるのも、さすがに厳しいか……。

「なに？」

覚悟してたずねると、おばあちゃんはニカッと笑った。

「東京ってどう思う？」

「東京？　それって日本の？」

「他にどこがあるんやて。ほら、これ」

　バサッと目の前に置かれたのは〈東京〉と大きな文字で書かれた旅行のパンフレットだった。表紙にはスカイツリーの写真が載っている。

「ばあちゃん、東京に行ったことがないんよ。一度でいいから浅草の雷門を見てみたいってずっと思ってたんやて」

　パンフレットをめくると、浜松駅発の二泊三日のツアーのところに赤いマジックでマルがつけてあった。予想外な質問でホッとしながら、ページをめくる。

「東京なら新幹線ですぐじゃない。おじいちゃんと行ってくればいいよ」

「老人ふたりで行くには荷物持ちがいないと大変じゃろ。麻衣ちゃんが一緒に来てくれたらうれしいんやけどなぁ」

「私だって東京なんて行ったことないもん。全然役に立たないと思うし、それこそみんなで道に迷っちゃうだけだよ」

「ツアーやから大丈夫。添乗員さんが勝手に連れて行ってくれるって書いてあったから。でも、荷物を持つ人が欲しいんよ。な、考えてみて」

　私にたのみごとをするなんて珍しいこと。おばあちゃんが望むならかなえてあげたい。どうせ学校にも行けてないし……。

　だけど、おばあちゃんが言った次のひとことで私は固まる。

「死ぬ前にどうしても行きたいんやて」

「……え？」

「おばあちゃんたちももう歳やから、最後の思い出旅行ってとこ。そのうち足腰が立たんくなってしまうだろうしねぇ」

ガハハと笑ったおばあちゃんを見た。

なぜかジンとしびれたように体が動かない。おばあちゃんからそんな言葉、聞きたくなかった。

「死ぬなんて言わないでよ。おばあちゃんたちは……まだまだ若いんだし」

「そりゃあ麻衣ちゃんの年代からしたら考えにくいことなんやろうなあ。でもな、確実に歳は取ってる。昨日できたことが今日できなくなる。今は行きたいと思っている東京も、気力がなくなれば誘われても行かなくなる。老人っていう生き物は、毎日なにかを失って生きている。そういうもんやとおばあちゃんは思ってるの」

お茶をズズッとすすったおばあちゃんから視線を逸らせるように、手元にある冷えたグラスを見た。なんでそんな、当たり前のように言うの……？

「おばあちゃんやおじいちゃんも、いつかは死んでしまうの？」

「そりゃそうやて。もちろん麻衣ちゃんが成人するまでは石にかじりついてでも生きているつもりやけどな。こればっかりは自分で決めることじゃないし、神様任せにしかできんなあ」

　あっけらかんと言うおばあちゃんに私はうなずく。

「……わかった。一緒に行く」

「やった。おじいさんも喜ぶわ」

　鼻歌まじりで台所に立つおばあちゃんのうしろ姿を見る。いつか、おばあちゃんも死んでしまう。みんな、私の元からいなくなってしまう。私と仲がよくなった人たちは、いつもどこかへ行ってしまうんだ……。

「おばあちゃん……」

「ん？」

「どうして学校を休んでいる理由、聞かないの？」

　静かに尋ねる私に、

「麻衣ちゃんが行きたくなったら行けばいいさね。休みたいだけ休みなさいな」

なんでもないような口調で言ってくる。私のことを理解しようとしてくれる気持ちに泣きたくなる。

「ごめんね……」

　キュッと蛇口を閉める音がして、おばあちゃんが振り向いた。

「麻衣ちゃんの人生は麻衣ちゃんだけのもの。思ったとおりにやればいい。学校をやめたとしても、麻衣ちゃんが幸せならそれでいいだら」

「うん」

「だけど、誰かのせいでそうなっているんやったら相談してな。おばあちゃん、槍(やり)でも鉄砲でも持って学校に乗りこむから」

明るい口調に救われる。本当なら私がおばあちゃんを元気づけなくちゃいけないのに、いつもこうしてかばってもらってばかりだ……。

「ありがとう」

そう言って窓の外を見れば、久しぶりに快晴の天気。お父さんには秋めいてきたなんて書いたけれど、今日は暑くなりそう。あとで散歩でも行こうかな。登校の時間も終わっているし、おばあちゃん公認で休んでいるなら堂々とぶらぶらとできそう。

そのとき、家の電話が鳴った。ビクッとする私におばあちゃんがウインクをした。この時間なら、学校からの電話の可能性が高いだろう。

「もしもし」

そう言ったおばあちゃんが「あら」とにこやかに笑った。

「米山(よねやま)さん、今朝は主人がお世話になってますねぇ。朝から暑いでしょうから、草むしりも大変で――」

ぶつりと途切れた言葉。違和感におばあちゃんを見ると、なぜかキュッと目を閉じている。

しばらくの間を置いて、

「はい。……ええ、はい。聞いています」

聞いたことのないような低い声に思わず腰を浮かしていた。おばあちゃんはなにやらメモを取ると、静かに受話器を置いた。

「どうかしたの？」

尋ねると、まるでそこに私がいたのを忘れていたかのように、ハッとした顔をした。

「おじいさんが……倒れたって」

「え？」

「米山さんがおっしゃるには、息をしていないって……」

金縛りにあったように動けなくなる。今、なんて言ったの……？

「そんな……」

「とにかく病院に行かないと。総合病院やって」

時間が動き出したようにおばあちゃんはエプロンを取ると、急ぎ足で自分の部屋へ向かった。

「私も行く」

「麻衣ちゃんはここで待ってて。老人会の人たちからまた連絡あるかもしれないから」

バタバタと用意をして出て行くおばあちゃんを見送ることしかできなかった。

――息をしていない。

そう言っていたよね……。

その場に座りこむと、ぼんやりとまぶしい空を見あげていた。

おじいちゃんも逝ってしまう。また私を置いていなくなってしまうかもしれない。

やっと見つけた居場所なのに、やっぱり私といる人はひとりずつ引きはがされていくみたいにいなくなるんだ。魔法をかけられた主人公のおとぎ話なら、最後はハッピーエンドになるはず。だけど、これは現実世界で起きていること。どうすればいいのだろう。なにもできない自分が悔しすぎて涙も出ない。

「どうしよう……」

座っていられなくて、ウロウロと部屋を歩き回る。まるで自分が疫病神のようにすら感じてしまう。私さえいなければ、みんなはそばにいてくれたの？　お母さんもお父さんも、友達もみんな、私のせいで去っていったの？

悪いほうばかりへ考えが行ってしまう頭をブンブンと横に振った。おじいちゃんはまだ亡くなったと決まったわけじゃない。そうだよ、一時的に息をしていなかっただけですぐに呼吸をしはじめるはず。だとしたら早く病院に行きおじいちゃんが元気になるようにはげまさなくちゃ。

一気に二階へあがると、パジャマを脱いで制服に着替える。ここで連絡を待っていることなんてできない。とにかく急ごう、と財布とスマホだけ持って家を飛び出した。

おじいちゃん。おじいちゃん！

心でその名前を何度も叫びながら角を曲がると、向こうから同じ制服を着た女子が歩いて来るのが見えた。うつむき加減なその子の瞳が私に向いた。……怜子だ。

気づいたときには足を止めていた。怜子も気づいたらしくハッと私を見て、それでも近づいてくる。これから学校に行くにしては、登校時間は過ぎてしまっている。

「麻衣。あの、話があるの……」

その声には、いつもの勢いはなかった。眉間にシワを寄せてうつむく怜子の表情を見て、彼女がなにを言いたいのかがわかった。けれど、今は時間がなかった。

「ちょっと用事があって……。また、聞くね」

そう言ってすれ違おうとする腕を彼女がつかんだ。ビックリして振りかえると、怜子は怒ったような目で私をじっと見ていた。

「謝りたいの」

「え？」

突然のことに驚く私に、怜子は頭を下げた。

「ごめんなさい。私たち……麻衣にひどいこと言ったよね。……本当にごめん」

手を離した怜子は「ごめんなさい」と繰りかえし視線を伏せている。

「怜子……」

モヤッとお腹の中に触りの悪い感情が生まれそうになっている。

こんなときはいつものように乗り切ればいい。思うと同時に私は笑みを浮かべていた。

「違うよ。私……風邪ひいちゃってさ。学校を休んでいるのはそのせいだよ」

だけど怜子は首をただ横に振るだけ。

「それ、嘘だよね？」

「嘘じゃないよ。こないだのことは、全然気にしてないから」

「嘘！」

私の両手をギュッと握って怜子が叫んだので思わずあとずさりをしてしまった。

「麻衣はいつだって嘘ばっかり。私たちに本当の気持ちは言わないじゃん。修司くんのことだけじゃないよ。どんなに私たちが仲よくしようと思っても、当たり障りのないことばっかり」

「そんなこと……ないよ」

驚いた顔をしてみせても、怜子は何度も首を横に振って否定を示してくる。その瞳に涙が光った気がした。どうして、怜子が泣くの……？

「私たちが強引だったことは認める。でも、ちゃんと話をしたいの」

「話……」

　吐きそうなほどお腹のモヤモヤが大きくなっていた。必死で言葉を飲みこもうとする。

「麻衣が私たちのことを嫌っているなら仕方ない。それくらいひどい言い方しちゃったし」

「違う……」

「だけど、私は仲よくなりたいって思うからっ。どんなに嫌われても友達に――」

「違う！」

　思わず腕を払いのけていた。

「嫌いなわけないじゃん。私だって仲よくしたいよ！」

　ダメ、言葉が口からあふれてくるのを止められない。

「でも、言いたいことを言ったら嫌われる。嫌われたくないから、必死でごまかしているんだよ。だって、みんないなくなるから。私が好きになった人は、みんないなくなってしまうから！」

　驚きのあまり時間が止まっている怜子の姿がぼやけると同時に、頬に涙がこぼれていた。

「麻衣……」

その手をまた怜子の手が包んだ。振り払いたくても、怜子は決心したように手の力を緩めない。

「おじいちゃんが死にそうなの。息をしてない、って……。私が悪いの。ぜんぶ私がっ！　私がおじいちゃんの命を縮めたのかもしれない」

その場に泣き崩れてしまう。声をあげて泣く自分が抑えられない。行かないで、みんなどこにも行かないで。

――急に体が重くなったと思ったら、怜子が私を上から抱きしめていた。

「離して……」

「離さない。絶対に離さない！」

そのまま泣きじゃくる怜子の温度をはじめて感じた気がした。

どうして、怜子は私なんかのために来てくれたのだろう。こんな、疫病神のような私に……。

「一緒に行こう」

怜子のくぐもった声がやわらかく耳に届いた。

「麻衣のおじいちゃんのところに一緒に行こう」

「……怜子」

体を離した怜子はひどい顔をしていた。

「きっとおじいちゃんは大丈夫。私も今、必死で祈ったから」

「なにそれ……」

意味がわからない私に、怜子はゆっくり体を起こして私の手を引く。

「奇跡を信じてみようよ」

つられて立ちあがりながら、怜子の言葉を反芻した。

その言葉は、喫茶店のマスターが言ったのと同じだ。あのときの私はマスターが言う話を半分冗談にとらえていた。信じていないから奇跡も起こらないとしたら……。

怜子と並んで歩きながら、私は強く願った。おじいちゃんに奇跡が起きますように、と。

急に大きな音がした。ポケットに入れていたスマホが、着信を知らせている。〈おばあちゃん〉の表示に胸が高く跳ね、動けなくなる。

おじいちゃんになにかあったんだ……。感じたことのない鼓動の速さに動けない。

怖い、怖いよ……。

「私に貸して」

怜子は、私の手からスマホを取ると通話ボタンを押して自分の耳に当てた。

「もしもし。あ、麻衣の携帯で合っています。おじいさんのお具合いかがですか？」

胸が、痛いよ。奇跡でもなんでも信じる。だから神様、どうかおじいちゃんを私の元から連れて行かないでください。

「はい。……ええ、はい」

怜子が大きくうなずいている。走ってもいないのに荒くなる息。怜子の表情がふいに緩んだ。

「そうでしたか。ええ……はい。ご無事だったのですね」

怜子がスマホを持っていない右手の指でＯＫマークを作るのを見て、私は両手で顔を覆った。

おじいちゃん……！

うれし涙を流す私に、怜子の声が聞こえる。

「あ、そうです。怜子です。はい、いつも電話をしてすみませんでした。でも私、麻衣のいちばんの友達なんです」

友達、という言葉のやわらかさとあたたかさに、さらに涙が止まらなくなるようだった。

通話を終えた怜子からスマホを受け取る。

「ありがとう……。奇跡って起きるんだね」

そう言う私に怜子は胸に手を当てた。

「びっくりした。でも、本当によかったね。麻衣のおじいさん、ピンピンしてるんだって」

「ありがとう、ありがとう……」

鼻をすすりながらうなずくと、

「ねぇ、麻衣」

ハンカチで目を拭きながら怜子が言った。

「お願いがあるの。これからは本気で話をしてほしい。いいことも嫌なことも、ぜんぶ教えてほしいよ」

「そんなの……」

できるかどうかわからない。私はこうやってこれまで生きてきた。それはいつからのこと？

ああ、あれはお父さんが海外に行ってしまってからだ……。

「わかった。でも……すぐには変われないと思う」

「それでもいい。絶対に、いつかは変われるから」

怜子は強いな、とぼんやり思った。パニックになりそうだった私を守ってくれた。

最初から壁を作っていたのは、たぶん私のほうだったのかもしれない。もしも、最初から素直に気持ちを表していたら、なにかが変わったのだろうか……。

「ありがとう。なんだか、少しラクになった」

「私も。来てよかった」

泣き笑いをする怜子を見て気づいた。今ってまだ朝の九時とかだよね？

「あれ？　今って授業中のはずでしょう？」

「へへ。ようやく気づきましたか。こずえたちの協力で、早退してきたんだよ」

「え……」

自慢げにあごをあげる怜子に、また涙があふれそうになる。

そんな私に怜子は、

「送ってくよ」

と言って私の手を引いた。

長い間胸でうずまいていた感情が、この空のように晴れている。そう感じた。

この数日で風は冬色になっているようだった。頬をなでる空気はひんやりと冷たく、じっとしていると痛いほどになっている。

寸座駅に着くと、ちょうど列車が出発するところだった。単車両でゆっくりと去る列車を横目に、私はポストの前に立った。

カバンから封筒を取り出すと、それをじっと眺める。この間、お父さんに書いた手紙はあれから二通増え、手元には三通ある。

投函口に入れる寸前で手を止めた。

……やめておこう。

封筒を手に、砂利道に足を踏み入れる。ホームに出ると、たまるベンチに腰をおろした。

今日の天気は快晴。青一色の空が徐々に朱色に染まり出している。眼下に見える浜名湖がキラキラと細かく光って、星の瞬きのようだ。

靴音が聞こえて横を見ると、ひとりの男性が歩いてくるのがわかった。彼の名前は……たしか三浦。この時間は三浦さんの担当だと言っていたっけ。

「こんにちは」

こちらから声をかけると、彼は少し驚いた顔をしてから目を線にして笑った。

「こんにちは」

そばまで来ると、「あれ」とつぶやいた三浦さんが首をかしげて私の制服を指さす。

「今日は土曜日ですから、学校はお休みのはずでは？」

「文化祭の準備をみんなでしていました。ようやく終わって、あとは本番を迎えるのみってところなんです」

「なにをやられるんですか?」

興味深げに聞く三浦さんの顔をしっかりと見たのははじめてだった。この間見たときよりも若い印象で、やはりとてもスリムな体型。

「喫茶店をやることになりました。〈冥土喫茶〉という名前で、店員がみんなお化けの格好なんです」

クスクス笑う私に、三浦さんはまた目を丸くした。

「それはおもしろいですね。でも……なんだか、この間お会いしたときとは別人のように見えます」

「そうですか?」

自分では変わっていないつもりでも、三浦さんからはそう見えるらしい。

三浦さんから視線を空と浜名湖へ向けた。水平線へ向かってどんどん青色が赤色になっていく。空が色を変えていくように、人もまた変わっていくものなのかもしれない。

「私、変わることを恐れないようになりたい。まだまだ難しいけれど、少しずつでもそうなりたいって思ったんです」

あの日以来、学校にも行くようになった。怜子やこずえとも素直に話せるようになってきた。そうすることで、なにかが変わっている気がしている。

私の言葉に満足げにうなずいた三浦さんが、私の手元に視線をやった。

「今日は、お父さんへの手紙は出さないのですか？」

「えっ……」

びっくりする私に、三浦さんは「いや……」と頭をかいた。

「郵便局の方から前に相談されまして……。そのときに聞いたのと同じ空色の封筒だったものでつい……」

そうだろうな、と封筒に視線を落とした。

「もう父への手紙は出さないことにしたんです」

「そういうつもりで言ったわけではなくてですね、ただ……」

言いよどんだ三浦さんにペコリと頭を下げた。

「本当にごめんなさい。郵便局の方にも今度謝ります。あて先のない手紙なんて困りますよね」

青空の模様が印刷してある封筒のあて先を書く場所には『お父さんへ』しか書いていない。これまでもずっとそうだった。裏面の差出人の欄も、毎回空白だった。届けようもないし、戻しようもないから、きっと郵便局の人には迷惑をかけていただろうな……。

「住所がわからないんですか？」

心配そうに尋ねる三浦さんはやさしい人だと思った。そう、怜子もこずえも、おじいちゃんもおばあちゃんもみんなやさしいのに、私は素直になれずにいた。ずっと過去の思い出にすがって生きてきたんだね。でも、事実を受け入れることが今ならできそう。

「違うんです。私、みんなにも……そして自分にも嘘をついていたんです」

すう、と息を吸ってから私は続けた。

「父は、去年亡くなったんです」

絶句した三浦さんに、私はゆっくり首を横に振った。

「信じられなかった。ずっとそばにいるって約束したのに、ある日突然、私の前からいなくなったんです。気がついたら、この町に住んでいました」

「そうだったのですか……」

「そのころ、父は海外で仕事をするための準備をしているところでした。だから……父はまだ生きている。外国に行っていると思いこみたくて、それを事実にしたくて手紙を書いてきました。でも……もう終わりにしようって決めたんです」

悪い夢だって信じたかった。海外に研修に行きたいと口にしていたことを思い出し、その設定を何度も自分に言い聞かせてごまかしてきた。いつか絶対に迎えに来てくれるはず、って毎日思っていた。

お母さんのときには受け入れられたのに、あまりに突然の別れには耐えられそうもなかった。自分を偽ることで、悲しみから逃げようとしたんだ……。

だけど……私は変わりたい。自分らしく毎日を過ごせばきっと、いつか来る別れも受け止められる。

「奇跡は信じていればかなうんですよね」

そう尋ねた私に三浦さんは、やさしく目を細めた。

「僕はそう信じています」

「サンマリノのマスターや友達も言ってくれました。本気で信じていれば、私にも奇跡は起きますか？」

ゆっくりと空を仰ぎ見た三浦さんにつられて私もオレンジに変わりゆく色を見た。

「こんな晴れた日には、きっとあなたの願いは天に届くでしょう」

ふわっと体におりてくる言葉は、まるで祈りの言葉のよう。

目を閉じて私は願った。お父さんに会いたい。会って、私はどうしても言いたいことがある。もう逃げたりしない。だから、願いをかなえてください。

真っ暗な世界で遠くから音が聞こえる。これは……列車が走る音？

ゆっくり目を開くと、さっきよりも赤い空と暗い浜名湖があった。見渡しても、三浦さんの姿はもうどこにも見当たらなかった。

峠が作る緑のトンネルがまぶしく光っている。すぐに金色の列車が姿を現した。夕陽を浴びてまぶしいほどの光を生みながら、やがて列車はゆっくりとホームで停車した。

「夕焼け色の列車……」

つぶやく声が風に溶けていく。ドアの開く音に続いて、革靴の足が先に目に入った。

あの靴は……。

ホームに降り立った男性の顔を見た瞬間、私は駆け出していた。

革製のエプロン姿のお父さんは私を見つけると歯を見せて笑った。あのころのまま、自慢のヒゲをたくわえたお父さんがいる！

「お父さんっ」

駆け寄って抱きつくと、お父さんは「おいおい」とびっくりしている。

大好きだった匂いに必死でしがみついていた。

「お父さん、お父さん」

太い腕で私を抱きしめてくれる。ずっとずっと会いたかった。

「麻衣、会いたかったよ」

大好きなお父さんの声に長い間の緊張の糸が切れた気がした。涙で声にならない私を導くように、お父さんはベンチに座らせてくれた。隣に座ると、その大きな手で私の頭をなでてくれた。

夢じゃないんだ……。お父さんがいてくれる。消えてしまいそうで、だけどあふれる涙を止めることができない。

「麻衣に謝りたかったんだ。だから、こうやって会えてうれしいよ」

悲しそうな横顔がそこにあった。

「急にひとりにして悪かった。前から胸が痛いと思ってたんだが、まさか一瞬で止まってしまうとは思わなかったんだ。ちゃんと検査をするべきだった」

お父さんが工房で倒れているのを発見したのは——私だった。冷たくなっているお父さんの姿を思い出して胸が痛くなる。海外研修を控え、忙しそうだったお父さん。具合が悪いことに気づかなかった自分を責め続けた日々を思い出す。

悲しみは私を一気に包んで、心も体もこわれていくようだったあの日々。私はお父さんの死をなかったことにしたんだ。そうすることで、なんとかやり過ごしてきた。お父さんはまだ生きていて、海外で暮らしていると……。

「お母さんのとき、ね」

口にした私に、お父さんがうなずいた。

「誰も口にはしなかったけれど、亡くなることは子供の私でもわかったの。だから、知らないうちにそれを受け入れる準備ができていたんだと思う」

「そうだったな……」

「お父さんのことは突然だったから、この間まで受け入れられないままだった。救ってくれたのは、寸座にいるみんなだよ」

とめどなく流れる涙に、泣いちゃダメだと自分に言い聞かせる。これが本当に最後の別れなんだから、ちゃんと元気よく見送らなきゃって……。

だけど、最近の私は知らないうちに素直になっていたみたい。やっぱり涙がこぼれてしまう。

さっきまで朱色だった空は、どんどんその色を濃くしていた。時間がないのがわかる。

「お父さん、私……お父さんに手紙を出していたの」

「そうか。見てあげられずにすまなかったな」

肩を抱いてくれたお父さんの胸に顔をうずめ、首を横に振った。

なんとか呼吸を整えて、私は告白する。

「あて先のない手紙だったからいいの。それに嘘ばっかり手紙に書いちゃってたから、読んでなくてよかった。だけど……ね、どうしてもお父さんに伝えたいことがあるの」

「ん？」

大好きなお父さんから体を離す。会えたなら泣いて責めてしまうだろうと思っていた。だけど、たった一度だけの奇跡なら、本当に自分が思っていることを伝えたかった。素直な自分のありのままの感情を。

「お父さんが好き。それはこれからも変わらない。だけど、もっと強くなれるようにがんばるから。だから、安心してね」

言えた、と思ったとたんまた泣いてしまう。

「麻衣、ありがとう」

立ちあがるお父さんの向こうで、もう空は紫がかっていた。水平線の朱色ももうすぐ消えてしまいそう。

「ひとりでがんばるなよ。麻衣はひとりじゃない。おじいちゃんもおばあちゃんも、麻衣の友達もみんなが守ってくれるし、麻衣もみんなを守ってあげてほしい」

「うん。うん……」

夕焼けよ、消えないで。もう少しだけお父さんのそばにいさせて。もっともっと、お父さんと話をさせて……。

「お前の人生のずっとずっと先で、お父さんはお母さんと一緒に待っているからな。だからしっかり麻衣の人生を生きてほしい」

そう言ってから、お父さんは目頭を押さえた。いつも強くてやさしくてほがらかだったお父さんの涙を知り、私はもう一度心で誓う。もっと強くなりたい、と。

「今度お父さんに会ったなら、私の楽しかった人生を教えてあげるね」

「楽しみにしているよ」

西の山に沈む夕陽の中、お父さんと手をつなぎ歩く。列車に乗りこんだお父さんと、ホームに立つ私は住む世界が違っている。夕焼け列車に乗って、お父さんは会いにきてくれたんだ。

大きくてごつくて、そしてあたたかい手を私は自分の意思で解いた。ここからは自分の足で歩いて行こう。

「元気でな、麻衣」

「うん。……うん」

今はまだ作り笑顔だと思う。でもいつか、本当の笑顔で会える。

心に強く誓えば、夕焼け列車の扉は閉まる。町に夜が降りてきた。


冥土喫茶は大忙しだった。噂を聞きつけた客が次から次へと押しよせ、当初は音響係だった私まで幽霊役をやらされるほどだった。といっても、保健室のシーツで作った簡易版の衣装ではあったけれど。

夕暮れになり文化祭が終わっても、片づけがまだ残っている。売り上げと台帳を職員室にいる先生に提出してから、廊下を歩いて戻る。祭りのあとのわびしさと、達成感、そして心地いい疲労があった。

「よお」

廊下の向こうから竜弥が歩いてきた。彼はドラキュラをやったのだけれど、客からは『日本のお化けだけじゃないの？』なんてツッコミを入れられていたっけ。

「どこ行くの？　まさか、サボるつもり？」

意地悪く言うと、竜弥は「違う違う」と顔の前で手を振った。

「借りてた丸テーブルを美術室に返しに行った帰り。まぁ、ジュースを買いに行こうとは思ってたけどさ」

ふふ、と笑ってしまう。

「じゃあジュース飲んだら戻って来てね。まだまだ片づけがあるんだから」

「わかってるよ」

唇をとがらせる竜弥に思わず笑ってしまう。同じように竜弥も笑ってから、ふと思い出したように私を見た。

「そういえば、お前のじいちゃん元気になったのか？」

「うん。もうすっかり元気。私が帰ると、必ず外でタバコ吸ってるし。それでおばあちゃんに怒られまくってるよ」

あはは、と笑うと、竜弥が首をかしげた。

「いつも外でタバコ吸ってんの？」

「そうだよ。毎度のこと」

肩をすくめる私に竜弥は、「それってさ」と腕を組む。

「麻衣のことが心配だから、理由をつけて外で待ってるんじゃねえの？」

「えっ」

「きっと麻衣のばあちゃんも気づいてるよ」

言われて気づいた。そうか……物事は見る角度が違えばこんなふうにも考えられるんだ。ただ、おじいちゃんのやさしさだったとしても体調は気になる。

「思いつかなかった。今度から『寒いから家の中で待ってて』ってお願いしてみる。竜弥、ありがとう」

「お、おう」

顔を真っ赤にした竜弥が、すうと息を吸ったかと思うと「あの、さ」と口を開いた。

「言いたくなかったらいいんだけどさ……。修司のことってどうなった？」

「あ、うん……」

ごまかしてはダメ、と気弱な言葉になりかけた自分を制す。

「ちゃんと断ったよ」

「え？　マジで⁉」

　喜びを顔中に貼りつける竜弥は、私のお手本だ。彼のように私も素直に感情を表現したい。

「じゃ、じゃあ好きな人とか……いたりするの？」

　どもりながら尋ねる竜弥に私は首を横に振った。

「そういうのはさ、まずは自分を好きになってからにしようって決めたの。何年もかかると思うけどね。がんばる、って約束したから」

「誰と？」

「もう会えない人。いつか、また会いたい人と約束したの」

　お父さんがいないことはもうみんなには話をしている。竜弥も察したのか黙った。

　朱色が空に広がっている。お父さんと話をしたあの日から、私は新しい人生を歩き出している。きっと、いつか会える日までがんばるから見ていてね。

「こら、竜弥」

　バタバタと駆けてくる足音とともに怜子とこずえが姿を現した。

「げ」

「げ、じゃないでしょ。うちの麻衣を呼び止めないでよ」

腰に手を当てた怜子がそう言うと、

「うるせー」

竜弥が顔をしかめた。

「ほら麻衣、行こう。早めに切りあげて打ちあげだぞー」

腕に抱きついたこずえに、

「うん」

とうなずいて歩き出す。

「竜弥も遅いと置いていくからね」

怜子の声に竜弥はブツブツ言いながらもついてくる。

大きな声で笑ってから、もう一度だけ夕陽に目をやった。

私はここで自分なりに毎日を生きてみるよ。

だから見守っていてね、お父さん。

第五話 君が残した宿題

寸座駅には、はじめて来た。浜松駅からJR東海道本線に乗り替え新所原(しんじょはら)駅で降りる。天竜浜名湖鉄道と書かれた小さな駅に入るが次の列車は二十分後とのこと。

ようやく寸座駅にたどり着いたのは、新幹線を降りてから一時間半後のことだった。

「同じ浜松市内でも遠いもんだな……」

メモに書いてあったとおり、坂の下にあるサンマリノという喫茶店へ行ったのが昼過ぎのこと。初老のマスターはまるで俺が来ることを知っていたかのように、この駅に伝わる伝説をやさしく教えてくれた。

今は、ホームの隅にある木でできた〈たまるベンチ〉に腰をおろし、その時を待っている。

待っている、って俺は本当に信じているのだろうか?

伝説なんて誰も体験をしたことがないから、そう呼ぶものだと思っている。マスターの言ったようなことが起きるのなら、こんな晴れた日には願いをかなえたい人でこの駅ももっとにぎわっていそうなものだ。なにが本当で、なにが嘘なのかもわからなくなって久しい。

最近は、流されるように生きてきた。川の中にある大きな岩のように、周りの水は激しく流れているのに、ぽつんと佇(たたず)んでいるような日々。

胸に空いた穴を埋めようと仕事をがんばっても、家に帰れば改めてその穴の大きさと暗さに絶望を感じるばかりだった。この数カ月で、この世に奇跡なんてないことを学んだ。どんなに願ってもかなわないことはたくさんあるのだ、と。

ため息をつき、あたりを見回す。寸座駅は無人駅らしく、改札も駅員の姿も見当たらなかった。見晴らしはとてもよく、冬の空の下に海が広がっている。いや、湖か。

藍色に沈む水面をユリカモメが低く飛んでいる。

『ユリカモメは冬になれば浜名湖にやってくるのよ』

彼女が教えてくれたように、ひとつ手前の佐久米駅では十人ほどの観光客がユリカモメの写真を撮っていた。浜名湖をバックに群がる白い鳥の写真は、きっと絵になるだろうな。

十二月に入り、急に寒くなった午後。スーツの腕から覗いている腕時計を見ると、午後四時を過ぎたところ。

「にゃん」

どこからか声がして足元を見ると、いつの間に来たのか猫が座っていた。ゴローという名前で、喫茶店でふてぶてしく寝転がっていた黒猫だ。

「お前も来てくれたのか？」

声をかける俺に、

「にゃん」

ゴローは喉を鳴らして俺の足元に頰をすりつけている。風が、また吹いた。

何度も繰りかえし読んだはずの、小さく折りたたんだ紙を広げてみる。

『雲ひとつない晴れた日に、天竜浜名湖鉄道の寸座駅の近くにあるサンマリノに行くこと。昼くらいには行くこと』

美しい文字で書かれた彼女のメモ。そっと指でなぞれば、また胸が苦しくなってしまう。もう何度こんな感覚を味わったのか思い出せないし、きっとこれからも繰りかえし俺を苦しめるのだろうな……。

ふと気づくと、ゴローの姿が見えなくなっていた。

元どおり紙をたたみ胸ポケットにしまう。あたりを見回すと、ひとりの男性が立っていた。彼も伝説を信じて来た人なのかもしれない。

「そのままで大丈夫ですよ」

座る位置をずらそうとする俺に、男性はやわらかく言った。近づく男性が藍色の制服を着ていることに気づく。胸には〈天竜浜名湖鉄道〉と刺繡が施されていた。

なんだ、無人駅じゃなかったのか……。よく見ると、左胸にはプラスチックの名札がつけてあり〈三浦〉と記されている。

「夕焼け列車はきっと来ます」

「え？」

いぶかしげにその顔を見ると、三浦という名の男性はまだ二十代前半に見える。線の細いスタイルで、どこかはかなげな印象を抱いた。

「夕焼け列車、ってこのあたりでは有名なのですか？」

尋ねる俺に三浦さんは軽くうなずいてからホームの白線に立ち空を見た。

「限られた人にしかご案内はしていません。あなたはそのひとりなのでしょうね」

眉をひそめる俺に、彼は顔だけをこっちへ向けた。

「四時三十分の列車です」

ぶるりと体が震えた。それが寒さからなのか怖さからなのかはわからない。

「そんな伝説……。いや、奇跡みたいなことが本当に起きるのですか？」

この世は悲劇で満ちている。奇跡なんて入りこむ隙がないほど、悲しみは次から次へと訪れ心を枯らしていく。希望にすがることなんて、とっくにやめてしまった。

「あなたが信じていればかないます」

「そうでしょうか……」

自分の声とは思えないほど気弱な声に、彼は小さくうなずいた。

「もう一度だけ、心から信じてみてください。もう二度と会えない人に会えるなら、けして難しいことではないでしょう」

そう言って背を向けた三浦さんから天空へ視線を移す。快晴の空のもと浜名湖がオレンジ色に輝いている。きっと誰もが感嘆の声をあげるほど幻想的な景色なのに、もう心は動かない。麻痺(まひ)しているのか、悲しみさえも感じなくなってしまっている。

でも、もしも会えるなら……。会いたい人はただひとり。

「志穂(しほ)……」

愛しい名前を呼ぶ声は、白い息になって宙に逃げていく。

そうしてから、俺はこの数カ月のことを思い出す。

＊＊＊

「残念ながら、余命を宣告しなくてはなりません」

担当医の言い方は、ちっとも残念そうに聞こえなかった。モニターに映っているのは、志穂の精密検査の結果だろう。

総合病院の一階にある〈患者支援室〉という小さな部屋は、テーブルとパソコンがあるだけの簡素な部屋だった。壁も天井も白い壁紙で統一されていて、逆に落ち着かない気分になる。

てっきり退院日についての相談だとばかり思いこんでいたから、まだ状況が理解できない。今、なんて言ったのだろう？　戸惑う俺を無視して担当医はよくわからない数値を説明し出した。それがいいのか悪いのかすらわからずに、まるで暗号を聞いているようだ。

「あの……どういうことでしょうか？」

担当医の向こうに立っている若い看護師と目が合うがさっと目を伏せられてしまう。いつもは気さくな看護師なのにどうしたのだろう……。それよりもなぜ俺ひとりだけ呼ばれたんだろう。志穂は、俺が病室を出るまでニコニコとしていたよな……。

「……山本さん、山本准さん」

先生が俺の名前を呼んだのでもう一度意識をそちらへ戻す。昨日、術後の経過は良好だと言われたばかりだ。退院に向けての調整だろうか？

「奥さんに残された時間はもうあまりないでしょう」

「は……」

思わず笑いそうになる。そんなわけないだろう。

志穂の具合が悪くなったのは夏前のこと。お腹の痛みを訴え、内科で受診したと言っていた。風邪と診断されたが治りが悪かったため、腹部エコー検査や血液検査をしたらしい。そして、この病院を紹介されたのだ。

目の前にいる医者は、入院当初から志穂の担当をしてくれていた。『良性の腫瘍が見つかった』と説明してくれていた。『手術をすれば大丈夫でしょう』とも言っていたはず。だから手術の承諾書にもサインをした。

退院したら志穂と旅行に行くつもりだった。それなのに、残された時間がない？

なんだよそれ。

「話が違うじゃないですか。だって先生は——」

「血液性転移が見つかったのです」

あくまで冷静な担当医に違和感を覚える。まるで感情のない言い方だ。

「すみません、転移って……なんのことでしょうか？」

誰かと間違えているんだろう、とそのときはまだ余裕があった。けれど、担当医は無表情に手元のカルテに視線をやった。

「ご主人にお伝えしなくてはならないことがあります」

空気が変わるのを感じた。看護師はもう机とにらめっこしているみたいにじっと下を向いたまま動かない。

「奥様の強い希望で、告知につきましてはご本人様だけにとどめておりました。しかし、手術の結果を受け、了承を得た上でお話ししているわけです」

「はぁ……」

「奥様は大腸がんのステージⅢです」

「え、ちょっと待って」

頭がくらくらして、ずり落ちそうになるメガネを押さえた。

けれど、担当医は続ける。

「細胞検査をおこないましたが、血液を通じ肝臓や膵臓への転移が見られています」

「ちょっと……」

「ここからは抗がん剤治療をおこなうか――」

「待てって言ってるだろ！」

丸椅子を蹴って立ちあがった俺に、ふたりは憐れむような目を向けてくる。

「あ……すみません」

転がる椅子を見ながら謝罪を口にした。看護師が元の位置に椅子を戻すのを見ても礼を言うこともできずに、しかめっ面の医者に視線を戻した。

そんなはずはない。こんなこと俺たちに起きるはずがないんだ。なにかの間違いに決まっている。志穂が重い病気だなんて嘘に決まっている。

医師はそのあと、抗がん剤治療について説明をしてくれたようだけど、俺は機械的にうなずくことしかできなかった。ズボンが手汗でヨレヨレになっていることに、部屋を出てから気づいた。

これはきっと悪い夢だと言い聞かせながら流されるように廊下を歩いた。何度ギュッと目をつむっても開いても目が覚めてくれない。

エレベーターのボタンを押してから、手になにか持っていることに気づく。さっき、説明を受けた内容が記された書類だ。見れば、自分の書いたサインはおもしろいくらい震えていた。歪んだ文字たちが、これが現実のことだと教えているようだった。

エレベーターに乗り、志穂のいる八階のボタンを押す。音もなく閉まるドア、上昇する浮遊感にめまいにも似た感覚を覚えながら、八階のフロアに到着する。志穂の部屋は右奥にある個室だ。

病室に入ると、志穂は読んでいた本から目をあげてにっこり笑った。

「お帰りなさい」

「あ、うん」

近づくと、いつもと変わりないように思える。

「本、買ってきてくれた？」

「あ、うん」

同じ返事をして書店の袋を渡すと、志穂はうれしそうに胸の前で抱きかかえる。さっき病室に到着したとたん看護師に呼ばれたので、そのまま持って行ってしまっていた。あのときは、こんなことを聞かされるなんて思いもしなかったのに。

「こんなにたくさんうれしい。ずいぶん探したでしょう?」

「鈴本さんがあの本屋で働いていたんだよ。急に声かけられて驚いたよ」

鈴本さんは団地の向かいの部屋に住んでいる主婦だ。

志穂は、「やだ」と小さく笑う。

「前にも話したことあるじゃない。もう何年もあの本屋さんで働いているって。そのときも准くん驚いてたよ。もう、すぐに忘れるんだから」

「そうだっけ?」

まだ自分がなにを話しているのか半分理解できていない。

「でも、すごいよな。そんな大きくない本屋なのに、全部の本があったんだよ。まあ俺じゃなくて鈴本さんが探してくれたんだけどな」

そう言う俺に志穂はうなずいていた。

仕事中に志穂からきたアプリのメッセージ。そこには十冊以上の本の名前が書いてあり、文末に『できるだけ探して買ってきてくれるとうれしいな』と記されてあった。

奇跡的に全部の本を買うことができた。

椅子に座り、顔をじっと眺めた。顔色だって悪くないし、手術で完治したって言ってたはず。やっぱりさっきのはなにかの間違いだろう。志穂が死ぬなんてそんなこと起きるはずがないんだ。

志穂は袋から本を取り出すとひとつひとつ眺めている。宝物のように丁寧に手に取り、目を細め表紙に笑いかけている。今度は裏返し、裏表紙に書かれているあらすじを読んでいるのを見て、ようやく呼吸がラクになるのを感じた。

志穂と結婚したのは大学を卒業してすぐのこと。大学二年生のときに同じ誕生日という偶然に歓喜した俺たちは、自然につき合い出した。結婚を急いでいたわけじゃないが、そうすることが自然に思えた。

誕生日である十二月二日に入籍をしたから、今は十一年目。秋が終われば俺たちは同時に三十四歳になる。

「なあ、さっきさ――」

「全部、読めるのかな?」

笑い話にしようとする俺の言葉をさえぎり、早口で言葉をかぶせた志穂。きょとんとする俺に、やわらかくほほ笑む志穂。彼女のこの笑い方はいつだって俺に元気と温度をくれる。

「命が消える前に、全部読めるのかな」

ゾワッと足元から何かが這(は)いあがってくる感覚がした。

「な……」

聞きたくない。

「松浦先生から聞いたんだよね？」

どうかこれ以上言わないでくれ。

「ずっと黙っててごめんね」

言うな、と心で叫んでも志穂には届かない。

「私がいなくなっても大丈夫だよね？」

――これは、現実に起きていることなのか？


団地に住むことになったのは、志穂の強い希望だった。俺としてはマンションやアパートのほうがよかったけれど、志穂がどうしても譲ってくれなかった。普段は我を通すなんてことはないのに不思議だった。尋ねる俺に、『団地なら、大家族みたいににぎやかでしょう？』と目をキラキラさせていたっけ。

ひとりっ子の志穂の実家は、両親共働きだったらしい。

『小学校から帰るとね、ひとりきりでお母さんの帰りを待つの。怖いから家中の電気をつけて明るくするでしょう？　そうすると余計に家が広く感じたんだよね』

そんなことを言っていた。たしかに志穂の実家は古くからある町屋で、縦に長い分、ひとりだとさみしいだろうなと思った。

四階建ての古い団地の三階。目の前には公園があり、日曜日の今日は朝から子供たちの騒ぐ声がしている。上の階では子供が走り回る音がして、下からは赤ちゃんの泣き声が続いている。この部屋にはいつだっていろんな音があふれているけれど、それにももう慣れた。

急に寒くなり、秋が本格的に訪れているらしい。毛布をはがしてひとり起きあがると、寝不足の頭が少し痛かった。

冷蔵庫を開けると、豆腐がひとつ中段にぽつんとある。他にはよくわからない調味料やビールが入っているだけ。

——あれから三日が過ぎた。今日こそは病院へ行こうと思っても、頭の中はぐるぐると混乱したまま。志穂に会いたい気持ちと会いたくない気持ちが、波のように交互に押し寄せている。

「こんな広い家だったんだな……」

つぶやけば今にもくずれおちそうになる。志穂のいない部屋はがらんとしていてやけに広く感じる。志穂も子供のころ、同じように感じていたのだろう。

ここのところずっと、あの日、病院であった出来事を繰りかえし思い浮かべている。『もしかしたら』『ひょっとして』という希望的観測は担当医や看護師、そして志穂の言葉を反芻すれば泡のように消えてしまう。こんな現実が突きつけられるなんて思ってもいなかった。

ごろんとカーペットに横になれば、テレビ台の下にほこりがうっすらたまっている。入院前に志穂が掃除をしてくれたのに、あっという間に部屋は散らかっていくものなんだな……。

やることもないなら病院に行けばいい。自分に言い聞かせても、そんな力、どこを探しても出てきそうになかった。

寝室から電子音が聞こえた。志穂からのアプリメッセージが届いた合図。それを聞いても起きあがることができず、しばらくカーペットの模様を眺めたりして過ごした。

なにやってるんだろう、俺。

ようやく体を起こすとスマホを取りに行く。アプリを開くと、やはり志穂からのメッセージが記されてあった。

『おはよう、ねぼすけさん。最近は寒いね。冬用の掛布団は押し入れの奥深くに眠っています。そろそろ出しておいたほうがいいかも。ちゃんとカバーをつけてから使ってね。終わったら連絡してください』

信用ないんだな、と苦笑する。言われたとおりに押し入れの襖(ふすま)を引くと、すぐに圧縮パックに入った掛布団が見つかった。開封してカバーをつけてみるがなかなかうまくいかず、終わるころには額に汗をかいていた。

スマホにメッセージを打ちこむ。

『終わったよ』

そのひとことだけ。すぐに〈既読〉の文字がついた。同じメッセージを見ているなんて不思議だな、なんてことを考えているうちに志穂からの返信が表示された。

『では続いての指令です。駅前の本屋さんに寄って以下の本を買ってきてください。午後二時をタイムリミットとします。よろしくね』

次のメッセージには、たくさんの本のタイトルと作者名が記載されていた。返事を打とうと動かした指先が無意識に宙で止まる。しばらく考えて、打って、消してを繰りかえした。結局、なにも返せないままスマホのバックライトを消していた。

しばらく窓からの景色を眺める。どちらにしても食料も買いに行かなくてはならない。普段着に着替えると財布とスマホを持って外に出て狭い階段をおりる。目の前にある公園を突っ切るのが駅までの近道。早足で向かっていると、

「おはようございます」

子供連れの旦那さんが俺に気づいたので会釈を返した。あんなふうに、いつか志穂と俺たちの子供を連れて団地の公園で遊んでみたい。そう思えばまた気持ちに影が差すようだ。

他人をうらやむ気持ちなんてこれまで持ったことがなかった。志穂はどう思うだろ

うか、こんな情けない俺のことを。

公園の外に出たところでようやく志穂に返事をした。

『今から本屋に行きます』

『うむ、健闘を祈る』

あっけらかんとした文面に、塞ぎこんでいる気持ちが軽くなった気がした。まるで鎮静剤みたいだ。

横断歩道を渡って進むと、最寄り駅が見えた。駅ビルと呼ぶには大げさな建物の一階に、このあたりではいちばんの広さを構える本屋がある。といっても、都会にある大型店舗とは比べ物にならないほどの規模だけれど。

昔から本屋は苦手だった。活字を目で追うとすぐに眠くなっていた子供のころ、本屋に行くのは漫画本を買うときくらいのものだったから。

前回は向かいの部屋の鈴本さんの奥さんがいたから助かったが……。

自動ドアを通り抜けると日曜日のせいか、開店時間を迎えたばかりというのに店内は混んでいた。子供の泣き叫ぶ声がこんなところでもしている。スマホのアプリを開き、指示された本を探すがなかなか見つからない。そもそもタイトルと作者名だけでは、情報が足りないことに気づいた。

「出版社名がわからないとな……」

棚に押しこまれている本の背表紙を指で追っていくが、一冊も見当たらない。いよいよ困り、近くにいた店員に声をかけることにした。

「すみません。あの、本を探しているのですが」

「なんていう本ですか？」

あからさまにめんどくさそうな顔の、バイトの学生っぽい男子に「えっと……」とスマホの画面を見せようとしたときだった。

「あら、山本さん」

向こうから鈴本さんの奥さんが俺に声をかけてくれた。

バイト男子が、

「朋子（ともこ）さんの知り合いですかー？」

とやけに間延びして尋ねると、彼女は大きくうなずいた。

「ここは私に任せて。君はレジのほうお願い」

厚化粧の鈴本さんの奥さんがかけているエプロンには『鈴本朋子』とプラスチックのネームプレートがつけてあった。朋子さん、っていう名前なのか……。

「この間もたくさん買ってくださいましたものね。今日もお探し物？」

「あ、はい」

我に返り、俺はスマホの画面を見せた。前回と同じ流れだが、これで探さなくても済むとホッとした。

「結構たくさんあるわね」

腕を伸ばしスマホの画面を遠ざけると目を細める朋子さん。

「あの、在庫があるだけでいいんです。すみません」

朋子さんは目を丸くしてから、

「謝る必要なんてないわよ。こんなにたくさん買ってくださるお客さんなんですから」

と、カラカラと笑った。

朋子さんはエプロンのポケットから小さなメモ帳を取り出すと、スマホを見ながら手早く書き写した。

「堂々とこのへんで待っててちょうだい。急いで探してくるから」

「はい、お願いします」

頭を下げてから見るともなしに棚を眺めた。

なんだか家の本棚に似てるな、と思った。狭い団地の部屋の寝室には、大きな本棚がある。そこには志穂がよりすぐった本がたくさん並んでいた。小説っぽいものもあれば、詩集や絵画の本まで。

志穂は眠る前のわずかな時間、窓辺に座ってそれらを読んでいた。簡易照明のライトが暗闇の中、志穂の横顔を照らしていた。『電気をつければいいのに』と言う俺に、いつだって志穂は首を振った。そうして決まって言うのだ。『これくらいの灯りの中で読むのが楽しみなの』と。

本を読まない俺にはわからないけれど、夢中になって本の世界に旅をしている志穂は美しかった。その横顔を見ながらいつも眠気に誘われていた。

先に眠るのは俺のほうなのに、毎朝志穂は俺よりも早く起きて家事をしていた。

「まーちゃん、走らないで！」

その声が聞こえたと同時に、小さな男の子が俺の体にぶつかって走り去る。ああ、またぼんやりしてしまったようだ。

「すみません」

母親らしき女性が頭を下げて追いかけていくのを眺めてから、ため息をこぼした。

志穂が余命宣告を受けてから、ずっと彼女のことばかり考えてしまう。それなのに病院には行かないなんて、俺ってバカだよな……。

店内はさっきよりは空いてきている様子だった。立ち読みをしている人、絵本をねだる子供、家族連れ。誰もが幸せそうに見えて、自分だけが押しつぶされそうな心と戦っている。

「山本さん、お待たせしました」

　明るい声で言った朋子さんが、両手に積みあげた本を抱えてきた。

「こんなにあったんですか?」

「ええ。すごいの、今回もぜんぶの本があったのよ」

　うれしそうな顔につられて俺も気づけば口角をあげていた。久しぶりに笑った気がした。

　朋子さんに連れられてレジへ向かう。

「志穂さん、入院長くなりそうなの?」

　バーコードを読み取りながら朋子さんが言ったので財布を開けようとした手を止めた。

「え……」

「入院される前の日かしら、バッタリ会ったときにそう言ってたから」

　そういうことか、と納得した。

「もう少しかかりそうです。でもこれくらいの本ならあっという間に読み終わるでしょうから、また買いに来ると思います」

　意識して軽い口調で言う俺に、朋子さんはうなずく。

「本当に本が好きな方なのね。ここで会ったときも、読み終わった本の感想をうれしそうに話されていたわ。でも、いつだってその作品のよい部分だけをおっしゃるのよ」

「そうですか」

志穂らしいな、と思った。彼女は本に対してだけでなく、人や物に対してその瞳に映るすべてを受容しているようなやさしさを持っている。俺が今、他人の幸せをねたんでいることを知ったとしても、きっとあの笑みで受け入れてくれるだろう。

「発売してから数年経つ本もあるから、ぜんぶあったなんて奇跡だわ」

「本当ですね。ラッキーだと言ってやりますよ」

一万円札を出してお釣りをもらう。

こんな奇跡があるのなら、志穂にだって同じことが起きるかもしれない……。

今度は現実に直面しそうになり、差し出された本の入った袋をあわてて受け取る。

改めて袋の中を覗くと、今回は文庫本だけじゃないみたいだった。

「またいつでも来てね。この時間なら、月曜日と火曜日以外はいますから」

「はい。ありがとうございました」

自動ドアを出ると、びゅうと風が吹き抜けていった。

病院へ行こう。そう思っても、なぜかそれ以上足が進まない。志穂が待っているから急がないと。そう思えば思うほどに言葉にできないような心の重さを感じた。

時計を見るとまだ昼前だから、まだいいだろう……。隣のテナントに入っているコーヒーショップへ重い袋を下げて入った。

飲みたくもないコーヒーを飲んで、スマホを眺めても心は晴れない。ウインドウ越しに見える家族が楽しげに歩いている。

気づけばテーブルに置いた本が入った袋の持ち手を固結びしていた。どうして俺たちだけがこんなに苦しい気持ちを抱えなくちゃならないんだよ。

頭をすっきりさせるために苦いコーヒーを飲んでいるのに、どんどん気持ちが落ちこんでいくようだ。あの日から、俺の頭はこんがらがっている。とにかく落ち着かなくちゃ。志穂にだけは心配をかけたくない。

「俺がしっかりしないと……」

じっと目を閉じ自分に言い聞かせてから席を立った。そろそろ約束の二時になる。

重い本をぶら下げて外に出れば、太陽は見えず空には厚い雲が広がっていた。歩くほどに本を入れた袋の重さが指に食いこんでくる。結び目はどんどんきつくなっていくようだった。

病室の前で深呼吸をして気持ちを落ち着かせる。元気な顔を見せないと心配させてしまうだろう。お見舞いに来たのだから元気づけてあげないとな。

そこで、ふと気づく。俺は普段、どんな顔をして志穂に会っていたのだろう。そう考えると、ますます病室に入りにくくなる。

向こうから看護師が歩いて来るのが見えたので観念してドアをノックする。顔を覗かせると、志穂がベッドの上で腕を組んでいた。

「作戦は失敗だ。時間切れだよ、君」

なんて隊長のように口をへの字に曲げている。

「五分くらいだろ。意外に本屋で時間がかかったんだよ」

「言い訳は見苦しいぞ」

志穂は元気そうだった。顔色もいいしなにも変わりがないように見える。ベッドサイドの丸椅子に腰をおろすと本の入った袋を渡す。

「任務完了。今回もぜんぶの本を買えた」

「ええ？　けっこうマニアックなのもあったのに？」

嬉々として袋を開けようとした志穂の手が止まった。そうだった、持ち手をきつく結んでしまったんだ。ハサミで結び目を切ると、待ちきれない様子で中身を手にした志穂の目が輝く。一冊一冊取り出しては歓喜の声をあげている。

「すごい！　これ、ずっと探していた本なの。よくあったね」

「まあ、ね」

「こんなに読書ばっかりしてて罰が当たりそう」

「いいんじゃないか、たまには」

　苦笑している自分をどこか遠くに感じていると、

「朋子さんにお礼言わなきゃね。探してくれたんでしょう？」

　そう志穂が口にした。

「えっ。いや、その……」

　ごまかそうとする俺に、志穂は袋の中から一枚のカードを取り出し手渡してきた。

カードには、有名なキャラクターのイラストが印刷されてあり、〈ハッピーハロウィン！〉の文字が書かれている。裏がえすと、『早く元気になることを願っています。

鈴本朋子』と達筆な文字が。

「うわ……いつの間に」

　顔をしかめてカードを返すと、志穂は口の中で笑った。

「あと半月でハロウィンなんだね」

「ああ、もうそんな時季になるんだな」

それから志穂は袋の中から一冊の本を選ぶと俺に手渡してきた。

「はい、これは准くんの分」

　購入した本の中でも大判の一冊で、これが重さの最大の根源だった。

「これを次回までにしっかり読んでくること」

「え……読書嫌いなの知ってるだろ?」

顔をしかめてみせるけれど、志穂は黙って首を横に振った。

「准くんの宿題なの」

「宿題?」

「そう。読むだけじゃダメ。実践するんだよ」

「なんだよそれ」

表紙を見れば、〈初心者でもできる! 掃除の仕方〉というタイトルとともに、様々な掃除グッズの写真が並んでいる。

「准くんもこれくらいできないとね。どうせ掃除機もかけてないんでしょう?」

あはは、と笑う志穂を見ていられない。まるで夕食のときによくしていたバカ話みたいだ。なんでそんなに楽しそうに笑えるんだよ……。

「掃除機くらいかけてるよ」

簡単にバレる嘘をつき、俺は意味もなく入口のドアを見やった。

「団地住まいは大きな家族で住んでいるようなものだからね。ちゃんと町内会の草むしりとかにも参加するんだよ」

「やめろよ……」

そんなこと言うなよ。まるで、別れるための準備みたいじゃないか……。

「逃げないの。准くんはそうやってすぐに現実から逃げようとするんだから」

「いつ俺が——」

「最近お見舞いに来ないのも、今日来るのが遅いのも、ここに来るのが怖かったんでしょう？　私の推理によると、本を買ってから喫茶店で時間をつぶしてたと思われます」

　すごい洞察力に絶句していると、クスクスと志穂は笑う。

「レシートの時間を見ればわかるって。買ってから何時間経ってるのよ。証拠はあがってるんだぞ、君」

「……からかうなよ」

　こんなときに、と言いかけて呑みこんだ言葉はにがい。そんな俺に志穂はやわらかい笑みをくれた。

「あのね、准くん。無理して来なくても大丈夫だよ」

「そんなこと……言ってない」

「私には、こんなにたくさんの本があるんだもん。読む本がなくなりそうになったら次の指令を出すから、それまでの間、准くんは宿題をがんばって。そっちのほうがうれしいよ」

　その言葉にホッとしている自分に嫌悪感が生まれた。会いたいのに会わないことがラクだなんて、いったい俺はどうしてしまったのだろう。

自己嫌悪にさいなまれている俺に、

「准くん」

志穂が本を脇に置いた。さっきとは違う空気感が漂っている。

俺が答える前に志穂はすう、と息を吸った。

「私、抗がん剤治療はしないことに決めたんだ」

軽い口調で言ったあと、志穂は美しくほほ笑んだ。

「最近なんかあったのか？」

同僚の大橋(おおはし)に尋ねられたとき、俺はちょうど帰る支度をしていたところだった。といっても、時間は夜の十時を過ぎてしまっている。

「なんかって？　なんにもねえよ」

パソコン画面で退勤処理をしながら答えた。昔はタイムカードこそが勤怠の要だったのに、最近はなんでもパソコンだよな。歳を取った気分を断ち切るようにパソコンの電源を落とし立ちあがる。

大橋は、俺の同期であり戦友でもある。昔からデザインをするのが好きで、大学もデザイン科を卒業した俺にとって、大手広告代理店と呼ばれるこの会社に入ることが夢だった。

　が、現実は厳しく、入社して三年は営業部に配属された。同じ境遇だった大橋とコンビを組んでからは、無謀なノルマもなんとかこなしてきたし、様々な企画にふたりで臨んできた。まあ、大敗を喫したこともなかったわけではないが。

　大橋はメタボ体型で、首にはいつもタオルを巻いている。それで冬でも流れる汗を拭くのだ。女子社員から陰で『タオル課長』と呼ばれていることは内緒だ。

　甘いコーヒーを飲んでうまそうに息をついた大橋は、まだ仕事が残っているようだ。椅子にもたれかかる体重に耐え切れず椅子が悲鳴をあげている。

「最近、やたらと仕事がんばってるじゃん」

　大きな口を開けて、あくびをひとつした大橋。

「そうか？　ただの繁忙期だろ」

　鋭い大橋に動揺を隠してこともなげに答えた。家にもたまに飲みにくる間柄の大橋に、ずっと隠せるわけもないことはわかっている。それでも今はまだ、志穂の病気のことを言う気にはなれなかった。

　仕事に集中している自覚はある。四六時中考えてしまう志穂のことを、少しでも忘れたかった。納得できないような顔の大橋が、「なんだ」と口をすぼめた。

「てっきり、なにかいいことがあったのかと思ったよ」

「いいことってなんだよ?」

椅子を机の中にしまうと、最終確認をする。大丈夫、忘れ物はない。

「まぁ、宝くじが当たったとか?」

「はは。だったら仕事なんてとっくに辞めてるよ。お疲れ」

片手を挙げてオフィスを出る。エレベーターを待っていると、ようやく力が抜ける。

大橋から見た俺は幸せそうに見えるのか。なんだか笑えてきた。だとしたら、人間なんて見た目ではわからないもんだよな……。

外に出ると十月下旬の町は、ハロウィンの飾りつけやイルミネーションがいたるところで展開されている。志穂は今ごろなにをしているのだろう。

胸に入れているスマホが震えたので見ると、母親からの着信だった。

「もしもし」

『准、どういうことなの?』

せっかちなのは昔から。いつも一秒で本題に入ってくる母に、

「なにが?」

と尋ねる。

『志穂さんのお母さんに聞いたの。抗がん剤治療をしないって、どういうこと?』

ああ、と鼻から息を吐いて足を進める。

「どうもこうもないよ。志穂が決めたことだから」

違うな、と思った。

「志穂だけじゃなくて、俺も同じ気持ちだから」

そう言い直すと、母はわざとらしく深いため息をこぼした。

『ちょっとなに言っているのよ。治療をすれば希望は持てるじゃない。先生も勧めてくださるって言うじゃない。それなのにどうして？』

「だから、もう決めたことなんだよ」

俺も最初聞いたときは大反対した。しかし、志穂の決意は固く、俺がなにを言っても首を横に振るだけだった。

『ねぇ、准。あなたそれでいいの？』

「いいよ」

いいわけがない、と心で思う。

『志穂さんのお母さん、泣いてらしたのよ。娘を少しでも長く生かしてあげたいって――』

「長生きしたからってなんだよ」

思わずかぶせてしまった言葉に、電話の向こうで息を呑む声がした。

「志穂のことは志穂がいちばんわかっている。手遅れなことも受け入れているんだよ」

『でも……』

「俺たちのことは俺たちにしかわからないんだよ。余計なこと言うなよ！」

こんなこと言いたいわけじゃない。これじゃあまるで八つ当たりだ。決めたのは志穂。俺は、ただそれに従っただけ。

志穂は自分でなんでも決めていた。夕食のメニューも、休みの日の予定も俺は志穂に言われるがまま。それでよかったはずなのに、生死が懸かった大事なことまでも、志穂はひとりで決めていた。本当なら必死で説得すべきだとわかっている。でも、俺はそれをあきらめたんだ。

俺は志穂と同じ土俵に立つこともせず、逃げているんだと思う。志穂の決断を支持するように見せて、だけど、募る感情をどうすることもできずに持て余しているだけ。

「また電話するから」

そっけなく電話を切ると、さらに早足で歩く。北風は責めるように俺に向かって強く吹いている。

家についても苛立(いらだ)つ感情はおさまらなかった。カバンを投げ捨てるといつものようにカーペットで横になった。テレビの下のほこりは前よりも白く積もっている。まるで雪みたいだな……。一生懸命仕事をしても、それは見ないフリをしているだけ。悲しみやイライラは、ほこりのようにどんどん厚さを増しているんだ。

仰向けになってまぶしいライトに目を細める。わかっている。結局、自分の言いたいことを言えない自分のことが許せないことを。

『なんで抗がん剤治療をしないんだよ』

『俺のために少しでも長く生きてほしい』

そんなこと、言えるはずもなかった。きっと志穂だってしっかりと考えた上で出した結論に決まっている。だからこそ、彼女の出した答えを揺るがすようなことはしたくなかった。

この考えは、俺が本当に思っている答えなのだろうか。それすらもわからない。

ため息をついてから上半身を起こすと、ネクタイをむしり取った。改めて見ると、部屋は散らかり放題。流しにもマグカップや皿が積み重なっているし、ゴミの日もわからないから捨てられずにゴミ袋が冷蔵庫の横にいくつも置いてある。

その横にはホームセンターで買って来た掃除道具が袋に入ったまま放置されている。

志穂からの宿題の本は半分くらいまでは読んだ。あのときは掃除をしようと決めたはずなのに、仕事にかまけてちっともやっていない。

どこの世界に妻が病気で苦しんでいるのに、のん気に掃除している夫がいるんだ。そんなふうに言い訳ばかり繰りかえしていた。それに、掃除をしてしまったら本当に志穂がいなくなるような怖さもあった。

「なんだか、俺ばっかり苦しんでいるみたいだな……」

なんで志穂はあんなに笑顔でいられるのだろう？　俺がやるべきことは、彼女の宿題をこなすことだけなんだろうか……。

明日は土曜日で休みだ。日曜日には志穂に会いに行きたいのはまぎれもない事実。だとしたら、答えはひとつ。

「……やるしかないか」

つぶやいてからホームセンターの袋の中身をカーペットの上に並べた。本に書いてあった商品をそのまま買ってきたけれど、なにに使うのかわからない物もたくさんあった。

「クエン酸ってなんだよ……」

ひとり言をつぶやけばまた悲しくなりそうで、伏せてあった本を手に取り最初から読み直す。なんだか、ひどくみじめだ。

久しぶりに会う志穂は、ベッドに上半身を起こしてほほ笑んでいた。今日は書店に寄ってから、すぐに病室まで来ることができた。

ちょうど今朝、次の本のリクエストが来たのもよいタイミングだった。

「重曹ってすごいな」

本の袋を渡しながら言う俺に、志穂は細い腕を伸ばして受け取った。肩にかけてあるカーディガンはうちの母親からのプレゼントらしい。

「あの白い粉がシンクや洗面台、トイレまできれいにするなんて知らなかったよ」

「クエン酸は？」

「トイレの黄ばみを取るのに有効、だろ？」

ニッと笑ってみせると、志穂は腕を組んだ。

「正解。ちゃんと宿題ができたようだね」

「ゴミの分別までできるようになったんだ。まあ朋子さんに何度か教えてもらいには行ったけどな」

もちろん最初はなにがなんだかわからなかったけれど、一度はじめた掃除に終わりはなく、今では帰宅後の楽しみにすらなっている。やればやるほど細かい部分が気になるようになるから不思議だ。

夢中になれることがあることはいい。現実から少しだけ視点を外せるから。気づけば玄関のドアの外まで掃除をしていたっけ。

ガサガサと音を立てて袋の中を見た志穂が、「すごい」とつぶやいた。

「リクエストした本、またぜんぶあったの？　探すの大変だったでしょう？」

志穂の欲しい本のリストは今回も多岐に亘（わた）っていた。ジャンルが書いてないのは毎度のことで、朋子さんも忙しそうだったので最初は自分で探すしかなかった。もちろん、見つけられた本はゼロ。手が空いた朋子さんが前回のように探してくれたのだ。

「まあ、大変だったかな」

曖昧に答えると、

「今のは朋子さんに向けての言葉」

とツッコミを入れられる。

なにも変わらないように見えるのにな。

「これこれ」と志穂が一冊の本の表紙を見せてきた。

「懐かしい。高校のときに読んで以来だから楽しみ」

「太宰治（だざいおさむ）？」

俺でも名前くらいは知っている。どんな本を書いたか、と聞かれたら口を閉ざすしかないけれど。

それからも志穂は特に読みたかった本の表紙を数冊、俺に見せてプレゼンテーションをしてきたけれど、半分も理解できずに聞いていた。それでもよかった。うれしそうな志穂の顔を見ることができただけで満足だったから。

「じゃあ、これが准くんの分ね」

差し出された本は雑誌サイズで、表紙には〈簡単はじめて夜ごはん〉というタイトルと、焼き魚の写真がでかでかと載っていた。

「これが次の宿題ってこと?」

リストを見たときから、そんな予感はしていたんだよな……。渋々受け取りパラパラとページをめくる。やはり、レシピ本のようだ。

「そう。怪我しないように気をつけてね」

「でもさ、掃除ならきれいになればゴールだけど、料理はどこまでやればいいのかわからないよ」

そもそも、最後に包丁に触れたのがいつかも思い出せない。志穂が入院してからはコンビニばかり行っているし。

「貸して」と手を伸ばす志穂にレシピ本を渡すと、手際よくページの端に折り目をつけていった。

「〈簡単ポテトサラダ〉でしょ。あとは、〈簡単豚肉の生姜焼き〉に〈簡単お味噌汁〉ってとこかな」

「絶対それって〈簡単〉じゃないだろ。だいたい、スーパーにひとりで行ってもなにがどこにあるのかわからないよ」

「すぐに慣れるよ。とりあえずこの献立が練習用ね。最終課題は……うん、これにします」

両手で開いて見せられたページには湯気をまとった肉じゃがの写真が載っていた。

俺の大好物で、よく志穂も作ってくれる一品だ。

「准くんが満足できる肉じゃがが完成したら、タッパーに入れて持ってきてね」

「わかった。今回は簡単そうだな」

レシピ本はいわば答えの書いてある問題集。すぐに完成するだろうから、日曜日まで待たなくても来られそうだ。

よく見れば志穂の顔色は悪く、少し痩せた気がした。聞いてみたいけれど、聞けない。

俺はまだ現実から目を逸らせている。

「どこが簡単だよ」

ブツブツ言いながらスーパーで買い物をする土曜日。あれから二週間が過ぎようとしている。

　本を見ながら料理をしているけれど、練習用の料理はすべてうまくできたと思う。ポテトサラダはジャガイモの皮を剝くのに苦労したけれど、味つけはマヨネーズと塩でシンプルだったし、生姜焼きに関しては生姜の練りチューブを使ったレシピだったのでたしかに簡単だった。それなのに、肉じゃがだけは何回やってもうまくいかない。今週も月水金と挑戦して負け続けている。どうしても「うまい」と思える肉じゃがは完成しないまま、気づけばハロウィンも終わり、暦は十一月に入っていた。

　糸こんにゃくの袋を手に取りじっと見つめる。肉じゃがが完成しないのは、志穂の作るそれと味が違うからだ。ほとんど同じなのはわかるが、なにかが違う。かといって志穂に聞くのも正直悔しい。幸い、志穂からは普通のメッセージはくるが、今のところ次の本のリクエストは来ていない。

「これのせいじゃないよな……」

　いつもの糸こんにゃくをカゴに入れてしばらく考える。意地になっているのは自分でもわかるし、昨日の肉じゃがも残っているというのに今日も作るつもりだ。そういえば、大橋も『最近、やたら早く帰るよな』と不思議がっていた。

「山本さんじゃない」

　見知った顔が笑顔で近づいてくる。よく見ると朋子さんだった。

「こんばんは。先日はありがとうございます。おかげでゴミの日はしっかり頭に入っています」

「掃除だけじゃなくお買い物もするなんてえらいわねぇ。志穂さんの具合はどう？

そろそろ退院できそう？」

検査入院だと思っているのだろう。

「ええ、そろそろですね」

「お見舞い行こうと思ってたけれど、よかったわね」

パート帰りなのだろう、いつも本屋でつけているエプロンの上にジャンバーを羽織っている。

実際、志穂には退院の話もあるようだ。抗がん剤治療をしない道を選んだため、もうできる治療はないようだった。ぜんぶ、志穂の母親が教えてくれたこと。

彼女からは本の感想を書き記したメールしか来ていない。志穂の母親の話では、家に戻り最後はホスピスという施設で最期を迎える予定らしい。

『志穂、うちで引き取ってもいいのよ。准さんも大変でしょうし』

そんな提案すら、現実のこととは思えなかった。今は、肉じゃがを作るのみ……って、やっぱり俺は逃げているのだろう。

「今日はなにを作るの？」

朋子さんは手にしたメモを覗きこむとすぐに、

「あら、肉じゃがなのね」

と言ったので驚いてしまう。

「どうしてわかるんですか？」

「だって、豚肉にジャガイモに、糸こんにゃくって言ったら肉じゃがに決まっているでしょう」

「はぁ、そんなもんですか」

主婦の中では常識なのだろう。感心しながら、俺はさっきカゴの中に入れた糸こんにゃくを指さした。

「これは黒いやつを使うんですよね？」

「うちではそうだけど、白糸こんにゃくを使う人もいるらしいわよ。板こんにゃくっておうちも知ってるわ。お好みで、ってとこかしら」

顔をしかめる俺に朋子さんは「ふふ」と声にして笑った。

「こんにゃくは、もともとはこんにゃくイモから作っていたの。その皮の部分がこんにゃくを黒くしていたんですって。今は技術が進んで、こんにゃくイモの粉から作れるようになったそうよ。でも、そうすると白いこんにゃくになっちゃうのよ」

「へぇ」

「昔は黒い色が主流になっていたから、現代の黒いこんにゃくは、わざと海藻の粉末を混ぜて色をつけているんですって」

本のことだけじゃなく料理まで詳しい朋子さん。感心している俺に、「味噌」と急に口にしたので眉をひそめてしまう。

「味噌？　それってなんのことですか？」

「一度、志穂さんに肉じゃがのおすそわけをいただいたことがあるの。そのときにあんまり美味しかったからレシピを聞いたのよ」

「それが……味噌？　味噌って、味噌汁に入れる味噌のことですよね？」

「そう、その味噌よ。最後にすこーしだけ入れるのが隠し味になるんですって」

志穂の作った肉じゃがを思い出す。そうだ、味噌の香りがふわりとしていた気がする。言われればわかるのに全然気づかなかった。

「ありがとうございます」

思わず頭を直角に下げてお礼を言う俺に、朋子さんは「オーバーねぇ」と笑っていた。俺も、少しだけ笑えたと思う。


病院のソーシャルワーカーから連絡が来たのは月曜日、会社でのこと。

『奥様の状態が安定しておりますので、退院のカンファレンスをしたいのですが』

その言葉に俺はすぐさま病院へ飛んで行った。医者や看護師の説明では、痛み止めとモルヒネを処方するので、ギリギリまで家で過ごせるらしい。

すぐに上司に掛け合い、介護休暇を受理してもらった。大橋には俺から話をした。最初は冗談だと思っていたようだが、最後には涙を流してうなずいてくれた。うちの母親も志穂の母親も様子を見に来てくれるそうだが、誰もが悲しみを根底に含ませた声をしている。

また一歩、終わりに向けて段階が進んだように思えたけれど、それでも俺はうれしかった。

志穂が家に帰ってくる。なんでみんなそんなに悲しそうなのかが不思議だった。

しかし、唯一反対した人。それが志穂だった。

「このままホスピスに転院させてほしいの」

ベッドに寝たままでそう言う志穂に、俺は驚きのあまり固まってしまった。

「あんなに家に帰りたがっていたじゃないか」

「そうだけど……」

二週間ぶりに会う志穂の顔色は悪かった。頰もこけてしまいうまく笑みを作れないようだった。

「俺に気を遣ってるなら問題ない。休みも取れたし、家で紅茶でも飲みながら本を読めばいいよ」

いつもなら志穂の決めた答えにうなずくだけだったのに、思わず口から出た言葉に自分自身が驚いた。

気乗りしない様子の志穂に俺は「そうだ」と続ける。

「宿題の肉じゃがも披露できる。かなりの完成度だからさ」

「え、まさかできたの？」

「肉じゃがだけじゃない。他にも数品はかなりのレベルだと思う」

ニッと笑う俺に、ようやく志穂はうなずいてくれた。

「じゃあ……少しだけ帰ろうかな」

「やった」

子供のように喜ぶ俺に、志穂は体が痛むのか目をギュッと閉じた。

不安がないわけじゃない。だけど、俺は志穂のそばにいたかった。もう一度、あの部屋で志穂と暮らしたい。わずかな灯りの中で本を読んでいる志穂を見ていたい。

——たとえそれが、終わりの見えている日々だとしても。

退院の予定日から仕事は休みを取った。自宅で快適に過ごせるように、寝室のベッドはリビングへ移動した。これで好きにテレビも見られるだろう。緊急通報システムも導入した。これはベッドに置かれるナースコールみたいなもので、具合が悪くなったときに通報すれば、すぐに駆けつけてくれるサービスだ。

家の掃除もバッチリだし、あとは昨日志穂から送られてきたリストにある本を買いに行くだけ。今回は前回の半分くらいの冊数だったけれど、その分いろんな話を志穂にしようと思っている。

当日は居ても立ってもいられず、退院の時間まではずいぶんあるが早めに書店へ出かけた。ちょうど開店したところらしく、朋子さんが新刊コーナーにポップを飾っていた。

「決め手は味噌でした」

会うなりそう言う俺に朋子さんはピースサインを作ってくれた。

「でしょう。志穂さん喜んでくれた？」

「まだ食べてもらっていません。実は今日、退院するんです」

「えっ……。そう、おめでとうございます。よかったわねぇ」

本当にうれしそうにほほ笑んだ朋子さんになんだか照れてしまう。

「なのに、あいつからはまたリストが送られてきました」

いつもより少ない数のリストを見せた。

朋子さんは気づかないようで、

「じゃあ探してくるわね」

と言ったので、「いえ」とリストを手元に戻す。

「今日は自分で探したいと思います」

このメッセージを受け取ったときに決めていたことだった。

「時間はかかるかもしれないし、困ったらお願いするかもしれませんが……」

最後くらい自分で探した本を志穂に渡したかった。

最後？　俺はなんてこと思っているんだ。これからは志穂と一緒にいられるのに。

「じゃあせめて、出版社だけでもメモってあげるわね。あと、文庫や雑誌の種類も」

レジの横にあるパソコンに向かい、手際よく朋子さんが記入していってくれた。

すべてのヒントが揃うと、まだ空いている店内でメモに書かれた本を探していく。

苦手だった本屋という場所も、志穂との思い出の場所のように思え落ち着く。本棚にはたくさんのタイトルの本が並んでいて、お目当ての本を探す作業はまるで発掘作業をしているようだ。

一冊一冊が見つかるたびに小さくガッツポーズをしそうになるほどうれしい。今回もジャンルはバラバラで、中には旅行雑誌まである。ヒントのおかげですべての本を見つけることができた。

家からいちばん近くにある書店で毎回志穂の欲しい本が見つかるなら……。

神様、俺は奇跡を信じてもいいですか？


その日の夜、志穂は肉じゃがを食べると、にっこり笑った。

「うん、合格」

「やった！」

子供のように喜ぶ俺に、志穂は目じりを下げた。さっきまでいた志穂の母親も帰り、ようやく肉じゃがを披露することができたのだ。

久しぶりに家に戻ってきた志穂に、俺はうれしくてさっきからずっと話し続けている。

「味噌が隠し味ってこと、よくわかったね」

「まあね。宿題はこれで合格だろ？」

じゃがいもをほおばると、味が染みていてうまい。圧力鍋の使い方を朋子さんが教えてくれたおかげで煮くずれもしていないし完璧だ。

「もちろん合格。あと、お掃除も本当にがんばったんだね。部屋が明るく見えるよ」

部屋を見渡した志穂が少し疲れた様子だったので、ベッドへと移動させる。

ギャッジアップしたベッドに座った志穂が、サイドテーブルに置かれた本に気づい

たようで、

「あ」

と短く声を出した。

「今回もぜんぶ見つけた。さすが、俺」

「准くんはすごいねぇ。合格だよ、君」

感心したように本の表紙を見やる志穂が、そのうちの一冊を俺に差し出した。

それは旅行雑誌。見ると、〈静岡〉とでかでかと書かれている。

「これが今回の宿題。えっとね……」

パラパラと本をめくる志穂の顔色は青白く、息も苦しそうだった。

「体調、大丈夫？」

「准くんこそ、このあとお片づけ、ひとりで大丈夫？」

いたずらっぽく笑みを浮かべる志穂にホッとしていると、あるページを広げて見せてきた。〈浜名湖〉と書いてあるページだ。指さす先には、〈サンマリノ〉という喫茶店が写真付きで小さく載っていた。大きなプリンが浜名湖の見えるテーブルに置かれている写真。

「ここに行ってほしいの」

「喫茶店に？　浜名湖って浜松市にあるのか。じゃあ、今度一緒に行こう」

そう言った俺に、志穂は少し黙った。沈黙の時間は数秒だったけれど、とても長く感じた。

そして、彼女は言う。

「私が死んだらね――」

「おい」

思わず鋭い声になってしまう俺に、志穂は「シッ」と人差し指を口に当てた。

「大事なことなの」

「……」

「私が死んだあと、雲ひとつない快晴の日にこの喫茶店に行ってほしいの。いい？雲ひとつない晴れた日だよ」

「……なんで？」

「理由は言えない。だけど、必ず行って。それも、昼過ぎくらいの時間に」

笑みを浮かべて言う志穂に首を振った。

「そんな話したくない」

「じゃあひとりでしゃべるから聞いてて」

「聞きたくない」

なんで死んだあとの話なんてするんだよ。やっとふたりの生活に戻れたのに。

「そのお店には初老のマスターがいるらしいの。その人に私のことを話してほしいの」

「……志穂の知り合いの人がやってるのか？」

「全然知らない人。でもね……その人が、きっとあなたを助けてくれる。そうね……冬場がいいかもしれない」

「興味ないよ」

そんな宿題、絶対にやりたくないと思った。志穂はベッドサイドにあるメモ帳になにやら書きながらつぶやく。

「浜名湖はとてもきれいなんだって。ユリカモメは冬になれば浜名湖にやってくるのよ」

本を閉じると志穂はベッドに横になった。

「意味がわからないし、もうこんな話はしたくない」

洗い物をするためにベッドから離れる俺。

「ねぇ、准くん」

「ん？」

「悲しいことやつらいことがあったとき、誰だって見ないフリをしようとするでしょう？　でも、私はそういうものだと思う」

蛇口をひねると水に手を当てる。痛いほど冷たい水に唇をかみしめた。

「それでも宿題をやってくれてありがとうね。准くんは気づいていないだろうけれど、現実にちゃんと向き合ってくれたんだよ」

「……そうかな」

「そうだよ。だから私をこの家に帰してくれたんだもの。私、正直あきらめていたからうれしかった。准くんは強くなったんだよ。本当にありがとう」

水の勢いを強くすると、もう志穂の声は聞こえなくなった。

俺は強くなんかなれていないよ。だって志穂が口にした『死ぬ』の言葉にこんなに震えている。本当に強くなれたならきっと向き合えるはずなのに。


たった二日の間に、志穂の体調はどんどん悪くなっていった。食事も摂らなくなったし、水分すらも難しくなった。痛みも強いようで、本も読まなくなった。訪問看護師も「そろそろホスピスへ行かれたほうがよいですね」と助言をくれた。

ホスピスで入院手続きを終えた午後、スーパーで買い物をする。

『やわらかい肉じゃがが食べたい』

出かける前に志穂からリクエストがあったのだ。

スーパーの生鮮食品売り場は外と同じくらい冷えていた。

来月になればふたりの誕生日がくる。そこまで生きていてほしい。そう思うこと自体が不謹慎のように思え、ため息をついた。

それまで当たり前になっていた志穂がいる生活。掃除や料理だけじゃなく、細かいことの大半を彼女がしてくれていたと学んだ。日々弱っていく志穂に、やっぱり奇跡は起きないことも知った。

野菜のコーナーに行くと、なにがどこにあるかということも頭に入っている。いつものメークインではなく、煮くずれしやすい男爵イモを選ぶ。これなら、鍋で煮こめばやわらかくなるだろう。

ふと、スマホが鳴っていることに気づいた。見ると知らない番号からだった。

「もしもし?」

『山本さんですか? 山本准さん?』

切迫したような男性の声が聞こえた。

「はい、そうですけど」

『こちら緊急通報システムです。今、ご自宅からシステムへ連絡がありました。今、どちらにおられますか?』

「……志穂が?」

『山本志穂様からの通報です。救急車の要請をしたところです』

買い物カゴが手からすり抜けて床に落ちるのをぼんやり見た。

どうやって電話を切ったのかは覚えていない。気づけば必死で団地に向かって走っていた。志穂の身になにかあったんだ。志穂……志穂！

階段を駆けあがり、カギを開けて飛びこむとベッドにいる志穂が苦しそうに顔を歪めていた。

「志穂！」

荒く息をしている志穂がなにか口を動かした。

「待ってて。薬、用意するから」

モルヒネの錠剤を袋から出そうとする俺の手を、志穂がつかんだ。ひどく冷たいその手にハッとして見ると、志穂はその目をゆっくりと開けて俺を見た。

「……准くん。おかえり……なさい」

「薬を飲まないと。それに救急車も来るから」

そう言った俺に志穂はゆっくりと首を横に振った。

「ただいま、は？」

「……ただいま」

そう言った俺に、志穂は少し目じりを下げた。すぐに苦しそうにうめく。

遠くからサイレンが聞こえてくる。

「救急車が来た。もう少し、もう少しだからな！」

ふいに志穂の体の硬直が解けたのがわかった。薬も飲んでいないのに、と顔を見ると彼女の顔は見たこともないくらい真っ青になっていた。

「志穂！」

両手でしっかりとその手を握る。なんとかしてあたためたかった。

「……い」

小さい声で志穂がつぶやいた気がして顔を近づける。

「しゅく……だい」

そう言った彼女に、

「志穂、しっかりしてくれよ。なあ……頼むからっ」

頬に涙がこぼれるのも構わずに声をかける。

志穂はゆっくり瞳を俺に向けると、

「そこにいるの、准くん？」

そう言った。

「いるよ、ここにいる！　志穂、俺は……」

最後まで言葉が続かずに嗚咽が漏れる。志穂は「うん」と安心したように視線をさ

まよわせたあと、

「宿題……ちゃんと……」

　唇からそう言葉をこぼした。

　救急車が団地の下あたりでサイレンを消した。

　早く、早く来てくれよ。神様、あんなに願ったのに奇跡は起きないのか⁉　俺から志穂を連れて行かないでくれよ！

「志穂がいないと、俺……ダメなんだよ。なぁ、志穂……」

　嗚咽を漏らしつつ語りかけると、志穂は体全体から吐き出すように息をつき、目を閉じた。俺の手から、彼女の手がするりと落ちた。

「……志穂？」

　人生にこんなことが起きるのか？

「志穂、なあ志穂！」

　階段を駆けあがる足音が響いている。

「志穂！　志穂！」

　もう動かない体。チャイムがけたたましく鳴り響いた。

「誰か、助けて！　頼むよ！」

　神様なんてこの世にいない。奇跡なんてこの世には起こらない。

救急隊員がドアを開け駆けつけても、俺は志穂の手を必死であたためていた。

＊＊＊

長いようで短い志穂との最後の思い出が終わる。寸座駅に来たことは正しいことなのだろうか？

腕時計を見ると、もうすぐ列車が来る時間になろうとしていた。

志穂の宿題をやろうと思ってから、もう二カ月が過ぎてしまっている。四十九日の法要も終わってしまい、抜け殻のような時間の中で来る日も来る日も肉じゃがを食べた。

そこに志穂がいるような気がして、だけどもういない。苦しさは痛みになり、やがてそれすらも麻痺しているこのごろ。

ようやく浜名湖へ来ようと思ったのは、朝のニュースで『今日は全国的に快晴でしょう』とアナウンサーが言ったから。そこでふと彼女が言った言葉を思い出した。

有休を取ることにも躊躇はなかった。理由も言わないのに上司は許可してくれたし、大橋も『仕事は任せておけ』なんて言ってくれた。

志穂とのことがあってから、人のやさしさを身に染みて感じるとともに、そのやさしさがどこかヒリヒリと痛かった。

思い出の旅をしている間に、さっきまでいた三浦という車掌の姿は見えなくなっていた。

夕焼けが空に広がっている。どんどん濃くなるグラデーションを見ながら俺は思う。志穂との宿題をきちんと終わらせなくては、と。

「志穂……君に会いたい。もう一度、会いたいよ」

言葉にすれば白い息が頼りなく浮かんだ。両手を握り合わせ心で強く思う。

奇跡は信じないけれど、志穂の言った言葉は信じられるよ。だから、どうか志穂に会わせてほしい。

遠くから列車がレールを鳴らす音が聞こえてきた。見ると、山間（やまあい）から列車が姿を現した。車体が金色に輝く列車が、ブレーキ音をきしませて停車する。

これが夕焼け列車……？

まるで夢のように光っている列車のドアが開き、ひとりの女性が降りてきた。見覚えのあるブルーのワンピースを見て唖然（あぜん）とする。

「嘘だろ……」

そこには、志穂がいた。驚きすぎて立ちあがることもできない俺の元へ来ると、志穂は目を線にして笑った。

「准くん、ただいま」

「志穂……」

これは、夢？　最後の記憶より、ふっくらとした顔の志穂が俺の前にいる。固まる俺の隣に志穂は座ると、まぶしそうに浜名湖を見やった。

「信じてくれてありがとう」

「生きてたんだ……」

けれど彼女は悲しく首を振った。

「違うよ。夕焼けが消えるまでの間だけ、たった一度だけ会える……マスターに聞いたでしょ？」

「じゃあ……」

「噂を信じてよかったぁ」

ホッとした様子の志穂が消えてしまいそうで、俺はその手に触れてみる。

「ああ……」

あたたかい手のぬくもりに、一気に涙があふれた。

「志穂！」

彼女の体を引き寄せ抱きしめる。

ああ、志穂に会えた。もう一度会えた。

志穂が亡くなったあの日以来、涸れたと思っていた涙はダムが決壊したようにあとからあとから流れ出る。なんで生きている間にもっと会いに行かなかったのだろう。後悔することを本当は知っていたはずなのに、どうして……。

「准くんはもうひとりで大丈夫だよ」

その言葉にハッとして体を離した。

「なに言ってるんだよ。志穂がいないと、いないと……」

志穂は人差し指を、俺の口に当てた。

「シッ」

と笑ってから続ける。

「掃除と料理ができれば一人前。自信を持って大丈夫」

「先生みたいに言うなよ……」

「ふふ」と笑った志穂が消えてしまいそうで、俺は小さな手を握りしめた。

「今は悲しんでくれていいよ。だけど、もうひとりで歩ける力があなたにはあるの。だから、いつか幸せになってほしい。これが最後の宿題」

「……やめてくれよ」

立ちあがると、山の向こうに夕陽が落ちようとしている。反対側の空には気の早い月が顔を出していた。

「逃げないの」

「……逃げてないし」

なんでも志穂にはお見とおしなんだな、と思った。隣に並んだ志穂が「あのね」と上目遣いになった。

「朋子さんにお礼を言っておいてほしいんだ」

「朋子さん？　なんで？」

そう尋ねる俺に、志穂は少し黙ってから答えた。

「毎回行くたびにすべての本がそろうなんて、不思議じゃなかった？　実は本のリストなんだけどね、前もって朋子さんに渡しておいたの。ない本があったら事前に取り寄せておいてほしい、って」

「え？　それって……なんのために？」

「死ぬ前に読みたい本だったから。あと、もうひとつ言うと……えらそうだけど、准くんに私がいなくなった世界でも生きていく力をあげたかったの」

言葉も出ない。奇跡は、志穂がもたらしてくれていたんだ……。

「これからも困ったら朋子さんや、周りの人に助けてもらって。あなたのことを心配してくれている人はたくさんいるから。ほら、団地に住んでよかったでしょう？」
うれしそうに言う志穂にまだ涙は涸れない。だけど俺は志穂がいてほしい。たった
ひとつの願い、それは君と生きていくことなんだ。
「実はね……」
志穂が恥ずかしそうに笑みを作る。
「本当は病院にいるときね、体中が痛くてたまらなかったの。だから、こうして穏や
かな気持ちで准くんと最後に話をしたかった」
「言えばいいのに。抗がん剤だって……」
「誰だって、愛する人にはきれいな姿で覚えていてほしいから。それに早くここで准
くんに会いたかったんだ」
ふいに笑みを消した志穂が空を見た。夕陽は消え、空がどんどん深い藍色に浸食さ
れていくのがわかる。志穂の体は夜に溶けていくよう。
「准くん、ありがとう。最後に会えて本当にうれしかった」
美しい手を解いて頭を下げた志穂はやっぱり笑っている。
「どうしてこんなときに笑って……。なんでそんなに、強い……んだよ」
嗚咽が漏れてしまう。俺はこれからひとりで生きなくちゃならない。それがやっぱ
り俺を弱い気持ちにさせる。

「あなたが私を強くしたの。だって、私、あなたの奥さんになれて幸せだったから」

「志穂……行くなよ。俺を置いていくなよ」

「今度は准くんが強くなる番」

「無理だよ……」

夕焼けがひと握りの朱色を水平線に湛えている。

「安心してあっちの世界に行きたいなぁ」

その言葉にハッとする。不安気に揺れる志穂の瞳からひと粒涙がこぼれるのを見た。

ずっと俺のために強がってくれていたんだ……。誰よりも苦しいのに、悲しいのに無理してくれていたのか。俺は弱いままで彼女を見送るのか？

いや、違う。

「……わかった。強くなるよ」

「本当に？」

「ああ。絶対に強くなる」

無理して笑ってみせれば、心からホッとしたような表情を浮かべた志穂。夕焼け列車がヘッドライトをつけたのを合図に、志穂はもう一度だけ俺を抱きしめてくれた。

ふわふわした感触の志穂をしっかり抱きかえした。

「ありがとう。志穂、ありがとう」

「最後の宿題、忘れないでね」

「これまでもちゃんとこなしてきたろ？　安心して待っててくれよな」

　鼻をすすって強がれば、大きくうなずいた志穂が笑顔を残して列車に乗りこんだ。

静かに閉まるドアによって俺と志穂は引き離された。

だけど、これで終わりじゃない。これからの道で、俺は残された宿題を自分なりにしっかりと解いていこうと思う。

　動き出した列車にホームの端まで走りながら手を振った。

「志穂！　俺、がんばるからな！」

　やがて遠ざかる列車が黄金色を消したと同時に姿を闇に消した。

　誰もいないホーム。しんとした静けさの中、もう一度たまるベンチに腰をおろした。

夜になりつつある空を、白い鳥が飛んでいる。

「あれがユリカモメか……」

　不思議と涙はもう出なかった。ここに来てよかった、そう心から思える俺がいる。

奇跡は起こらないと思っていた。だけど、愛する人が願い、そして自分が本気で信じることが大切なんだと知った。

　家に帰ったら肉じゃがを作ろう。そういえば朋子さんにまだ肉じゃがを食べてもらっていなかったな……。明日あたり査定してもらうのも悪くない。

遠くから列車のライトが近づいてくる。まだ見ぬ明日に向かって、俺なりに生きていこう。それが志穂との宿題の大切な一ページになるだろう。

風の音が「がんばってね」と俺にささやいている。

やさしくて美しい、俺の愛している人の声にどこか似ていると思った。

第六話

太陽が見ているから

寸座駅を訪れたのは、これで何度目くらいだろう。

二十回、いや、五十回くらいはこの駅に足を踏み入れている気がする。

高台にある無人駅からは、遠くに広がる浜名湖と空とがつながって見える。夕暮れの空、気の早い月を隠すように鉛（なまり）色の雲が貼りついている。

いくら浜松市が温暖な地域とはいえ、二月末の寒さはマフラーの間から忍びこみ、簡単に体を冷やしていく。二年間伸ばしている髪が風に揺れるたびに、首元や頰から体温が奪われていくようだ。

四十歳を過ぎてから、年々寒がりになっているのは気のせいではないと思う。

「帰ろうかな」

自分に言い聞かせるように口にし、木製のベンチから立ちあがる。

うしろに立つ青いプラスチックプレートには、このベンチの名前が〈たまるベンチ〉だと記してある。以前はほとんど文字が消えてしまっていたのに、最近新しく作り直したらしく、はっきりと読み取れた。

山の向こうに消えそうな夕陽が、無人駅に長い影を残している。

「優子（ゆうこ）」

駅のそばにある歩道で鈴木美里（すずきみさと）が手を振っていた。

「似た人がいるなって来てみたら、やっぱり優子だった。列車に乗って掛川にでも行

「違うよ。ちょっと黄昏(たそがれ)てただけ」

　そう言う私に、美里は今日も美しいメークで笑った。

「ノスタルジーってわけか。高校のときはふたりで毎日のように天浜線に乗ったもんくの？」

ね」

　美里は中学時代からの友達だ。彼女は高校を卒業すると同時に東京で就職をし、勤務先の先輩と結婚をしたため、私たちの関係には空白の期間がある。つき合いが復活したのは、三年前に美里が離婚し実家に戻ってきてから。

「蓮花(れんか)ちゃん、もうすぐ家を出るのでしょう？　さみしくなるね」

　美里のひとり娘である蓮花ちゃんは高校三年生。春から東京にある大学への進学が決まったそうだ。

「全然さみしくなんかないって。蓮花も東京のほうがいいみたいだし、私も若いうちは都会で磨かれてほしい派だから」

　美里は東京からのUターンということもあってか、この地域でも目立っている。ボブカットの髪は部分的に明るい茶色に染められ、着ている服もこのあたりの店では売ってなさそうなほど派手なものが多い。そしてよく似合っている。

　生命保険会社の営業員として勤務しており、成績も優秀だと聞く。

「もう今年になって二カ月経つなんて早いよね。あっという間に一年が過ぎていっちゃうんだろうなあ」

宙を見あげてボヤく美里に「だね」とうなずいた。

「もう四十八歳だもん。気がついたらおばあちゃんになってそう」

そう言う私に、美里は顔をしかめた。

「私はまだ四十七歳だってば」

「そんなに変わらないでしょ」

高校を卒業してから三十年が経つというのに、なぜかいつも美里に会うと昔に戻ったような錯覚を覚える。

けれど、私にはもうあの頃の輝きなんて微塵も残っていないのだろう。

「あー寒い。日も暮れるしそろそろ帰ろうかな」

暗くなりそうな気持ちを作り笑顔でカバーするのはいつものこと。

「じゃあ車で送ってくよ」

「すぐそこじゃない。歩いていくから大丈夫」

風に踊る髪を押さえながら道路の向こうを指さす。通称『山』と呼んでいる坂道の途中に私たちの住む家はある。

「遠慮しないの。ちょうど仕事の帰りだし、健介（けんすけ）さんも帰ってきてるみたいだよ」

「え、もう？」

驚いた。まだ五時前というのに――。そこまで考えて思い出した。

今日は五時からお客さんが来る、と健介から言われていたんだった。

ハッとする私を見て察したのだろう、美里はラメが光る唇でほほ笑んだ。

「忘れっぽいのは昔から変わらないね。じゃ、行こう」

歩き出す美里に、もう一度だけふり返る。

夕陽を失った浜名湖は、輝きを消し夜の色に染まりはじめていた。


――あの子はいつも太陽みたいだった。

まぶしいほどの笑顔、明るくて無邪気な声が今も聞こえる。

『お母さん、今日の夜ご飯ってなに？』

『転校生が来たんだよ。神戸ってどこにあるの？』

『和久（かずひさ）くんがね、遊ぼうって』

陽太（ようた）という名前のとおり、あの子は私に光を運んでくれていた。

けれど、ある日を境に陽太はあまりしゃべらなくなっていった。それは義母が亡くなったことが大きな要因を占めている。大好きだった義母の死に、幼い心が傷つき、心を閉ざすようになっていた。

今になって思うのは、もっと陽太の話を聞いてあげるべきだったということ。家事の間、手を止めずに話をすることもあったし、忙しさを理由に無下にしたことも。後悔ばかりが波のように押し寄せている。

失くしてから気づくことをあと何度くり返したら、この苦しさが癒えるのだろう。いつの日か、あの子は私を許してくれるのだろうか。

『坂東（ばんどう）』と名乗った担当者は、三回忌の法要について説明を続けている。出したお茶はとっくに冷めているだろう。

六畳の和室の中央には大きな仏壇があり、陽太、そして夫である健介の両親の遺影が飾られている。ここは、空虚に満ちた悲しい部屋。

もうあの子が亡くなってから二年が経とうとしている。亡くなった日を一回目の命日と数えるため、死後満二年の命日である四月九日を三回忌と呼ぶそうだ。

「陽太様の三回忌につきましてのご説明は以上となります。なにかご不明な点はございますか？」

坂東さんは健介に伺いを立てるが、当の本人はじっと資料に目を落としたまま動かない。困ったように坂東さんが見てくるので口を開いた。

「いえ特にはありません。でも、陽太が亡くなってからもう二年も経つなんて――」

そこでキュッと口を閉じた。常套句を口にしてもなにも変わらない。そもそも、今日までの日が早かったなんて思っていないのに。

まるで沼に体が埋まっているような日々だった。まとわりつく泥をはがしたくても動けずに、ただもがいていただけの毎日。

坂東さんが次の言葉を待つようにわずかに首をかしげるのを見て、首を横に振った。

「なんでもありません。どうぞよろしくお願いいたします」

笑みを浮かべる私に、坂東さんはつられるように口角をあげかけたがすぐに不謹慎だと気づいたのだろう、表情を引き締めた。

「こちらこそよろしくお願いいたします」

私の隣に座る健介はなにも言わない。顔をあげ陽太の写真をじっと見つめている。

この家を建てたきっかけは、健介の父親が亡くなったことだった。三ヶ日町の山奥にひとり残された義母を呼び寄せるには、それまで住んでいた団地は手狭すぎた。さらに言えば、当時小学三年生だった陽太のために、そろそろ子ども部屋を作ってあげたかったこともある。

元々住んでいた団地の近くで土地を探しているうちに、義母の知り合いから細江町の土地を破格の値で紹介してもらった。

あのころは、なにもかも順調だったと思う。

小学校を転校することに陽太は難色を示していたけれど、子ども部屋を見て歓喜の雄たけびをあげていた。義母もさみしさが紛れ、近くにある公民館で老人クラブにも参加するようになった。

にぎやかで笑いの絶えない理想の家族は、たった二年で壊れてしまった。

健介の母親だけでなく、陽太まで私たちから奪い去っていったなんて今でも夢じゃないかと思う。夢であってほしいと願っている。

陽太が義母の死にショックを受けていることを知りながらも、安易な言葉で励まし続けた自分が許せずにいる。どうしてもっと陽太の心に寄り添えなかったのだろう。母親なのに、陽太の心を救うことができなかった。

押し寄せる悲しみを見ないよう、笑顔で坂東さんを見送りリビングへ戻ると、健介は湯呑を洗っていた。

「私がやるからいいのに」

「これくらいいいよ」

「そう」

この家にもう笑い声は聞こえない。テーブルに置かれた資料をまとめながら健介をさりげなく見る。

彼は私より八歳下の四十歳。運動好きのおかげで体型はスマートだが、髪の生え際に白いものが目立ちはじめている。

健介の足元で尻尾を振っているのは、一年前に飼い出した黒い毛の柴犬。『ツキ』という名前はオスらしくないと思うけれど、名づけたのは健介。基本的にツキの世話をしているのは健介で、彼なりに愛情を注いでいる。

「散歩行くか」

言葉がわかるのだろう、ツキはさらに大きく尻尾を振って答えている。

ツキは私にはなつかない。かわいがっていないから仕方ないとは思うけれど、帰宅したときに気持ち程度に尻尾を振るのを見るとかえって萎えてしまう。

「コンビニに寄るけどなんか買ってくるものある？」

「ないよ」

ここからコンビニまでは結構かかる。

ツキは私を見向きもせず、健介と出ていった。

洗濯物をたたんで二階の寝室へ向かう。手前にある子ども部屋のドアを開けると、あの日のまま時間が停止している。

青空に白い雲のイラストが描かれた壁紙、学習机とランドセル、木製のベッド。小さな椅子に腰をおろすと、部屋が『お前のじゃない』と文句を言っている気になる。

机の上にこぼれた消しゴムのカスさえ捨てることができないまま。

死のにおいのする和室とは対照的に、この部屋には陽太の生を感じる。

「陽太」

あの子の名前を呼んでも、昔のようにあたたかい気持ちにはなれない。呼ぶほどに陽太が亡くなったことを思い知らされている気になる。

「亡くなってからもう二年が経つんだね」

そっと机に手を置いてみる。この場所に陽太はたしかにいた。

三回忌は来世への道のりが決まる大事な法要だ、と坂東さんが教えてくれた。その意味はわからないけれど、陽太のためになるならなんでもやりたい。

二年の月日で変わったことはたくさんある。誰にも――健介さえもわからない孤独と深い悲しみは、なにをしたって消えることはない。

「お母さんね……ロボットになっちゃったの」

初七日を最後に涙は涸れ果ててしまった。

去年からはじめたパートタイムの仕事も続いているし、美里とお茶だってする。

けれど、どこにも自分が存在していない。笑っている自分を俯瞰(ふかん)しているような感覚がずっと続いている。

早く陽太のもとへ行きたいけれど、そんなこと、彼は望んでいないだろう。

陽太は……私のせいで亡くなったのだから。


サンマリノのドアを開けるとミートソースのかおりがした。

マスターである村上さんが仕込みをしているのだろう。

「おはようございます」

顔を出すと、村上さんは相好を崩した。

「おはようございます。今日もよろしくお願いします」

オールバックに口ひげを生やした村上さんは、六十代には見えないほど若々しい。家から歩いて十分程度の場所にあるので、私の家の事情も知らないわけじゃないだろうに尋ねてくることはなかった。

村上さんはよく月の話をする。浜名湖に浮かぶ月は美しく、店内にも村上さんが撮影した写真が飾られている。

ロボットと化してしまった私にはその美しさがわからない。ミートソース、月、写真。どんな単語も陽太を連想させ、そのたびに私を苦しめる。

荷物を置きエプロンをつけてから手洗いをする。木曜日から日曜日までの四日間、十時半から十六時半までが私の勤務時間だ。

開店準備をしていると、村上さんがコーヒーを淹れはじめた。これは仕込みがひと段落した合図。

「篠原さんもどうぞ」

テーブルを拭いていると村上さんが声をかけてくれた。

「ありがとうございます。いただきます」

陶器のカップに黒い海が揺れている。覗きこむ顔が映るほど深い色のコーヒーは、クセがなく飲みやすい味だった。

「今日のコーヒーはブルーマウンテンです」

「美味しいですね」

「ジャマイカで作られていますが、日本企業が出資して日本人のために作られた豆なんです。ほかの国では名前すら知らない人が多いでしょうね」

コーヒーには詳しくないけれど、健介は毎日のように自分で豆を挽いて飲んでいる。陽太も真似をして、砂糖とミルクをたっぷり入れて飲んでいた。

――いけない。

仕事中は思い出さないように……ううん、人前にいるときは常に頭から追い出さないと。

「ミーティングルーム、今日は予約が入っているんですね」

　客席の奥側に二十名ほどが入れる部屋がある。朝の準備をしているときに、『予約席』の札が置いてあることに気づいた。

「保護者会の二次会で使いたいそうです。たしか、佐久米小学校の保護者会ですね」

　その言葉に胸が大きく揺らいだ。

　佐久米小学校は陽太が通っていた小学校。この時期の保護者会で議題となるのは、間もなく迎える卒業式のことだろう。

　陽太も生きていれば、もうすぐ卒業式を迎えるはずだった。

　昔のママ友とも疎遠になって久しいから、再会したとしても感情がこみあげることなく笑顔でやり過ごせるはず。

「大丈夫ですよ」

　急に村上さんに言われ、「え？」と顔をあげた。

　カップを優雅に持つ村上さんがもう一度、

「大丈夫です」

　そう言った。

「予約は十四時からです。午後のピーク後ですし、今日は星田さんも昼から出勤してくれます。十三時であがってくださって構いませんよ」

星田さんは私と同じパートで、たまに曜日が重なることがある。

ああ……。詳しく話したことはないけれど、村上さんはやっぱり陽太のことを知っているんだ。きっと私につらい思いをさせないために、保護者会と接触しないように配慮してくれているんだ。

「平気です。それより、もうすぐ開店ですよ」

村上さんはなにか言いたそうに口を開いたけれど、続きの言葉を待たずに入口のドアへ向かう。『ＯＰＥＮ』の札をかければ朝の準備は終わりだ。

そう、平気。今起きていることは、私にとってあまり大きな意味を持たない。一度生きる気力を失ったあとの、余生みたいなものだもの。心を無にしていれば、自然と陽太に会える日が近くなる。

酸素の少ない苦しい毎日をやり過ごせば、あの子に会えるのだから。

「しかし、もう三月なんて早いですねぇ」

ほのぼのと村上さんが言うから思わず笑ってしまった。きょとんとする村上さんに、

「いえ」と首を横に振る。

「村上さんて、いつも月が替わるたびに『早い』っておっしゃっているので」

「言われてみればそうかもしれません。歳を重ねるたびにスピードアップしている気分です……。あ、ゴロー」

窓の外にいる黒猫に気づいた村上さんが、厨房へ戻る。この喫茶店で飼っているという黒猫は、名前をゴローと言う。裏口で村上さんに餌をもらうのだろう。ゴローは窓越しに私をじっと見ていたかと思うと、プイと顔を背け、裏口へ優雅に歩いていく。

ツキと同じく私にはなついてくれない。

――『お腹が痛いの』

ある朝、陽太がそう言った。

嫌がる陽太を説得し、病院へ行った日のことは今でも覚えている。

検査をしても理由がわからず、整腸剤をもらってふたりでバスに乗った。

『お母さん、ごめんね。心配かけちゃって……』

揺れるバスの中で涙をこぼして謝る陽太がかわいそうで、何度も『大丈夫よ』と励ました。

『早く元気になって学校に行けるといいね』

けれど、陽太はその日を境に、学校を休むことが多くなった。

幸谷さんは、私を見てすぐに気まずい顔をした。私は私で、いつも『和久くんのママ』と呼んでいたので、苗字を思い出すのに時間がかかってしまう。

「お久しぶりですね」

私から話しかけると、ほっとしたような顔で「ああ、うん」と幸谷さんはぎこちなく答えた。だが、これではマズいと自分でも気づいたのだろう、次の瞬間にはうれしそうな表情に変わる。

「久しぶりだね。ここでバイトしてるの？　全然知らなかったから驚いちゃった」

ミーティングルームにいるのは六年生の各クラスの代表らしく、私が知っているのは幸谷さんだけだった。テーブルに置かれた資料には『卒業式について』という文字が書かれてある。

注文を取る間、チラチラと幸谷さんがこっちを見ているのはわかった。

「あの人が？」と尋ねる隣の人に、「あとで」と小声で答えるのも聞こえた。

葬儀のとき以来だから、約二年ぶりに会ったことになる。幸谷さんの息子である和久くんは、陽太が転入してきて最初にできた友達だった。

前の団地住まいのときと違い、家々が離れているせいで集団登校がない地域。同じ浜松市といえど地理感のない陽太にとって、小学校のある三ヶ日町まではバスを使うしかなかった。

寸座駅の前にあるバス停で和久くんと待ち合わせをし、ふたりで学校へ通っていた。陽太が学校に行けなくなってからも、坂道をのぼって迎えに来てくれた。

葬儀の日、和久くんはひどく怒っていた。幸谷さん夫婦が止めるのも聞かず、式の途中で帰ってしまった。それ以来、顔を見ることはなかった。ううん、会うとつらい私が、ずっと避けてきたから。

ほかのテーブルの片づけをしながら、いつものように頭に浮かぶ理由たち。

家を建てたせい。引越しをしたせい。転入したせい。学校に行けなくなったことを責めたせい。無言の圧力で、それでも行くように仕向けたせい。

いろんな理由は、最後はブーメランのように自分に返ってくる。

陽太がいなくなったのは、ぜんぶ私のせいだ。

「ねえ」

声にふり向くと、幸谷さんがすぐそばにいた。さっきは気づかなかったけれど、前より少しやせたように思える。

「あ、ごめんね。追加オーダー?」

瞬時に笑顔の仮面を被った。

「違うの。その……大丈夫かなって。いろいろ大変だったよね」

「大丈夫だよ。もうパートに出るくらい元気だから」

思ってもいないようなことを言うのにも慣れた。

「みんな心配してるよ。ほら……卒業式に出席しないって校長先生から聞いたから……」

「ああ……」

先月、校長先生から連絡があり、陽太のために卒業証書を作成する旨を伝えられた。できれば卒業式に出席して代わりに受け取ってほしいと依頼されている。

まさか断られるとは思っていなかったのだろう。しどろもどろになる校長先生に、申し訳なさでいっぱいになった。

誰かが陽太の話をするたびに、罪悪感が押し寄せてくる。陽太のことを忘れてほしい気持ちと、忘れてほしくない気持ちがせめぎ合っている気分。

「その日は用事があってね。行きたかったんだけどごめんなさい」

「そうなんだ……」

「和久くんは元気？　陽太のためにいろいろしてくれたのに、お礼を言えてなかったから気になってたの」

話題を変える私に、幸谷さんはほっとした顔になる。

「元気元気。急に身長が伸びたせいで、洋服代がバカになんなくって困ってるのよ」

「成長期だもんね」

「葬儀のときはごめんね。あの子、『事故だった』って言ったのに信じてなかったみたいでさ……」

陽太の死は『自殺だった』というウワサがあることは知っている。近所のおばあさんにも『自殺だら？』って聞かれたこともあったし、あの状況ではそう思われても仕方ないと思うから。

「いいよ。私だって最初は疑っちゃったから」

「ねえ」と、幸谷さんが私の手をつかむと同時に、その手をはねのけてしまった。次の瞬間、ハッと我に返る。

「あ……ごめん。手が汚れてるから」

とっさの言い訳に、幸谷さんは恥じるように手を戻した。

「こっちこそごめん」

しばらくうつむいたあと、幸谷さんは意を決したように私をまっすぐに見た。

「つらいよね。あんなことが起きるなんて誰も思ってなかったから……」

「そんな顔しないでよ。もう二年も経ってるんだし、なんとか日常に戻ることができているから」

どうして幸谷さんのほうが泣きそうになっているの？

慰めの言葉を口にする人たちに明るい声で返事をするたびに苦しくなる。

潤む瞳をこらえながら幸谷さんは「あのね」と言った。

「できれば卒業式に参加してほしいの。そのことを今度お願いするつもりだったんだよ」

幸谷さんの背後にいる保護者会のメンバーがこっちを窺っているのが見えた。視線が合うとサッと逸らされる。

そっか、偶然じゃなかったんだ。私がここで働いていることを知り、幸谷さんがここでの会合を提案したんだ……。

「陽太くんを一緒に卒業させてあげようよ」

幸谷さんの潤む瞳を見ながら不思議な感覚になる。

――どんな感情で泣いているの？

――参加してどうなるの？

――みんなの前で惜しまれて拍手をもらって、それでどうなるの？

保護者や生徒たちは満足かもしれないけれど、陽太は卒業式を感動的にするための道具じゃない。それにみんな心のどこかで思うはず。『うちがあんなふうにならなくてよかった』って。

本当はそう言いたかった。

「じゃあ、夫とも相談してみるね」

そう言えた自分をほめてあげたくなった。

村上さんには強がってみたものの、結局三十分早くあがらせてもらった。

たまるベンチに座り、サンマリノがあるほうをぼんやり眺めた。帰るまで幸谷さんは卒業式のことを念押しし、また電話すると言っていた。

「嫌だな……」

幸谷さんはなにも悪くないし、あんな役目を押しつけられてかわいそうなほど。私のせいで迷惑をかけてしまっている。

掛川行きの列車がやってきた。コラボしているらしいアニメのキャラで車体がラッピングされている。

ドアが開くと、たまに見かける女子中学生がおりてきた。私立中学校のブレザーの制服がよく似合っている。うしろで結んだ髪をほどくと、長い髪が風にふわりと踊っている。

彼女は私に目もくれずに、駅のホームにあるプレハブの待合室に入っていった。いつもそうだ。きっと家に帰る前に友達と話をしたり、スマホゲームでもしているのだろう。

今日も曇が空を支配していて夕焼けは見られそうもない。

足音にふり向くと、村上さんがじょうろを手に近寄ってきた。

「今日はお疲れさまでした」

にこやかにそう言った村上さんに、やっと気づいた。

「すみません。私が早あがりさせてもらったせいで、水やりに行けなかったのですね」

寸座駅に植えてある花の手入れは、村上さんが自主的にやっているそうだ。いつも私が仕事を終える前に水やりに行っていたことを、動揺していたせいで私はすっかり失念していた。

村上さんはじょうろを持っていないほうの手を目の前で横に振る。

「いいんですよ。お客さんも引けたし、星田さんが店を守ってくれています。それに……お気持ち、わかります。あんなこと言われては私でも参ってしまいますから」

「……息子のこと、ご存知なんですね」

「星田さんが教えてくれました。大切な人を亡くされた悲しみは、どんな言葉でも癒されませんよね」

村上さんの奥様も亡くなっていると聞く。レジの下の棚に写真が置かれてあるのも知っている。

私たちは誰かの死に敏感だ。けれど、当事者に対しては鈍感であろうと努める。いたわる気持ちを抱きながらも、踏みこめない壁を感じてしまうものだから。

間もなく開花しそうなチューリップに村上さんは水をあげている。

やさしい言葉をくれた村上さんになにか答えたいのに、なにも話したくない。三月になったというのに、白い息が唇の隙間からこぼれた。

「私が話したせいですか？」

背を向けたまま、村上さんが尋ねてきた。

「え？」

「無人駅の奇跡の話のことです。いつだったか、篠原さんに尋ねられたでしょう？それ以来、よくここに座っておられるから」

「あ……違うんです」

とっさに否定したあとに、そんなことをしても意味がないと思い、言葉を足した。

「信じているわけじゃないんです。でも、ひょっとしたら会えるのかもって思っている自分もいます」

「しばらくは天気が悪そうですし」

風に目をやりながら村上さんはやさしい表情で話を続けた。

「伝説では、雲ひとつない晴れた夕方、空に夕焼けが一面に広がったときに奇跡は起こると言われています」

「ここに座って会いたい人のことを願えば、夕焼け列車に乗って帰ってくる、ですよね」

信じているわけじゃない。でも、私の毎日はあまりにも深い悲しみの色に満たされている。迷信だとわかっていても、すがりつくものがほしかった。

「少し前に、雲ひとつない日がありました。ですが、夕焼けが薄かったんです。夕焼けが出た日には雲がいくつかあって……。うまくいかないですね」

自嘲するように言ったあと、村上さんは私に目を合わせた。

「まだ足りないのでしょう」

「足りないというのは……」

意味のわからない私に、村上さんはじょうろを手に花壇へと戻る。

「奇跡が起こるには、雲があってはいけないし夕焼けも空全部を塗るくらいのオレンジ色でなくてはならないんです。といっても、私も見たことはないんですけどね」

花に水をやりながら村上さんは「それに」と続けた。

「お互いの準備ができていないことも考えられます」

「お互いって……私と陽太のことですか？」

「篠原さんはなぜ陽太くんに会いたいのですか？　そして、今の篠原さんに陽太くんは会いたいと思いますか？」

そう言ったあと、村上さんはバツの悪い顔を浮かべた。

「失礼しました。あくまで私の憶測ですから、お気になさらずに」

私はなんて答えたのだろう。

陽太に会いたくて仕方ない。私が母親だからという以外にどんな理由が必要なのだろう。

陽太は……同じように会いたいって思ってくれているのだろうか。

気づけば、村上さんの姿はなかった。

ひとりぼっちで無人駅のベンチに座っている。さっきより強くなった風に、雲が空を埋め尽くしている。

もう、帰ろう。

帰ると言っても、自分の家には帰りたくない。陽太のいない家は、あまりにも広くて、あまりにもあの子の思い出がたくさんありすぎて――。

「すみません」

近くでしたその声にビクッと体が跳ねてしまった。見ると、さっき待合室にいた女の子がすぐ横に立っていた。間近で見ると色の白い、幼い顔立ちの女の子だった。

さっきまで解いていた髪を結び直した彼女は、私立中学校の制服を着ている。

大きな瞳で私をじっと見つめてくるから、思わず視線を逸らしそうになった。

「この子、おばさんの？」

「え？」

視線を下げると女の子の腕には黒い猫が抱かれていた。艶やかな毛並みの黒猫は、私に興味がないようにそっぽを向いている。

「あ、ゴローです。すぐそばのサンマリノっていう喫茶店の猫です」

おそらく水やりにきた村上さんについてきたのだろう。

「あ、そう」

女の子はやさしく黒猫を地面に置くと、やってきた列車に乗りこんでいく。ゴローはどこへ行ったのやら、もう姿が見えなかった。


——団地に住んでいたとき、陽太はみんなのリーダー的存在だった。

小学三年生なのにしっかり者で、同じ棟に住んでいる上級生にも気に入られていた。集団登校では、誰よりも早く待ち合わせ場所に行っていたし、近所の大人たちにも挨拶ができる子だった。

引越し後の新しい学校でも、最初は順調だと聞いていた。

四年生になり『お腹が痛い』という理由での欠席が増えていった。一週間後、その四日後、二日後と、回数が増すごとに、次第に陽太は理由を口にしなくなった。

夏休みは家族でキャンプに出掛けたり、私の母が住む宮崎県への家族旅行もした。昔のようにはしゃぐ陽太に安心していたけれど、夏休みが終わると同時に子ども部屋は開かずの扉になってしまった。

『いじめではないのですが、ちょっとした〝からかい〟のようなものがあったようでして』

家に尋ねてきた若い女性教師はしどろもどろに説明した。今では解決をし、みんなが陽太の登校を心待ちにしているとも言われた。

だが、久しぶりに登校した陽太は、なにがあったかわからないが、お昼休みに青い顔で帰ってきた。そして、その頃から会話は一方通行が多くなった。

部屋に閉じこもる陽太に、私は、私は……なにもしてあげられなかったんだ。


ピーッ。

電子音がすぐ近くで聞こえ、思わず息を呑んだ。

なんだ、炊飯器の音か……。

テレビを見ている健介は、その音を合図にテーブルにつく。寒がりな健介はジャージの上に中綿のベストを着ている。

卓上コンロに置いた鍋に、自ら具材を入れる健介を不思議な気持ちで見る。

なにも変わらない。陽太がリビングに顔を出さなくなってからは、夕飯は子ども部屋に運んでいた。朝のコーヒーを飲む姿も見なくなった。そんなふたりきりの食卓はもう何年も続いている。

それでも、家のなかに存在を感じられるだけでよかった。今になればそれだけでよかったとわかるのに、あの頃の私はどうしてあんなに学校に行かせたがったのだろうか……。

「寒い日は鍋にかぎるよな」

いそいそと冷蔵庫に缶ビールを取りに行くと、健介は待ちきれない様子でテーブルに戻る前に飲みはじめた。

ご飯をよそい、お茶とともにテーブルに運ぶ。

煮えたぎる鍋からグツグツと音がしている。火を弱め蓋を取ると出汁の香りが広がった。

「そういえば、校長先生から連絡があったよ」

食べはじめてしばらく経ったころ、健介が思い出したかのように言った。

「校長先生から？　健介の携帯に？」

「番号交換してたけど、かかってきたのははじめてだったからビビったよ」

熱そうに油揚げにフーフーと息をかける健介に、私は箸を置いた。

「卒業式の話でしょう？」

「そうそう。卒業証書を授与したいから出席してほしいって。まさかそんなことしてもらえるなんてなあ」

「……出席するって返事したの？」

声のトーンが低くなってしまう私に、健介は「いや」と肩をすくめてみせた。ほっとする私を見透かすように健介はうなずく。

「優子が断ったことを聞くまでは出席するつもりだったけどね。でもやっぱり、やめた。証書はほしいから郵送をお願いしておいたよ」

「ごめんね」

器を手に取ると健介は鍋をよそってくれた。目の前に置かれる湯気を立てた食べ物を見ても、なにも感じない。

「あのね健介――」

「ストップ。その話は禁止って約束だろ？」

苦笑いする健介に、「でも」と続けた。

「ふたりのこと、ちゃんと考えていきたいの」

「ふーん。やっぱり離婚の話はあきらめてないわけだ」

鶏肉を箸で持ちあげる健介にうなずく。

「健介は若いから……もっと若い奥さんとなら、子どもに恵まれるチャンスはあると思うの。この家だって売れると思う。もしくは家はそのままにしておいて、私が出ていくとか……。お互いに新しい人生を送ったほうがいいと思う」

昔から健介は子どもを欲しがっていた。やっとできた陽太のことを溺愛していた。元々子煩悩な健介は、陽太が亡き今、代わりにツキに愛情を注いでいる。

もしもやり直せるのなら、早い方がいいと思っていた。そうしなくちゃダメだって。

「ご意見は拝聴しましたが、残念ながらすべて却下です。ほら、早く食べないと雑炊にたどりつけない。鍋のあとの雑炊が俺にとってはメインなんだからさ」

健介は明るい。出会ったときからずっと変わらない。

きっと……私のほうが変わってしまったのだろう。

「おばさん、そこ、どいてよ」

列車からおりてきた彼女は、待合室に入ることなく、私の前にまっすぐ向かってきて言い放った。先日会話した女子中学生だった。

ぽかんとする私に、彼女は私の座っているたまるベンチを指さした。

「ベンチ、いっつもおばさん、占領してるでしょ。あたしも座りたいからずれてよね」

気が強そうなセリフだけど、視線は下げたまま。長いまつ毛を上下させ、せわしなくまばたきをくり返している。ひょっとしたら、普段はおとなしい子なのかもしれない。

「あ……ごめんなさい」

立ちあがろうとする私に首を横に振る。

「少しずれて、あたしが座る場所を空けてほしいだけ。どうせ、おばさんだって同じ目的でしょ」

隣へどすんと腰をおろすと、もう私の存在なんてなかったかのようにスマホをいじくりだしている。

同じ目的……？

「ひょっとして、あなたも……」

まさか、と思い尋ねる私に、彼女は肩をすくめてみせる。

「おばさんも夕焼け列車を待ってるんでしょ？」

「あ、はい」

「やっぱりね。実はあたしもなんだ」

「そうなんですか」

横柄な態度の女子中学生。これじゃあどっちが年上なのかわからない。ゴホンと咳払いをして背筋を伸ばした。

「さっきから聞いていれば、私のこと〝おばさん、おばさん〟って言うけど、すごく失礼よ。私にだってちゃんと名前があるんだから……」

ハッと我に返って目を見開いた彼女の顔が、見る見るうちに恥ずかしさで赤くなっていった。

「ごめん……。おばさん、あっ、いや、その……。あなたはなんていう名前なんですか？　あたしは、紗枝（さえ）——夏目（なつめ）紗枝、です」

最後の『です』は消え入りそうな声だった。

「私の名前は、篠原優子です。いつも待合室にいたよね？　ひょっとして、私がいなくなるのを待ってたの？」

「そうだよ。おば——あっ、違う。優子さんが全然どかないから、むかついてたんだよね」

あっけらかんと言う紗枝さんに笑ってしまった。

いつも占領してたなら本当に申し訳ない。

紗枝さんは結んだ髪ゴムを取りながら、

「ダメだね」

と、こぼした。自分に言われたかと思ったが、彼女の視線は空に向いている。

「今日も奇跡は起きません、って感じ」

晴れているのに、いくつもの雲が空を滑っている。風も強く、紗枝さんの長い髪が自由気ままに踊りはじめた。

「なんかさ」と紗枝さんが私に顔を向けた。

「本当に雲ひとつない空なんてありえるわけ？」

「そういう日もあるけれど、あまり夕焼けが出ないのよね。逆に夕焼けが濃い日は雲が多いし……」

ここに来るたびに思う。無人駅の奇跡を信じている自分が哀れだって。

奇跡なんて起きないことを知っているのに、それでも通ってしまう私は、いろんなことから逃げているのかもしれない。

「二年生になったら授業終わるの遅くなるみたいでヤバいんですけど」

「それって、奥浜名湖中学の制服でしょう？　紗枝さんは一年生なんだね」

「お母さんの出身校なんだって。強烈に勧めてくるから仕方なく受験したけど、掛川からだと遠すぎるんだよね」

苦い顔をしてみせる紗枝さんの向こうに、長い線路が見える。その先は緑で覆われ自然にできたトンネルがある。

「もうすぐ終業式だよね？」

「その前に期末テストがあるから最悪」

紗枝さんは、陽太が生きていたら陽太よりひとつ学年が上ということになる。今どきの中学一年生ってすごく大人っぽい。陽太も生きていたら、どんな男の子に育っていたのだろう……。

陽太の無邪気な笑顔を思い出せば、悲しみがじわりと心の奥底に滲む。

「いつから寸座駅に通っているの？」

暗い気持ちを抑え、笑みを意識して彼女に尋ねた。

「ウワサを聞いてからだから、三カ月くらい前からかな。雨の日は来ないけど、曇りだと急に晴れることもあるから来るようにしてる。次の列車が来る三十分間だけしかいられないけどね」

「私は八カ月くらい前から。夕焼けが出る日があっても、まだ夕焼け列車には出会えてないのよ」

無意識にこぼれるため息を呑みこんだ。幸い紗枝さんは気づいてない様子で、スマホに目を落としている。

同じ目的を持つふたりが、無人駅でふたりぼっち。真上の空は徐々に藍色に変わり、浜名湖は薄いオレンジに染められている。さっきより増えた雲が、今日も奇跡は起きないと教えているよう。

「水曜日」

スマホを見たまま、紗枝さんがぽつりと言った。

「水曜日の寸座は降水確率０％だって。ま、期待はしないけど」

紗枝さんは誰に会いたいんだろう。

それを聞くこともできないまま、次の列車で紗枝さんは帰っていった。さよならも言わずに。


――あの日の会話を今も覚えている。

五年生の始業式の朝、珍しく陽太がキッチンに顔を出した。うつむきながらテーブルにつく陽太の手にはランドセルが握られていた。

『親の些細(ささい)な変化にも子どもは敏感に反応します。いつも通りに接することを心掛けてください』

カウンセリングの先生は、会うたびに私に諭していた。なのに、そのときの私はうれしさに我を忘れていた。

『パン食べるでしょう？　卵焼きは？』

『……うん』

なにも答えない陽太が時計をチラッと見た。始業式だということを覚えていてくれたんだ。それだけでうれしくなる。

陽太はほとんど朝食に手をつけなかったけれど、コーヒーだけはぜんぶ飲んでくれた。そして迷うような目で私を見た。

『……学校、行けるのかな』

『行ける。行けるに決まってるじゃない』

陽太はずっと机とにらめっこをしていた。

今日を逃せば、また学校に行けない日が続く。絶対に行かせなくちゃ。頭の中を占めているのはそのことだけだった。

『きっと大丈夫。陽太ならできるってお母さん信じてるのよ』

お願いだからうなずいて。無意識に身を乗り出していた。いつも通りに接するなんて、無理だった。

『イヤなら帰ってくればいいの。お母さん、一緒に学校まで行ってあげるから』

そう言うと、ようやく陽太は首を横に振った。

『それはいいよ。ひとりで行けるから』

ランドセルを背負う陽太を見て、一瞬で涙があふれ出して視界がゆがんだ。

『行ってきます』も言わずに家を出る陽太を、玄関の外まで見送った。角を曲がるまで、ううん、姿が見えなくなってもずっと立っていた。

その日の空は青く、遠くに見える浜名湖は美しかった。つらい日々がひょっとしたら終わるかもしれない。

そんな期待は警察からの電話で泡のように消えた。


その週の水曜日は美里とランチをした。

久しぶりに訪れた浜松駅はずいぶん印象が変わっていた。前にあった雑貨屋はなくなっていて、新しいパン屋さんが昔からそこにあるかのように営業をしていた。駐車場だった場所にはスーパーが建っていて、『二十四時間営業』の文字が目立っていた。

駅ビルの七階にあるカフェでランチをしながらするのは、昔の思い出話。あとは蓮花ちゃんの話。店員に『そろそろお席を』と言われるまで、話をつないで笑い、はしゃぐフリをした。

美里に車で送ってもらう途中、空を確認すると紗枝さんの言ったように快晴の天気。今日こそは期待できるのかもしれない。

「ここでいいの？」

寸座駅の前で車を停めた美里に「うん」とうなずく。

「ちょっと用事があってね」

紗枝さんとはあれから毎日のように会っている。近所のおばあさんに親子だと間違えられるほど、ふたり仲良く並んではたまるベンチで夕焼けを待つ日々。

「送ってくれてありがとう。またランチ行こうね」

車を降りようとする私に、美里はなぜか唇を尖らせている。長いつき合いだからわかること。これは、美里がなにか言いたいことがあるときのサインだ。

ドアレバーにかけた手をおろす。美里はしばらく黙ってから言いにくそうに口を開いた。

「夕焼け列車の奇跡は……もういいんじゃない？」

「……どういうこと？」

美里は寸座駅をチラッと見たあと、悲しげな表情で私に視線を戻した。

「亡くなった人にもう一度会える、っていう伝説を信じてるんでしょう？」

「信じては……」

信じていないとは断言できない。ここに来る頻度は増えているし、私にとって陽太に会える唯一の機会なのかもしれないのだから。

「友達だからこそ厳しいことを言うけど、過去をふり返るのは終わりにしないと。もうすぐ二年が経つんだよ？　優子には今隣にいる健介さんと幸せになってほしい。そろそろ現実世界に戻らなくちゃ」

私にとって陽太は過去になんかなっていない。二年経ったら忘れなくちゃいけないの？　今ここにいるのが私の現実なのに。

言いたいことは絶対に口にしてはいけない。やさしい人を傷つけたくなんてないから。

黙りこむ私を見つめる美里の瞳に涙が溜まっている。

「健介さんに離婚を切り出したって本当のことなの？」

ああ、そっか……。美里はこの話をしたかったんだ。

静かにうなずくと、美里の瞳がさらに涙で滲む。

「健介さん、うちの旦那と仲いいじゃん。こないだ、酔っぱらった勢いで相談してきたらしいよ」

「………」

ぐるぐるといろんな言い訳はシャボン玉のよう。浮かぶそばから音もなく消えていく。

「どうして離婚するの？　そりゃあ、陽太くんのことでつらいのはわかるよ」

——誰にもわからないよ。

「だけど、健介さんだってつらいんだよ。夫婦なんだからふたりで支え合っていかなきゃ」

——私の気持ちは誰にもわからない。

「ふたりが別れちゃったら陽太くん、すごく悲しむよ」

——そんなの絵空事でしかない。

言いたい言葉をいくつ呑みこんだら、私はラクになれるのだろう。

責められているんじゃない。美里は心から私たちのことを心配してくれている。

だから、私もちゃんと笑わなくっちゃ。

「心配かけてごめん。あのときはちょっと混乱してたんだよ」

ほほ笑む自分を遠くから見ているみたい。自分がロボットだと思えば、どんなことだって平然と笑顔でいられる。

「じゃあ離婚はしないんだよね？　うちの子までその話聞いてたみたいでショック受けててさ」

「ごめんごめん。もう言わないから」

やっと安心してくれた美里にお礼を言ってから車を降りた。手を振り、坂道をのぼっていく車を見送ってから、横断歩道を渡る。

夕方近くなり、急に気温が下がってきたらしく少し寒い。

たまるベンチにはもう紗枝さんが座っていた。いつものようにスマホを触りながら、私をチラッと確認した。

「思ったより遅かったね」

「紗枝さんは思ったより早かったね」

隣に座ると、紗枝さんはスマホをリュックにしまってから背伸びをした。

「あまりにも天気がいいから早退した」

「え、本当に？　そんなことしちゃダメだよ」

眉をひそめる私を見て、ふふっと小さく紗枝さんは笑う。

「冗談だよ。友達に百円で自転車を借りて駅までダッシュしたの。おかげで一本早い列車に乗れただけのこと」

「もう、驚かせないでよね」

「優子さん、真面目すぎだし」

今どきの女子中学生は……。そんなことを思う時点で私も歳を取ったってことか。

目の前に広がる空は燃えるようなオレンジ色。浜名湖の際にある雲も、消えそうなほどに薄い。

「今日は奇跡が起きるかもしれないね」

紗枝さんの瞳は湖面と同じくキラキラしていてまぶしいほど。

この数日、隣同士で座っているけれど、お互いの望む奇跡についてはなにも話せていない。天気の話とその日あった出来事を、時折思い出したようにぽつりぽつりと話す程度だった。

「あ、ゴローだ」

ホームの端っこにいるゴローを見つけてうれしそうな声をあげる紗枝さん。当のゴローは毛づくろいで忙しいようで見向きもしない。

「やっぱり優子さんがいると近寄ってこないか」

紗枝さんがひとりでホームにいるときはよろこんで膝に乗ってくるそうだ。

「うちの犬も一緒。私には全然なつかないままなんだよね。私って動物に嫌われているのかも」

「え、優子さんの家ってペットいるんだ？」

「黒い柴犬でね、かわいいんだけど、私にはあまり近寄ってこないの」

「噛（か）むの？」

「噛まないよ。ただ、餌をあげても散歩をしても、嫌々つき合ってやってる、みたいなオーラを出してくるの。撫(な)でようとしたら逃げるし」

　頬を膨らませる私に、紗枝さんはおかしそうに笑った。

「新しい情報がたくさん。優子さんって結婚してるんだ？　お互いのことあんまり話さないから、全然知らなかった」

「そういう話、してこなかったもんね」

　たまるベンチにたまたま座っているだけ。でも、お互いに同じ奇跡を待ち望んでいる。

「あのね」と言いかけて口を閉ざす私に、紗枝さんはなにを言おうとしているのかわかった顔でうなずいた。

「いいよ」

「まだなんにも言ってないけど」

「お互いのこと話すんでしょ。学校の授業でも『相互理解』とかなんとか……。なんだっけ？　まあそういうのがあるから」

　思春期の子って、自分のことを話すのが苦手だと思っていた。陽太も昔はなんでも話をしてくれたのに、部屋にこもってからはどんどん言葉数が少なく——。

「じゃあ、あたしから話す」

　紗枝さんの言葉が、私の中の思い出の上映を停めた。紗枝さんは、あごを上に向けて空を見つめる。

「半年前にお母さん、死んじゃったんだ」

思いもよらない話に胸が跳ねた。

「昔は仲が良かったんだけど、どんどん口うるさくなってね、言葉遣いのこととか片づけのこととか、中学受験まで勝手に決めてきたの。最初は大人しく聞いてたけど、最後のほうはケンカばっかり。お母さん、病気が発症して入院してから、もっと口うるさくなったんだ」

長い髪の片方を耳にかけながら、紗枝さんは目を伏せた。

「今ならわかるよ。もうすぐ自分がこの世からいなくなるって——私の前からいなくなるって知ってたから、あんなうるさかったんだって。なのに、私には最後まで『もうすぐ治る』って嘘ついてたんだよ。お父さんもグルになってさ……」

もうすぐいなくなるからこそ、紗枝さんに母親らしいことをしたかったんだ。会ったことのない人なのに、その想いが痛いほど伝わってくる。

「夕焼け列車の話を聞いたとき、あたし、お母さんに会いに行って文句言ってやろうって思ったの」

「文句？」

「そう」と、紗枝さんは力強くうなずいた。

「病気のことを内緒にしてムカついてたから。だって、知ってればもっと病院にも会いに行ったし話もした。治るって嘘をついたこと、絶対に許さないんだ」

言ったあと、紗枝さんは照れたように笑った。

「お母さんは大ゲンカした一週間後に亡くなったんだ。仲直りもできず、さよならも言えないままで」

きっと無理して笑っている。震える声を隠しながら、紗枝さんは耐えてきたんだ。その手を握るのにためらいなんてなかった。

「え、マジ？」

生意気を言いながらも、紗枝さんは握った手をそのままにしてくれた。

こんな小さい子が平静を装おうと必死になっている。その姿は、まるで今の私だ。無理しているのは、きっと誰から見てもわかることなのに。

私も、自分の気持ちをちゃんと言葉にしてみよう。

「うちは……子どもが亡くなったの」

「そうかも、って思ってた」

押しこめていた感情を覗いてみると、モヤモヤした渦が巻いている。

「陽太っていう名前でね……小学五年生の始業式の日だった。陽太のおばあちゃんが亡くなってから、だんだんと塞ぎこむようになったの。学校に行けない日も増えてきて、軽いいじめみたいなものもあったみたい」

「へえ」

「だけど、始業式の日だけは『行ってみようかな』って言ってくれたの。うれしくてはしゃいで、たくさん勇気づける言葉を並べて……」

何百回、いや、何万回もあの日のことはくり返し考えている。陽太のためにと思って言った言葉が、逆にあの子を追い詰めたんじゃないか、って。

もしもあの日に戻れたなら、あの子を抱きしめてどこへも行かせない。行ってらっしゃいと笑顔で送り出した自分を殺してやりたい。

「陽太は……学校の校門の前まで行ったけれど、急にバス停に向かって走り出したんですって。横断歩道を急いで渡ってるとき、そこに車が――」

一度あふれ出した感情に抗(あらが)おうとしても無理だった。息苦しさに耐えながら、紗枝さんを見る。

「元気に出て行った陽太は、二度と動かない遺体になって帰ってきたの。信じられなかった。信じたくなかった。でも、本当のことだった」

紗枝さんはなにも言わない。

「不思議なの。あの日で私と陽太の時間は止まっているのに、毎日はどんどん過ぎていくの。夫や友達は心配してくれてるし、周りも気を遣ってくれている。でも、ダメなの。陽太がいないと、陽太じゃないと、ダメなの……」

　ふと右手に温度を感じた。今度は紗枝さんが私の手を握ってくれていた。

「こんな言葉、意味がないと思うけど言うね。わかるよ」

「……うん」

「でも、あの人たちには絶対にわからない」

　ふん、と鼻息を吐く紗枝さんを見た。あの人って誰のことだろう？

「支援者のことだよ。児童なんとか相談所っていう名前の人がたまに家に来るの。『心のケアを』とか『支えになる』とか言うんだよ。それってなに？　まるで私が弱っているみたいじゃない？」

　不満を口にする紗枝さんにうなずいた。

「私も同じこと思ってた」

　声をかけてくれる人たちはみんなやさしい。けれど、言葉をかけられるたびに自分の弱さを指摘されている気になる。私は結局支援される側の人間なんだと思い知らされているような感覚。

「思うんだけどさ」

　紗枝さんが静かに言った。

「私たちが夕焼け列車に会えないのって、その資格がないからなんじゃない？」

「……資格?」

うん、とうなずいた紗枝さんが私の目をまじまじと見てくる。

「お母さんが死んでから、私、全然泣けないいんだ。優子さんもこんな悲しい話をしているのに泣いてない」

「当たってる。ロボットになったみたいな気分なの」

「ロボットって」と、おかしそうに紗枝さんは笑った。

「たとえが古くて萎える。それを言うならAIとかじゃない?」

「逆にしっくりこないよ。紗枝さんとは年齢が親子くらい差があるんだから、感覚に差があっても仕方ないね。ロボットには心がないでしょ。体は動くけれど、感情がない状態のことよ」

「ああ、なるほど」

「だからそれがAIなんだって」

ふたりで笑い合ったあと、ふと思った。

「泣けないということは、お互いに〝大好きだった人との別れ〟を受け入れたくないからだよね。認めたくない気持ちが強いからかもしれない」

今だってそんなの認めたくない。涙の代わりに陽太が戻るならいくらでも泣くけれど、そんなはずもない。

「あたしもこんな運命を認めたくない。でも、もしも会えるならしょうがないから認めてあげる」

しばらく顔を見合わせてから、私たちはどちらからともなくうなずいた。

そしてふと、以前村上さんに言われたことを思い出す。そうだ、陽太に会う準備ができていないのは、きっと私のほう。

陽太に会いたい。会って、もう一度時間を戻してほしいと思っていた。大切なのは、私がちゃんと陽太のいない世界を受け入れることなのかもしれない。

もう、陽太との毎日は戻ってこない。頭ではわかっていても、心が認めてこなかった。カウンセリングでも、子を亡くした親のグループセラピーにも出席した。だけど、どれも自分のことじゃないような気分だった。

「紗枝さん。私、泣くかも」

「うん」

紗枝さんの声はもう震えている。瞳にいっぱい涙を溜め、大切なお母さんのことを受け入れようとしている。

本当は、あの日々が戻らないことはとっくにわかっていた。悲しみを乗り越えることはできないけれど、ちゃんと陽太の死を受け入れなくちゃいけない。

妊娠がわかった日のこと。はじめて我が子の産声を聞いたときのこと。幼稚園のお遊戯会。ううん、もっと平凡な毎日のなかに思い出はたくさんある。

大切な命が消えてしまった。太陽のようにあたたかくてやさしくて輝いていた陽太は、もういないんだ。

お腹のモヤモヤが胸を喉を鼻をのぼり、涙になって頬にこぼれた。

会いたいよ。陽太に会いたい。

誰も見たことがない奇跡を信じたのは、陽太に会って謝りたかったから。ダメなお母さんでごめんなさい。あなたを守れなくてごめんなさい。

隣で涙をこらえている紗枝さんも、私と同じ悲しみを背負っている。

気がつくとお互いに体を抱きしめ合っていた。どんなに泣いても涙が止まらない。

ああ、私はやっぱりロボットじゃなかったんだ。頬をつたう涙のあたたかさも、風の冷たさも感じることができるから。

ようやく体を離した私たちは、どちらからともなく笑い合った。

「なんかプールのあとみたい。眠い」

あくびをする紗枝さんが「あー」と空を見た。

「これじゃあ今日も夕焼け列車には会えないよ」

紗枝さんのつぶやきに私も空を見る。夕焼けの空に模様をつけるかのように雲がいくつも生まれている。

それでもその空は、いつも以上に美しく瞳に映っていた。

ドアをノックする音に目が覚めた。返事をする前にドアが開き、廊下の照明が暗い部屋に侵入してくる。

「具合はどう？」

目に入ってきた黒いシルエットは健介だった。

この三日続いた熱の原因は、扁桃腺（へんとうせん）が腫れていたからだそうだ。熱を測ってみると平熱に戻っていた。

「もう大丈夫そう」

久しぶりに声を出してみると、これまであった喉の痛みも消えていた。

「今、何時？」

「夜の九時。お粥（かゆ）持ってきたけど」

リモコンで部屋の照明をつけると、スーツ姿のままお盆を手にしている。ひとり用の鍋とお茶碗（ちゃわん）とお箸が載っている。

「健介が作ってくれたの?」

「だったらいいんだけど、美里さん夫妻が持ってきてくれたんだ。あ、でも温め直したのは俺だけど」

体を起こすと、健介はベッドサイドのテーブルにお粥の入った器を置いた。湯気がもうもうと立ちあがっていて、お粥の表面は糊みたいに固まっているように見えた。

「少し温め過ぎちゃったけど、つまみ食いしたらうまかった。あ、こら」

部屋に入ってきたツキに健介が言う。てっきりお粥目当てだと思ったら、ツキはお粥とは逆側のベッドサイドへ前足を乗せた。頭をなでるとうれしそうに尻尾を振っている。

「なんか急になついてない?」

「具合が悪いのがわかるんだろうね。昼間、何度も様子を見に来てくれたの」

昨日くらいからツキは珍しく私に甘えてくるようになった。

「複雑だなぁ」なんて、健介がおどけるので笑ってしまった。

きっと、私が少しだけ感情を表に出せるようになったからだろう。

「ツキ、元気になったら散歩行こうね」

散歩のキーワードが出たとたん、尻尾を大きく振り出した。部屋に来るツキの名前を呼ぶたびに思っていたことがある。

「ツキって名前は、陽太の名前に少しだけ近い気がするね」

「太陽をイメージした陽太、ツキはお月さま……まあ、そのままだけど」

「……ごめんね」

掛け布団をギュッと握りながら気持ちを言葉にする。

「健介にヘンなこと言ってごめん。離婚なんて本当はしたくないのに、もう一度親にしてあげたくって……」

「わかってるよ」

やさしい声に、簡単に涙があふれてくる。一度解放した感情は、もうコントロールが利かなくなっている。あれ以来、私は泣いてばかりだ。

お盆を横に置くと、健介は私を抱きしめてくれた。

「いいんだよ。やっと優子とこういう話ができてうれしいんだから」

健介の胸に顔をうずめると、あの日の悲しみが一気に襲い掛かってくる。

「陽太が死んだのは私のせい。私が陽太を追いこんだからあの子は――」

「違うよ。それは違う」

「学校に行こうとした陽太が無理していることに気づくべきだった。なんで『行かなくていい』と言えなかったの？　母親なのに、私があの子を殺したような――」

そこまで言ったとき、私の両方の肩を健介がつかんで自分から引きはがした。真正面にある健介の目が涙で濡れている。

「始業式の前日、俺も陽太に『がんばれよ』って頭をなでた。あいつは黙ってうなずいてたけど、きっと突き放された気分だったんだと思う。俺だって自分を責め続けている」

健介は流れる涙をそのままに、言葉を続けた。

「登校途中には四年生で同じクラスだった子たちが『お帰り』『みんなよろこぶよ』って声をかけてくれたって聞いた。校門近くに立っていた担任の先生も、陽太に手を振ったらしい。そのみんなだって、陽太の死に責任を感じている」

陽太の死で苦しんでいる人がほかにもいるんだ……。涙をこらえて首を横に振る。それでも、いちばん罪深いのは私。母親であるはずの私なんだ。

健介は肩に置いた手に力をこめて語った。

「陽太は、みんなのやさしさに驚き、とっさに逃げ出した。そこへ運悪く車が来た」

「自殺って思っている人もいるんだよ？　そんなの……あんまりだよ」

「そうかな」

ボロボロと涙をこぼしながら健介はほほ笑んだ。

「俺たちが本当のことを知っていればいいと思う。それで十分なんだよ」

「……健介は、どうしてそんなに強いの？」

一瞬目線を落とす健介を見てわかった。健介だって強くない。今にも折れそうな心を必死で奮い立たせている。

私を励まそうと無理してくれているんだ。

「俺も悲しいよ。毎日毎日胸が張り裂けそうなくらい悲しい。だって陽太がいなくなったんだから、悲しくて当然だよ」

ボロボロと涙をこぼしながら、健介は顔をゆがませた。

「でも、もっと悲しいのは優子が苦しんでいることだ。優子が無理している姿を見るたびに、なんにもしてあげられない自分が情けなくてたまらない」

「そんなことない。だって、健介がいなかったらきっと——」

死のうと思わなくても、私の命も消えてなくなっていただろう。

「俺の家族は優子と陽太だけ。それはこれからも変わらない。だから、離婚するなんて、そんな悲しいこと言うなよ」

「うん。うん……」

「たとえもういなくても、陽太は俺たちの大切な子どもなんだ。今は、ツキもな」

言われている意味がわからないだろうに、ツキは部屋の中を駆け回っている。

「もう私、大丈夫だよ」

涙を拭いながら伝えると、健介は私の手を握った。

「前から大丈夫なんだよ。大丈夫の漢字には『人』が三つも入っている。俺と優子だろ？　ほかにも美里さんや旦那さん。お互いがお互いを支えているんだから。つまり、大大大丈夫くらい大丈夫なんだよ」

よくわからない理論だけど、彼が必死で私を慰めてくれているのがわかる。つらいのは健介だって同じなのに、私は甘えてばかりだった。

「ねえ、もう夕飯食べたの？」

「まだだけど」

「じゃあ一緒に食べよう。冷凍食品ならチンすれば食べられるし」

ベッドから降りる私に健介はうれしそうに笑い、着替えに行った。

その背中にもう一度謝る。

陽太の死を受け入れたからこそ、またあたらしい景色が見えた気がしたのはたしかだった。

だけど、だけど……私はやっぱり陽太に会いたいの。

一度だけでもいい。あの子を抱きしめたい。

久しぶりに訪れた寸座駅は、見たこともないくらい晴れ渡っていた。

たまるベンチに座り、遠くを飛ぶ鳥を眺める。あんなふうに陽太も空を自由に飛べていたらいいな……。

昨夜は健介と陽太の写真や動画を眺めながら、はじめてちゃんと過去と向き合うことができた。やっぱり最初は苦しかった思い出巡りの旅も、途中からは懐かしさに笑みもこぼれた。

少しずつしか変われないと思うけれど、これから続く毎日を私も受け入れていきたい。それは陽太のためでもあり、自分や支えてくれるみんなのためでもある。

そんな風に思えたのははじめてのことだった。

車が止まる音にふり向くと、道沿いに見たことのない黒いセダンの車があった。運転席の横のガラスが反射しているせいで、誰が乗っているのかは見えない。

きっと、駅まで送迎に来たのだろう。

後部座席が開き、降り立ったのは——紗枝さんだった。

きょとんとする私に向かって紗枝さんは見たこともないほどの笑みで近寄ってきた。

「会えたの」

その言葉と同時に、紗枝さんの目から涙がこぼれた。

「え……」

「夕焼け列車に会えたの。それを伝えたくて来たの」

　驚きのあまり言葉にできない私の手を紗枝さんはギュッと握った。

「一昨日ね、雲ひとつない夕暮れだったんだよ。そしたら、来たの。夕焼け列車が来たの！」

「お母さんに……会えた、の？」

　カラカラに渇いた喉のせいで、言葉がうまく発せられない。

　そうだよ、とうなずくと紗枝さんはこぼれる涙もそのままにうれしそうに笑う。

「きっと、あの日ふたりで話ができたからだと思う。自分たちのこと、ちゃんと認められたからだと思う」

「お母さんは、なにか言ってくれた？」

「すっごい怒られた。生活態度のこととか、勉強のこととか、家事のこととか。でも、それ以上にいっぱいいっぱい褒めてくれた。抱きしめてくれた」

　ああ……。うれしくて私も泣いてしまう。

　よかったね、紗枝さん。お母さんに会えてよかったね。

　紗枝さんはハンカチで涙を拭くと、「だからね」と涙声で続けた。

「きっと陽太くんにも会えるよ。だって今日は最高の天気だから。優子さんにも希望を持ってもらいたくて、夕焼けに間に合うようにお父さんに送ってもらったの」

車は道の向こう側の離れた場所に、気づかないうちに移動していた。

「私もね、やっと夫に自分の気持ちを話せたよ」

そう言う私に紗枝さんは顔をくしゃくしゃにしたかと思うと、また涙を頬にこぼした。

「じゃあ、きっと大丈夫。あたし、夕焼けに祈っているから。また今度教えてね。あたし、これからは今までサボりまくってた塾に行かなくちゃならないから、優子さんにあまり会えなくなるけど」

「わかった。紗枝さんもがんばってね」

「うん。じゃあね」

歩き出す紗枝さんに「ねえ」と声をかけた。

「紗枝さんは、お母さんに会えてよかった？」

すると紗枝さんは右手で大きくブイサインを作ると、かわいらしい笑みを残して車へ戻っていった。


たまるベンチには先客がいた。

黒猫のゴローが体を丸くして座り、近づく私を見つめている。隣に座ると、体を起こし膝に乗ってきてくれた。

空一面に見たこともないくらいの夕焼けが広がっている。オレンジ色のグラデーションが地平線まで続き、浜名湖も金色に輝く。

すべての光景に包みこまれているような、こんな穏やかな気持ちでたまるベンチに座るのははじめてのことだった。

膝の上で伸びをしたあと、ゴローは私に見向きもしないで歩いて去っていく。

「ゴロー」

声をかけてももう姿は見当たらない。

ふと気づくとホームの端のほうから誰かが歩いてくる。紺色のスーツ姿でまだ若い男性だ。胸元にある刺繍を見てやっとわかった。

たしか無人駅の伝説では、列車の案内をする駅員がいるというウワサがある。

「駅員の……？」

「三浦と申します」

一礼した男性の表情は、あまりにまぶしい夕陽のせいでよく見えない。

「あの……」

「私はここに来られる皆様に、最後の案内を申しあげております。けれど、あなたには必要なさそうです。伝説を心から信じているのが伝わります」

夕陽が山に落ちたのだろう、三浦さんの穏やかな表情が見えた。

「信じています」

「会えるのは一度だけ。夕焼けが空から消えるまでの短い間です」

「はい」

不思議だった。夕焼け列車の伝説を聞いたときは、そんな短い時間だなんてあんまりだ、ありえないと、そう思っていた。この手で抱きしめたならそのまま一緒に夜の果てまで連れて逃げたいと。

けれど、今は違う。

「あの子にどうしても伝えたいことがあるんです」

空からさらさらと金色の光が降っているようだ。雨のように、雪のようにこの世界を包んでいる。

夕焼け列車に会えなかったのは、私が陽太の死を受け入れてなかったから。いろんな人たちのおかげで、やっと長い眠りから目が覚めた気分。いや、本音を言えばまだ夢の中にいたい気持ちはあるけれど、そろそろ起きなくちゃ……。

「間もなく列車が参ります」

三浦さんの視線を追い、線路の先を見た。列車が走る音が徐々に近づいてくる。緑のトンネルがまぶしく輝いたあと列車が姿を現した。

「ああ……」

光り輝く車体は、まぎれもなく夕焼け列車だ。オレンジ色の世界を溶かしながらブレーキ音を奏でている。

停車した列車のドアが開くと、黒い影がホームに降り立つ。同時に私は駆けだしていた。

「陽太……陽太！」

シルエットだけでわかる。陽太はあの日出かけたときと同じ服装で私を見て泣いている。

「陽太！」

その体を抱きしめると、陽太のにおいがした。

「ああ、ああ……」

声にならないまま、陽太の感触をたしかめる。消えてなくならないように何度も何度も。

「お母さん……」

久しぶりに聞く陽太の声に涙があとからあとからあふれていく。

顔を見たくて体を離すと、陽太は恥ずかしげにうつむいている。

体中の水分が涙になったみたいに、とめどなく涙があふれ続ける。泣くことしかできない。いろんな話をしたいと思っていたのに、なんにも言えないまま私は泣いた。

「お母さん、お母……さん。あの、ね……」

陽太も泣きじゃくりながら必死で言葉にしようとしている。

「うん。なに？　お母さんなんでも聞くから」

頭をなでると、陽太は服の袖で涙を拭った。

「ごめんなさい。お母さんを悲しませて、いっぱい迷惑をかけて……ごめんなさい」

涙声の陽太に首を横に振ってみせた。

「お母さんこそ、ごめんなさい。陽太のこと大切にしていたのに、お母さん、学校に行くように言ってしまったから……お母さんがあなたを追い詰めてしまったの」

陽太がいたからこの世界はあたたかかった。陽太がいてくれたから明るい光に包まれていた。

「違うよ。僕が悪いの。学校まで行ったのにね、急に怖くなっちゃったから」

「陽太……」

「お母さん、僕はもう家に帰れないんだって。お父さんとお母さんのそばにいられないって。死んじゃったんだって……」

大粒の涙をポロポロとこぼす陽太に、言葉が出てこない。一緒に嘆きたい。一緒にどこかへ逃げてしまいたい。

陽太の頬にそっと触れる。指先で涙を拭うと、いろんな思い出が脳裏に浮かんだ。

何気ない日常がどれほど愛おしかったかがわかる。

もう私には、陽太が成長する姿を見届けることはできない。

大人になっていく彼のそばにいることはできない。

けれど、陽太のために母親としてできることがあるなら、私はそれを選択したい。

「陽太、泣かないで」

「だって……」

「覚えてる？　一年生のときの運動会のリレーで一位を取ったでしょう？　それと同じなの。陽太はね、お母さんたちより先にゴールしたんだよ」

歯をくいしばり笑ってみせる。いつもの作り笑顔なんかじゃない。この子のために、これからの私のために笑いたいと心から思った。

「だから、お母さんもお父さんもいつかゴールして陽太のそばに行くから、その日まで待っててほしいの」

グッと涙をこらえる陽太の顔を覗きこむ。どうか伝わって。どうか陽太の心に届いて。

「ひとりじゃないよ。お母さんたちはいつだって陽太のことを思ってるのよ」

「ばあちゃんとじいちゃんも同じこと言ってた」

「でしょう」と、うなずく私に陽太はやっと表情を緩めてくれた。

「お母さんね、陽太に約束する。一生懸命毎日を生きて、必ず陽太に会いに行く。そのときはお父さんと三人でいろんな話をしようね」

「……うん。約束だからね」

こんな子どもなのに、必死で私のことを理解しようとしてくれている。こぼれ落ちる涙をそのままに、もう一度陽太を抱きしめた。

やっとわかった。母親として大切な子どもに望むことは、陽太が幸せでいてくれること。運命を変えられないなら、せめて笑っていてほしい。穏やかな気持ちで再会する日を待っていてほしい。

「お母さん、がんばるから。だから、だから……待っていてね」

必死で最後の言葉を絞り出すと、陽太は小さくうなずいてくれた。

ふいにあたりが暗くなっていることに気づく。上空は藍色に支配され、浜名湖はその際に金色をわずかに残しているだけ。

体を離し、陽太の手を握った。

列車のドアまで来ると、陽太は不安げに私を見あげた。やわらかい髪をなでると、陽太は車内の光に導かれるように中へ入っていった。

本当は一緒について行けたらと思う。でも、最後まで私は陽太の母親として毅然（きぜん）としていたかった。

「大丈夫っていう漢字、わかる？」

「うん。知ってるよ」

「大丈夫っていう漢字の中には、〝人〟っていう字が三つあるって知ってる？　つまり支え合える人が三人いるから大丈夫ってこと。陽太とお母さんとお父さん、三人いればきっと大丈夫。それに陽太には、おじいちゃんもおばあちゃんもいるから、たくさんの大丈夫があるんだよ」

そう、大丈夫だからね。

陽太は宙に指先で漢字を書いてから、「そっか」と笑った。

「僕、がんばるからね」

――もう、ダメだった。

こらえていた涙の堤防はあっけなく崩れ、感情が爆発しそうなほど苦しい。やっぱり、陽太のそばにいたいよ。どこにも行かないでって叫びたい。

けれど、陽太が笑うから。私も笑顔でいるよ。

「お母さんに言いたいことがあるの」

涙を拭う私に、陽太は右手を小さく挙げた。

「行ってきます」

「陽太……」

「あの日、言わずに学校行っちゃったから」

照れくさそうに笑う陽太に、私は何度もうなずいた。

「ありがとう。行ってらっしゃい」

ドアが閉まると、すぐに列車は動き出した。

追いかけても陽太の姿はどんどん遠ざかっていく。

「陽太、陽太！」

手を振る陽太が見えなくなるまで、私も大きく手を振り返していた。

ありがとう陽太。私の子どもに生まれてきてくれてありがとう。

列車のライトが闇に溶けるように消えたあと、無人駅は夜に浸されていた。暗くてもさみしくはない。

陽太に会える日。その日まで、笑顔で話せる思い出をたくさん紡いでいこう。

孤独を感じる夜がもう来ないことを、私は知っている。

たまるベンチに座る私たちに、春の風が吹き抜けていく。

「あーあ。桜なんてあっという間に散っちゃうね」

紗枝さんがつまらなさそうに唇をとがらせた。

「雨が続いちゃったからね」

久しぶりの晴れた午後、空と浜名湖は同じ色でつながっている。

「ねね。それって卒業証書？　優子さん、結局、卒業式に参加したんだ？」

紗枝さんが私の持つ筒を指さして尋ねた。

「そうなの。すごくいい式でね。うちの夫なんて号泣しまくってて恥ずかしかったよ」

「はは。会ったことないけど想像できる」

カラカラ笑う紗枝さんに、私も自然に笑えている。

「紗枝さんも進級おめでとう」

「なんだか歳を取った気分」

なんて減らず口をたたく姿は、あいかわらずの紗枝さんだ。

「優子さんも夕焼け列車に会えたなんてすごいよね」

「そうね。あの子に会えたことが今でもうれしくてたまらないの。ああ、ダメ。また泣いちゃいそう」

目じりを拭うと、紗枝さんはクスクスと笑った。

「いいんじゃない。泣きたいときは泣こうよ。それが人間ってものでしょ」

「生意気言うんじゃないの」

紗枝さんは無人駅で出会った不思議な友達。大切な人を亡くした経験が、私たちを結びつけた。

紗枝さんを見送ってから、たまるベンチに腰をおろした。

「陽太」

愛しい名前を呼んでみる。

「お母さんね、まだ泣いちゃう日もあるけどがんばっているからね」

無理せず自分らしく生きていけばいいと思えるようになった。

これこそが、無人駅の奇跡なのかもしれない。

「大丈夫、大丈夫」

つぶやく声は宙へと舞いあがり、空で待つ陽太にも届くはず。

約束を守れるよう、私も毎日を一生懸命に生きていこう。いつかまた再び会えるその日まで。

エピローグ

店の看板のライトを消すと、さっきまで黒く見えていた浜名湖は暗闇に沈んだ。このあたりには私の店であるサンマリノくらいしか光のある場所はない。マスターと呼ばれて何年が経つのだろう。

ここにやって来る客人に自ら夕焼け列車の話をすることは稀なこと。あの伝説を知っている人はまだまだ少ない。

今日の昼間は、雲ひとつない空だった。夕焼け列車を見られた人はいるのだろうか。

最初にあの話を聞いたときは信じられなかったものだ。晴れた日には奇跡を起こしてくれるという夕焼け列車。たとえこの目で見たことはなくても、この世には不思議なことは起きるものだと思っている。

カウンターの下に置いてある妻の写真を見た。

「まだまだがんばるさ」

そう言うと、写真の中の妻が少し笑ったように見えるから不思議だ。

店の照明を消して寸座駅へ続く道をのぼる。このあたりは街灯も少ないから懐中電灯は必需品だ。

最終列車の終わった寸座駅のホームに三浦が立っていた。

「こんばんは」

そう言う彼は何者なのか。余計な詮索はしない主義だが、夕焼け列車を見たという客人は必ず三浦に会っていると聞く。夕焼け列車の案内人のようなものだろうと勝手に思っている。

「今日は夕焼け列車は現れたのかい？」

尋ねる私に、三浦は「ええ」とうなずいた。

「マスターもそろそろいかがですか？」

「私はまだいいよ。サンマリノをいつか閉める日が来たなら妻に会うつもりだ。中途半端に会ったならあいつは怒るだろうからな。昔から怒られてばっかりだった」

おどけてみせると暗闇の中で三浦は笑い、そして黒色の空を指さした。

「明日も快晴のようです」

「そうか。もしも尋ねられたら、ちゃんと教えるから安心してくれ」

「よろしくお願いします」

持ってきた濡れタオルでたまるベンチを拭く。ここに私が座るのはまだまだ先のことだろう。

昔、妻がこのホームで黒猫を拾ってきたことがある。それ以来、ゴローは我が家の一員になった。

亡くなる寸前まで妻は、私とゴローのことを気にしていた。こっそり病院にゴローを連れて行ったときは泣いて喜んでいたな……。そして、最後にゴローに言っていた。

『主人を見守って』と。

冷たい風がホームの端に咲く花を揺らせた。いつの間にか三浦はいなくなっていた。不思議な青年だ、と思った。

「ひょっとしたらゴローが三浦君なのかもな」

そんな非現実的なことが起きるわけがないと知っている。実際、夕焼け列車の伝説も、私はまだ心の底から信じることはできていない。

それでも、世の中に不思議なことは起きるとも思っている。偶然とか奇跡という言葉では片づけられないような出来事も、きっとその人に必要だから起きること。悲しみを抱えた人に、もう一度生きる勇気を与えるために夕焼け列車は現れる。

もう一度空を見あげると、無数の星が空に輝いていた。

明日もきっと、夕焼け列車は願いをかなえてくれるだろう。

あとがき

静岡県の浜松市という地に住みはじめて、もう何年も時間が経ちました。

奈良県に生まれ育ち、大学時代は岐阜県で暮らしました。はじめて海のある場所に住むことになったのは、いくつかの偶然と「今、あらためて思えば」の必然が重なったから。浜松市はおだやかな気候で、雪もあまり降りません。遠州の空っ風は頬に冷たいのですが、気候と同じようにやさしい人々に囲まれています。

小説家としてデビューすることになったのは、今から五年前のこと。当時は、こんなにたくさんの作品を発表できるとは思っておりませんでした。本業の合間で執筆作業をしていますが、苦しいと感じたことは不思議とありません。

休みの日には、県内さまざまな場所へ足を運んでいます。静岡県は東西に長く、同じ県とはいえ、場所によって気候も食べ物も違い、常にあたらしい発見を私にくれます。伊豆市の金目鯛や島田市の蓬莱橋、川根本町のお饅頭に御前崎の海岸、好きな場所や食べ物は日々増えていますが、特に好きな場所と聞かれれば迷わずに「天竜浜名湖鉄道の寸座駅」と常々口にしていました。

高台にある寸座駅は駅員のいない無人駅。ホームの端に置き去りにされたようなベンチに座れば、大きな青空が視界の上半分に広がります。下方に目をやれば、境目を曖昧にした濃い青色の浜名湖が太陽に光っています。

やがて峠に夕陽が傾くころ、空はオレンジ色に染まります。世界は夕焼けに支配され、まるで金色のような輝きを放ちます。変わりゆく季節、変わりゆく人生の中、寸座駅はいつも同じ表情で私を癒してくれています。

「こんな空の下なら、奇跡だって起きてもおかしくないな」

そう思ったことが、この作品を執筆するきっかけでした。

誰しも人生を重ねていく中で、大切な存在を失う日が来ます。それは友達であったり、肉親であったり、愛する人かもしれません。昨日までそばにいた人が今日はいない。前向きに歩き出すことができなかったり、歩いているつもりが元の位置に戻っていたり。

私も同じようなことを経験し、今もまだ自分が前に歩けているのかわかりません。そんな私だからこそ紡げた物語だと思っています。

デビューから五年。愛する浜松市の大好きな地を舞台に、この作品を書けたことに心から感謝しています。ご協力いただきました天竜浜名湖鉄道の皆様、およびサンマリノ様、本当にありがとうございました。

皆様もぜひ、天竜浜名湖鉄道に乗り、寸座駅を訪れてください。

そしていつか、夕焼け列車の奇跡があなたにも訪れますように。

二〇一九年八月

サンマリノの窓側の席にて　　いぬじゅん

文庫版あとがき

文庫版『無人駅で君を待っている』をお読みくださりありがとうございます。

この作品は、デビュー五周年当時、それまでずっといつか描きたいと思って温めてきた物語を、ひとつの記念に単行本として書かせていただいたものです。高校生から六十五歳まで、一話ごとに様々な世代の主人公を登場させたり、一話ごとにストーリーを変えたり、当時の私にとってはこういった連作短編は初めてのことだらけでしたが、執筆している時間がとても愛おしく、書き終わるのが寂しかった思い出があります。


振り返ると、人生にはターニングポイントがあります。私の場合は、今から二十年以上前の出来事がそれでした。思い出そうとするだけで、今でも胸がざわつくくらい衝撃的な出来事に遭遇し、そのあと私は文字通り〈からっぽ〉の心と体で静岡県浜松市へ移住しました。作家になるなんて想像すらしておらず、必死に日々をやり過ごすことで過去の残像を頭から追い出そうともがく日々でした。

そんな私を救ってくれたのは、新しい土地での人との出会い。「だら」「だに」というこの土地特有の方言がやさしく、良き友にも恵まれたおかげで少しずつ自分を取り戻すことができました。

また、この地の景観の素晴らしさにも救われました。奥浜名湖は壮大で美しく、時に寂しげでやさしい場所。特に天竜浜名湖鉄道の寸座駅は、私の傷を癒し続けてくれています。

おかげさまでデビュー十年目を迎え、この愛すべき作品を今一度、より多くの皆様にお伝えしたいと強く思い、文庫化へと踏み出しました。

文庫化の機会を与えてくださった実業之日本社様、ならびに二〇一九年の単行本刊行にてお世話になったスターツ出版様には、多大なるご協力をいただきました。そして、編集もカバーイラストも装丁デザインも、単行本から三年半が経過した今、また同じ担当者が揃って制作できるなんて、これこそ奇跡としか言いようがありません。この物語が持つ幸せのパワーだと思います。編集担当の篠原様、カバーイラストのふすい様、装丁デザインの西村様に、心から感謝申し上げます。


このたびの文庫化にあたり「第六話」を新たに書き下ろしました。今の私が詰まった物語を追加することができ、あらためて今、小説家として大変喜びを感じています。

この作品は、私からあなたへの心の手紙です。

どの主人公でもいい、たった一文だけでもかまいません。この一冊を読むことで、どんなに苦しい時にも空を見あげる力が生まれることを願っています。

いつか会うことができたなら、今度はあなたの物語を聞かせてください。

二〇二三年四月

寸座駅のたまるベンチにて　　いぬじゅん

『無人駅で君を待っている』単行本　二〇一九年　スターツ出版刊
文庫化にあたり加筆修正を施しています。
第六話「太陽が見ているから」は書き下ろしです。

本作品はフィクションです。実在の個人、団体とは一切関係ありません。（編集部）

実業之日本社文庫 い183

無人駅で君を待っている

2023年4月15日　初版第1刷発行
2024年9月20日　初版第5刷発行

著　者　いぬじゅん

発行者　岩野裕一
発行所　株式会社実業之日本社
〒107-0062　東京都港区南青山6-6-22 emergence 2
電話［編集］03(6809)0473［販売］03(6809)0495
ホームページ　https://www.j-n.co.jp/
ＤＴＰ　ラッシュ
印刷所　大日本印刷株式会社
製本所　大日本印刷株式会社

フォーマットデザイン　鈴木正道（Suzuki Design）

ISBN978-4-408-55799-1（第二文芸）